Prix d[u ...]
des lecteurs de POINTS

Les éditions POINTS organisent chaque année
le Prix du Meilleur Polar des lecteurs de Points.

Pour connaître les lauréats passés
et les candidats à venir, rendez-vous sur

www.prixdumeilleurpolar.com

Donna Leon est née en 1942 dans le New Jersey et vit à Venise, théâtre de ses romans policiers, depuis plus de vingt-cinq ans. Elle enseigne la littérature dans une base de l'armée américaine située près de la Cité des Doges. Son premier roman, *Mort à La Fenice*, a été couronné par le prestigieux prix japonais Suntory, qui récompense les meilleurs romans à suspense. Les enquêtes du commissaire Brunetti ont conquis des millions de lecteurs à travers le monde.

Donna Leon

LES JOYAUX
DU PARADIS

ROMAN

*Traduit de l'anglais (États-Unis)
par William Olivier Desmond*

Calmann-Lévy

TEXTE INTÉGRAL

TITRE ORIGINAL
The Jewels of Paradise

ÉDITEUR ORIGINAL
William Heinemann, Londres, 2012
© Donna Leon et Diogenes Verlag AG, Zurich, 2012

ISBN 978-2-7578-3415-2
(ISBN 978-2-7021-4404-6, 1ʳᵉ publication)

© Calmann-Lévy, 2012, pour la traduction française

Oh mio fiero destino, perversa sorte !
Spari mia vita e non mi dare morte...

Oh ma fière destinée, sort pervers !
Anéantir ma vie sans me donner la mort...

Agostino STEFFANI, *Niobe*,
Acte 2, scène 5.

1

Caterina Pellegrini referma la porte derrière elle et appuya son dos, puis sa nuque, contre le battant. Elle sentit tout d'abord ses jambes trembler légèrement, signe que retombait la tension qui contractait ses muscles, sur quoi quelques respirations profondes firent disparaître l'oppression qui lui enserrait la poitrine. L'envie de s'étreindre dans ses propres bras pour exprimer une jubilation qu'elle sentait incontrôlable, féroce, fut presque irrésistible, mais elle combattit cette tentation comme elle en avait combattu d'autres au cours de sa vie, et resta bras ballants, adossée à la porte et s'enjoignant de se détendre.

Il lui avait fallu beaucoup de patience, mais elle y était arrivée. Elle avait tenu tête à deux idiots, souri devant leurs manifestations de cupidité, et elle les avait traités avec une déférence qu'ils ne méritaient pas, sans cesser de les manipuler pour qu'ils lui donnent le travail qu'elle désirait obtenir – et dont l'attribution dépendait d'eux. Ils étaient sans intelligence, mais ils avaient le pouvoir de décider ; ils n'avaient aucun esprit, mais ils pouvaient dire oui ou non ; ils n'avaient aucune idée de ses qualifications et déguisaient mal le mépris qu'ils ressentaient pour son érudition, mais elle avait eu besoin d'eux pour être choisie.

Et ils l'avaient choisie, tous les deux, parmi tous les autres postulants en qui elle voyait des « rivaux » – elle avait pleinement conscience d'utiliser un vocabulaire fort affecté par la période historique qui avait occupé les dix dernières années de sa vie professionnelle. Benjamine d'une fratrie de cinq filles, Caterina avait un sens prononcé de la rivalité. Non sans rappeler des personnages de Goldoni, elles s'appelaient Claudia la Beauté, Clara le Bonheur, Cristina la Religion, Cinzia l'Athlétisme. Elle-même, elle était la dernière, l'Intelligence. Claudia et Clara s'étaient mariées dès la fin de leurs études ; Claudia avait divorcé au bout d'un an pour monter d'un cran dans l'échelle sociale en épousant un avocat qu'elle ne paraissait guère aimer, tandis que Clara était heureuse en ménage avec son premier mari ; Cristina avait prononcé ses vœux et renoncé au monde, puis avait poursuivi des études supérieures en histoire de la théologie ; quant à Cinzia, elle avait décroché quelques vagues médailles en plongeon au niveau national, puis elle s'était mariée, avait eu deux enfants et pris vingt kilos.

Caterina, l'Intelligence, avait étudié dans le lycée où leur père enseignait l'histoire et remporté chaque année le premier prix en latin et en grec, tout en apprenant le russe auprès de sa tante. Elle avait ensuite passé une année abominable au conservatoire, section chant, puis deux ans à étudier le droit à Padoue – trouvant la discipline tout d'abord décevante, puis carrément barbante. L'attrait de la musique était revenu, plus fort que jamais, et elle avait été étudier la musicologie à Florence puis à Vienne. Apprenant qu'elle parlait le russe couramment, son directeur de thèse s'était débrouillé pour lui obtenir une bourse d'études de deux ans afin qu'elle l'accompagnât à Saint-Pétersbourg, où elle l'avait aidé dans ses recherches sur les opéras russes de Paisiello. À l'issue de ce séjour, elle était retournée à Vienne et avait fini son doctorat sur l'opéra baroque, diplôme qui avait fait la joie et l'orgueil de sa famille. Mais diplôme qui lui avait valu, alors qu'elle cherchait un poste depuis un an, de subir une sorte d'exil intérieur en partant dans le Sud enseigner le contrepoint au Conservatoire de musique Egidio Romualdo Duni à Matera. Egidio Romualdo Duni… Quel spécialiste de musique baroque n'aurait pas reconnu ce nom ? Pour Caterina, il avait toujours été Duni-Celui-qui-écrivait-aussi, l'homme qui avait composé des opéras dont les titres étaient identiques à ceux de compositeurs plus illustres ou plus doués : *Bajazet, Caton in Utica, Adriano in Siri*. Duni n'avait pas laissé plus de traces dans la mémoire de Caterina qu'il n'en avait laissé dans les productions actuelles d'opéras.

Un doctorat de l'Université de Vienne, puis un poste pour enseigner le contrepoint aux étudiants de première année d'un conservatoire de province. Duni. Elle passait des semaines entières à se dire qu'elle aurait pu tout aussi bien enseigner les mathématiques, tant ce sujet lui semblait loin de l'émotion magique de la voix. Cette insatisfaction ne présageait rien de bon, ce qu'elle comprit presque tout de suite après son arrivée. Mais il lui avait fallu deux ans pour décider de quitter à nouveau l'Italie, cette fois pour un poste à Manchester, l'un des grands centres européens d'étude de la musique baroque. Elle y avait passé quatre ans comme *research fellow* et professeur assistant.

La laideur de Manchester l'avait horrifiée, mais elle avait été comblée, à l'université, par la possibilité d'approfondir la musique – et à un moindre degré de connaître la vie – d'une poignée de musiciens italiens du XVIIIᵉ siècle dont la carrière s'était déroulée en Allemagne. Veracini, le grand rival de Haendel ; Porpora, le professeur de Farinelli ; Sartorio, compositeur pratiquement oublié ; Lotti, un Vénitien qui, apparemment, avait été le professeur de tout le monde. Il ne lui fallut guère de temps pour qu'elle voie la similitude entre leur destin et le sien : à la recherche du travail et de la célébrité qui les fuyaient en Italie, ils avaient émigré vers le Nord. Comme certains d'entre eux, elle y avait trouvé du travail, et comme la plupart, elle avait eu le mal du pays et s'était languie de l'atmosphère, de la beauté et des joies potentielles offertes par une patrie que, elle en prenait conscience à présent, elle aimait.

Elle trouva le salut par hasard. Chaque printemps, l'épouse de son chef de département invitait à dîner les collègues de son mari. Le Président présentait toujours l'événement d'un ton désinvolte : « Venez si vous êtes libres. » Les plus âgés et les plus malins savaient que cette convocation était aussi impérative que, disons, un oukase d'Ivan le Terrible. Ne pas y aller revenait à renoncer à tout espoir de promotion, même si y participer revenait à sacrifier plusieurs heures de sa vie à une soirée d'un ennui mortel. Les échanges d'insultes et d'excommunications les plus violents, voire de horions, auraient été un régal comparé à cette sauterie, mais la conversation, pendant le repas, était verrouillée par la prudence et une méticuleuse politesse qui ne pouvaient masquer des décennies de rancœur quotidienne et de jalousie professionnelle.

Caterina, bien consciente de son incapacité à rester neutre, évitait de s'immiscer dans la conversation et, pour s'occuper, étudiait les particularités physiques et vestimentaires de ses collègues. La plupart, autour de la table, paraissaient porter les vêtements pas très nets d'amis plus grands qu'eux. Ils étaient lamentablement chaussés. Et il y avait la nourriture. S'il lui arrivait d'évoquer le thème vestimentaire avec ses collègues italiens, aucun d'eux n'avait le courage d'évoquer cette question.

Son sauveur fut un musicologue roumain qui, pour autant que Caterina pouvait en juger, avait passé les trois dernières années en précoma éthylique : être ivre le matin et ivre le soir ne l'avait jamais empêché, cependant, de lui sourire aimablement quand ils se croisaient dans les couloirs ou à la bibliothèque, sourire qu'elle lui rendait toujours bien volontiers. Il était peut-être à jeun quand il donnait ses cours, il s'y montrait en tout cas incontestablement brillant et son analyse des métaphores dans les livrets de Métastase fut une révélation pour ses étudiants, comme celle qu'il fit de la correspondance du poète de cour viennois Apostolo Zeno, à propos de la fondation de l'Academia degli Animosi. Il portait souvent des vestes en cachemire des plus seyantes.

Le soir de son salut, le Roumain se trouvait assis en face d'elle à la réception du Président et elle se surprit à lui rendre le sourire de ses yeux éteints par le vin – ne serait-ce que parce qu'ils pouvaient échanger en italien. La plupart des autres convives avaient appris l'italien pour pouvoir lire les livrets d'opéra, mais rares étaient ceux capables d'avoir une conversation dans cette langue sans tomber dans de délirantes déclarations d'amour, de terreur, de remords et même à l'occasion, de goût du sang. Caterina préférait s'adresser à eux en anglais. Tout en étudiant ce petit monde, elle s'interrogea sur l'utilisation de la phraséologie des livrets d'opéra dans les conversations de table. Elle eut ainsi des révélations : *Io muoio, io manco*, par exemple, exprimait parfaitement bien son état d'esprit actuel. Jusqu'à *traditore infame* qui n'était pas loin de convenir à la description de nombre de ses collègues. Et le Président lui-même n'était-il pas un *vil scellerato* ?

Le Roumain reposa son verre – pas sa fourchette, car il ne prenait pas la peine de toucher à son assiette – et rompit le silence pour lui demander, en italien : « Vous n'auriez pas envie de ficher le camp d'ici ? »

Le regard interrogateur qu'elle lui adressa était rempli de curiosité, comme le fut aussi son ton. « Vous faites allusion à ce repas, ou à l'université ? »

Il sourit, leva son verre et regarda s'il n'y avait pas une autre bouteille sur la table.

« À l'université, répondit-il d'une voix parfaitement normale.

– Si. »

Elle prit son verre, surprise d'entendre sa réaction, frappée par la vigueur de celle-ci.

« Un ami m'a dit que la Fondazione Musicale Italo-Tedesca recherchait un musicologue. » Il prit une gorgée, sourit. Elle aimait bien son sourire, mais moins ses dents.

« La Fondazione Musicale Italo-Tedesca ? » répéta-t-elle. Ce nom lui disait vaguement quelque chose ; il évoquait pour elle un organisme italien géré par des dilettantes, des amateurs. Il parlait sûrement d'une institution du monde germanophone.

« Vous la connaissez ?

– Un peu », mentit-elle, comme si on lui avait demandé si elle avait entendu parler des poux qui infestaient les hôtels de New York.

Il vida son verre, le tint en l'air et le regarda. Elle fut surprise par la véhémence avec laquelle il dit : « L'Italie. » Le verre était-il italien ? Ou le vin ?

« L'argent », ajouta-t-il d'un ton qui, crut-elle comprendre, se voulait séducteur. « Un peu. » Quand il constata l'absence d'effet que cela produisait sur elle, il sourit à nouveau, comme si elle était d'accord avec lui sur quelque chose qu'il croyait depuis longtemps. « Des recherches. De nouveaux documents. » Il la vit sursauter et il lança un coup d'œil en direction du bout de la table, où était assis le Président. « Vous avez envie de finir comme lui ? »

D'une voix qui sous-entendait que quitter cette université était envisageable, elle répondit avec un sourire : « Il faut m'en dire un peu plus. »

Il l'ignora et regarda en vain les bouteilles alignées sur la desserte. Il en était peut-être au stade où un aller-retour sur cette courte distance lui était impossible.

Il posa son verre vide sur la table, juste à côté de celui de sa voisine de droite, laquelle était tournée vers son propre voisin de droite. Sur quoi il échangea les verres.

« Les idiots », dit-il d'une voix soudainement forte. Ils parlaient en italien, si bien que le timbre pâteux, sans rien changer au volume sonore, gommait les dentales dures de ce mot. Personne ne prit la peine de regarder dans sa direction.

Il la surprit alors en utilisant sa serviette pour essuyer méthodiquement le bord du verre de sa voisine ; ce ne fut qu'ensuite qu'il prit une longue rasade.

Voyant qu'il avait presque vidé le verre devenu maintenant le sien, Caterina se pencha sur la table et transféra ce qui restait de son vin blanc dans le fond de rouge. Il acquiesça d'un mouvement de tête.

Puis son sourire s'évanouit et il marmonna : « Je n'en veux pas. Ça pourrait peut-être vous intéresser ?

« – Pardon ? demanda-t-elle – voulait-il parler de son vin ?

– Je vous l'ai dit, répliqua-t-il, fronçant les sourcils. Vous n'écoutez pas ? C'est à Venise. J'ai Venise en horreur. »

C'était donc de l'organisme italien qu'il parlait : un poste dans la ville. Organisme dont elle savait tout et rien à la fois : comment pouvait-il s'agir d'une institution sérieuse, puisque à part son nom, elle en ignorait tout ? Les Italiens ne s'intéressent pas au baroque. Ils n'en ont que pour Verdi, Rossini et – à Dieu ne plaise, pensa-t-elle, tandis qu'un petit frisson descendait *presto* le long de son dos – Puccini.

« Venise ? Vous voulez dire que ce poste est à Venise ? » Le regard du Roumain était devenu de plus en plus vague depuis le début de leur conversation, et elle tenait à s'assurer que cette possibilité existait avant de se laisser aller à espérer.

« Une ville détestable, dit-il avec une grimace. Climat répugnant. Nourriture abominable. Les touristes. Les tee-shirts. Et tous ces tatouages !

– Vous avez refusé ? demanda-t-elle, ses yeux agrandis le suppliant d'en dire davantage.

– Venise », répéta-t-il en prenant une gorgée de vin comme pour effacer l'écho du seul nom de la ville. « Je serais allé à Trévise, à Castelfranco. N'importe où au Frioul. Du bon vin partout. » Il regarda dans son verre, à croire qu'il interrogeait le contenu sur sa provenance, mais n'obtenant pas de réponse, il leva de nouveau les yeux sur elle. « Et même en Allemagne. J'aime bien la bière. »

Après de nombreuses années passées dans les cercles académiques, Caterina ne doutait pas que ce serait pour lui une raison suffisante d'accepter un poste.

« Et pourquoi moi ? voulut-elle savoir.

– Vous avez été gentille avec moi. » Une allusion au demi-verre de vin, ou au fait qu'elle lui avait toujours parlé avec respect et souri quand elle le croisait, au cours de ces dernières années ? Peu importait. « Et vous êtes blonde. » Voilà au moins qui avait le mérite d'être clair.

« Vous me recommanderiez ?

– À condition que vous alliez me chercher une bouteille de rouge sur la desserte. »

2

Des changements plus grands ont été provoqués par des causes plus étranges, se dit Caterina en évoquant ses souvenirs. Elle avait obtenu le poste et elle était de retour à Venise, même si ce n'était que pour un projet de courte durée. Elle embrassa du regard la pièce où elle était censée attendre la directrice. Si un placard haut de plafond ne disposant que de deux fenêtres minuscules – une derrière la table de travail, l'autre au ras du plafond qui donnait de la lumière, certes, mais aucune vue – était un bureau, alors elle était bien dans un bureau. La table et la chaise confortaient cette idée, même si l'absence d'ordinateur, de téléphone et de stylos faisaient penser à une cellule de moine. L'emplacement – un ancien appartement sur deux niveaux de Ruga Giuffa – convenait aussi bien aux deux hypothèses. Mais ce début du mois d'avril était froid, et il faisait bon dans la pièce : c'était donc un bureau, et il était destiné à servir.

Le peu qu'elle avait réussi à apprendre sur la Fondation avant de présenter sa candidature l'avait préparée à cette lugubre petite pièce : rien de ce qui s'y trouvait – ou ne s'y trouvait pas – ne la surprenait. Elle avait obtenu ses informations par Internet. La Fondation avait été créée vingt-trois ans auparavant par un certain

Ludovico Dardago, banquier vénitien qui avait fait sa carrière en Allemagne et aimé passionnément l'opéra baroque, italien ou allemand. Le fonds qu'il avait laissé avait pour but « de faire connaître et de promouvoir par des représentations la musique de compositeurs ayant travaillé entre l'Allemagne et l'Italie à l'époque baroque ».

En dépit de la modestie de la pièce, il était de bon augure que l'endroit ne fût qu'à dix minutes à pied de la bibliothèque Marciana et de ses collections de manuscrits et de partitions.

En songeant aux événements qui l'avaient conduite ici et à sa situation, Caterina en venait à la conclusion qu'on l'avait engagée comme second rôle dans un mauvais mélo du XIXe siècle – genre *Les Malles mystérieuses* ou *Les Cousins rivaux*. Depuis plus d'un an, en effet, deux cousins, de branches familiales différentes mais d'un ancêtre commun, se disputaient la propriété de deux malles, récemment découvertes, ayant appartenu à l'ancêtre en question. Les deux hommes avaient des documents prouvant leur lien de sang avec le propriétaire d'origine, religieux et musicien mort sans descendance directe. N'ayant pu s'entendre, ils avaient finalement décidé – tout à fait à contrecœur – d'avoir recours à un arbitre ; celui-ci leur avait suggéré qu'étant donné qu'ils refusaient de partager en deux parts égales le contenu encore inconnu des deux malles, le mieux était d'engager, à leur frais, une personne compétente et neutre qui examinerait les archives historiques et tous les documents contenus dans les malles, afin de voir s'ils ne traduiraient pas une préférence pour l'un ou l'autre côté de la famille. Le contrat fut signé devant notaire par l'arbitre et les deux cousins, ces derniers ayant accepté, au cas où de tels documents seraient trouvés, que le contenu des malles devînt la propriété exclusive de celui dont l'ancêtre avait eu les faveurs du musicien.

Lorsque le dottor Moretti, l'arbitre, qui l'avait invitée à le rencontrer à Venise pour un entretien, lui avait expliqué tout cela, Caterina avait pensé qu'il plaisantait ou qu'il avait perdu son bon sens, sinon les deux. Elle lui avait cependant souri et demandé de lui expliquer un peu plus en détail les circonstances particulières de cette affaire, ajoutant que cela l'aiderait à comprendre plus clairement ses obligations au cas où elle prendrait le poste. Ce qu'elle ne lui dit pas fut à quel point le désir de revoir Venise, d'en sentir les odeurs, d'en respirer l'atmosphère l'avait tellement submergée qu'elle n'avait eu qu'une envie, prendre ce poste, quelles que fussent les conditions, et au diable Manchester.

Les explications du dottor Moretti relevaient du mythe, de la saga familiale, du feuilleton télé et de la farce mais ne donnaient aucun nom. Le prêtre défunt, lui dit-il, était un compositeur baroque, élément qui relevait tout à fait de sa compétence ; il était mort intestat voilà presque trois siècles. Ses biens avaient été dispersés, mais deux malles qui, pensaient-on, contenaient des papiers et – peut-être – des objets de valeur avaient été mises au jour et apportées à Venise. Le seul élément indiscutable était le lien généalogique qu'entretenaient les deux cousins avec le défunt : les deux étaient à même de produire des certificats de baptême et de mariage qui remontaient à plus de deux cents ans.

À ce moment-là, Caterina avait interrompu l'avocat pour lui demander le nom de ce musicien, question qui, apparemment, avait pris le dottor Moretti par surprise, comme si elle était hautement incongrüe. Ce nom ne serait révélé qu'au candidat retenu, et elle n'en était pas encore là, n'est-ce pas ? Un petit coup de fouet, mais un coup tout de même.

La personne engagée, demanda-t-elle alors, connaîtrait-elle le nom du musicien avant d'examiner les papiers qui seront éventuellement trouvés ?

Voilà, expliqua le dottor Moretti, qui dépendra des documents en question. Nouveau coup de fouet. Les deux héritiers, apprit-elle avec surprise, avaient l'intention d'avoir un entretien avec chacun des candidats. Séparément. Incapable de se contenir davantage, Caterina lui avait alors demandé s'il n'inventait pas cette histoire de toutes pièces. Avec un regard aussi sérieux que la couleur de sa cravate, l'avocat arbitre l'avait assurée que non.

Sa tâche, lui avait-il dit, poursuivant ses explications, consisterait à lire les documents contenus dans les malles, documents qui étaient selon toute probabilité rédigés en italien, en allemand et en latin, mais on ne pouvait exclure qu'il y en ait en français, en néerlandais et peut-être même en anglais. Tout passage faisant allusion aux dernières volontés du défunt ou à son affection pour tel ou tel membre particulier de sa famille devrait être entièrement traduit ; quant aux papiers relatifs à la musique ou à d'autres aspects de sa vie, ce ne serait pas nécessaire. Les cousins attendraient des rapports réguliers sur ses progrès. Le dottor Moretti évoqua ce point non sans embarras. « Si vous m'envoyez ces rapports, je me chargerai de les faire suivre. »

Lorsque Caterina déclara qu'elle avait du mal à admettre que personne ne connaissait le contenu des malles, Moretti lui précisa que les scellés placés dessus étaient apparemment intacts. Autrement dit, les deux malles n'avaient pas été ouvertes une seule fois au cours des siècles.

Caterina eut le bon sens de répliquer que tout cela lui semblait intéressant et d'ajouter que, pour un chercheur, c'était une histoire fascinante. Tout en parlant, elle parcourait mentalement la liste des compositeurs qui pourraient correspondre au personnage, mais étant donné qu'elle n'en connaissait ni la nationalité, ni le lieu de sa mort – pas plus que celui où il avait vécu, d'ailleurs – elle n'avait guère de chances de l'identifier.

Sans doute avait-elle dû impressionner l'avocat, car il lui dit qu'il aurait aimé qu'elle s'entretienne dès l'après-midi avec les deux cousins, lui suggérant de les traiter en gentlemen. Il n'exprima qu'une demande : étant donné qu'une fois qu'elle connaîtrait les patronymes de ces deux personnes, il lui serait facile de remonter jusqu'au compositeur, elle devait éviter de faire cette recherche tant qu'une décision n'aurait pas été prise sur l'attribution du poste ; sur quoi il avait ajouté, anticipant sa question, qu'il s'agissait d'une exigence des héritiers présumés, « des hommes ayant un certain goût du secret ».

Caterina promit de n'entreprendre des recherches que si elle était nommée et ne s'y intéresserait plus si elle n'était pas choisie.

L'après-midi même, elle avait rencontré les héritiers putatifs, séparément, chacun s'étant présenté en donnant son nom. La rencontre avait eu lieu dans la « bibliothèque », à savoir une pièce où étaient réunis les livrets et les partitions photocopiés de la douzaine de compositeurs dont les opéras et les œuvres orchestrales avaient fait les délices du signor

Dardago. La salle comprenait une grande table et des étagères sur lesquelles les photocopies s'entassaient en vrac. Outre cela, il n'y avait que trois ou quatre livres sur les étagères, posés à plat comme jetés à la hâte. Elle avait regardé de plus près et vu que l'un d'eux était un roman historique concernant un castrat.

Rien dans ce qu'ils dirent ou firent, pas plus chez l'un que chez l'autre, ne permettait de les considérer comme des gentlemen : elle avait eu la preuve le soir même que ce titre flatteur était usurpé, grâce à ses parents, qui l'hébergeaient, et qui, dans la plus pure tradition vénitienne, lui avaient appris ce que tout le monde savait de ces deux personnages.

Franco Scapinelli était propriétaire de quatre boutiques vendant de la verrerie dans le secteur de San Marco. Il était aussi – inutile de dire que rien, pendant l'entretien, n'aurait pu le suggérer – un repris de justice condamné pour usure et il lui était interdit de commercer dans la ville. Mais comment interdire à un père de donner un coup de main à son fils pour tenir ses boutiques ? Quelle loi prévoyait cela ?

Le second prétendant, Umberto Stievani, possédait des taxis d'eau – sept – et déclarait, d'après un ami du père de Caterina qui se trouvait travailler à la Guardia di Finanza un revenu annuel d'à peine plus de onze mille euros. Quant aux revenus combinés de ses deux fils, qui travaillaient pour lui comme pilotes, ils n'atteignaient même pas ceux de leur père.

Pendant l'entretien, les deux hommes avaient proclamé haut et fort leur intérêt pour les manuscrits, les documents et tout ce que pourraient contenir les coffres, mais en les écoutant, Caterina s'était rendu compte qu'ils n'avaient strictement rien à faire de l'importance historique ou musicologique que les documents supposés auraient pu avoir. L'un comme l'autre lui avaient demandé si des manuscrits pourraient avoir de la valeur, et s'ils pourraient avoir des acheteurs. Stievani, sans doute à force de fréquenter les pilotes de taxi, s'était servi de leur langage rien moins qu'élégant pour s'en enquérir : *« Valgono schei ? »* Caterina s'était demandé si, pour lui, l'argent ne prenait toute sa réalité qu'en étant désigné en vénitien.

Elle avait dû leur faire bonne impression puisque, moins d'un mois plus tard, après avoir abandonné son poste comme son appartement à Manchester, elle se retrouvait à la Fondazione Musicale Italo-Tedesca, impatiente de se mettre au travail. Et elle était de nouveau chez elle, sauvée de la dépression par les sons et les odeurs de la ville, par leur familiarité protectrice.

Elle étudia plus attentivement l'endroit où elle se trouvait. Trois gravures étaient accrochées à gauche de la petite fenêtre, derrière le bureau. Elle traversa la pièce – fit deux pas, autrement dit – et examina de plus près les messieurs emperruqués dans leur cadre en plastique venu tout droit de chez Ikea. Elle reconnut Apostolo Zeno à la longueur de sa perruque et au long foulard blanc qui sortait de son col. Elle n'eut aucun mal à identifier Haendel, emperruqué lui aussi. Le dernier sur la gauche était Porpora, l'air d'avoir barboté sa perruque à Bach et sa redingote à un commandant de marine. Pauvre vieux Porpora : avoir été autant adulé pour terminer dans la misère…

Caterina s'intéressa ensuite à la fenêtre derrière elle, à peu près de la taille des gravures, soit 15 × 20 centimètres : elle n'en avait jamais vu d'aussi petite. C'était peut-être même la plus petite fenêtre de la ville.

Elle approcha son nez de la vitre et ne vit que des contrevents verts, marqués par le temps et fermés, comme si les habitants qu'ils abritaient dormaient encore. Il était dix heures du matin, incontestablement l'heure, pour des gens respectables – s'entendant dire dans sa tête « *gente per bene* », elle eut l'impression d'entendre la voix de sa grand-mère –, d'être debout et actifs, soit au bureau, soit à l'école, occupés, affairés, bref, au travail.

Victime d'une éthique rigoureuse du travail, Caterina avait toujours pensé qu'elle était la résurgence de quelque envahisseur venu d'Europe du Nord, de quelque Goth aux cheveux blonds dont l'appétit génétiquement déterminé pour l'hyperactivité était resté récessif pendant des générations, même des siècles, pour resurgir à la naissance du dernier enfant de Marco Pellegrini et de Margherita Rossi. Sinon, comment expliquer ce besoin atavique de travailler sérieusement qui l'avait poussée depuis l'enfance ? Sinon, comment expliquer sa réaction lorsqu'on lui avait proposé, par l'intermédiaire d'un ami de son père, d'être conseillère auprès du maire pour l'éducation musicale ? Elle trouvait absurde de jongler avec des budgets insuffisants, de présider à une instruction musicale dans des établissements ne disposant ni de livres, ni d'instruments de musique, d'avoir affaire à des professeurs de musique incapables de déchiffrer plus de deux notes et qui trouvaient parfaitement acceptables les intentions des politiciens leur ayant offert ce travail. Elle avait refusé.

D'où sa fuite à Vienne et ses années d'études, ses fouilles dans les archives de Saint-Pétersbourg et ses années de galère à Matera, lorsque son désir de revenir en Italie avait été trop fort. Puis nouveau départ pour Manchester et maintenant ce « machin », quel qu'il soit.

Un léger coup frappé à la porte la tira de ces réflexions.

« *Avanti.* » D'humeur accueillante, Caterina se dirigea vers la porte au moment où celle-ci s'ouvrait sur une femme à peu près de l'âge de sa mère. Comme cette dernière, la nouvelle venue était petite et un peu trop ronde, avec un visage à la peau douce, également tout rond et surmonté d'une structure compliquée de tresses qui rappela aussitôt à Caterina une mise en scène de la *Médée* de Cherubini, qu'elle avait vue bien des années auparavant au Teatro Massimo de Palerme, et pour laquelle le costumier avait joyeusement confondu Médée avec Méduse, coiffant la tête de la soprano d'un casque mal ajusté de serpents dont les entrelacements et les torsions avaient beaucoup contribué à faire oublier la prestation de la chanteuse. Contrairement à ceux de la soprano, les serpents qui ornaient la tête de la femme étaient immobiles.

« Dottoressa Pellegrini ? » demanda la visiteuse, ce qui laissa Caterina perplexe : qui d'autre aurait-elle pu s'attendre à voir ici ? La femme esquissa un sourire et tendit la main. « Je suis Roseanna Salvi, directrice par intérim de la Fondation. » On avait appris à Caterina que le dottor Asnaldi, l'ancien directeur, était parti un an auparavant et que son assistante occupait le poste en attendant qu'on puisse trouver quelqu'un.

« C'est très aimable à vous d'être venue me trouver, dottoressa Salvi », répondit Caterina en lui serrant la main. Elle lui avait donné ce titre à tout hasard.

Le contact fut bref, à croire que la dottoressa Salvi répugnait à confier sa main droite à quelqu'un pendant plus d'une seconde. Après quoi elle la mit vivement dans son dos, où elle put rejoindre la gauche.

« Voulez-vous vous asseoir ? » demanda Caterina, décidant d'agir comme si cette pièce avait toujours était la sienne. Elle eut un geste vers le bureau, et c'est alors qu'elle se rendit compte qu'il n'y avait qu'une chaise.

Caterina sourit devant cette situation, en espérant une réaction identique de la part de la femme. Mais il n'y eut rien, sinon une politesse attentive. « Vous pourriez peut-être prendre la chaise, dottoressa », dit-elle.

Les mains toujours cachées, la directrice répondit : « Je crains de devoir vous détromper, dottoressa. »

Ah, on y était, songea Caterina. Bornage du territoire, compétition, mettre la nouvelle venue à sa place, établir la hiérarchie – parlez-moi de solidarité féminine. Sans rien dire, elle sourit.

« Vous vous méprenez. Je ne suis pas docteur. En quoi que ce soit. » Le visage de la non-dottoressa Salvi se détendit pendant qu'elle parlait et sa main droite réapparut.

« Ah bon, s'exclama Caterina, posant, sur une impulsion, la main sur le bras de la femme comme pour la réconforter. Personne ne me l'a dit. En fait, personne ne m'a rien dit, vraiment. » Puis, comme elles étaient des femmes et qu'il fallait alléger un peu l'atmosphère, elle ajouta : « Appelez-moi, Caterina, je vous en prie. Et pas dottoressa. »

La signora Salvi sourit et les serpents qui encadraient sa tête redevinrent de simples boucles. « Et moi, c'est Roseanna », répondit-elle en évitant d'avoir à employer le tutoiement, sans aucun doute en laissant la liberté à la dottoressa, même si elle était beaucoup plus jeune.

« Est-ce qu'on ne pourrait pas se tutoyer ? demanda Caterina. Étant donné que nous allons travailler ensemble. » Caterina ignorait si c'était vrai, mais au moins travaillaient-elles au même endroit, ce qui constituait un point commun.

Comme il arrive en général quand une personne suggère d'adopter un mode de communication plus familier, l'ambiance de la conversation se détendit une fois l'égalité établie. La signora Salvi se tourna vers la porte. « Allons dans mon bureau. Au moins il y a deux chaises », dit-elle avec un sourire.

Une fois dans le bureau de la signora Salvi, à deux portes du sien, Caterina observa qu'une seconde chaise était presque la seule différence avec son propre bureau – avec une fenêtre plus grande qui donnait sur la cour, à l'arrière du bâtiment. La table n'était pas plus grande que celle de Caterina. Il n'y avait pas de téléphone non plus, mais en revanche Caterina remarqua sur le bureau un engin qu'elle n'avait pas vu depuis dix ans : une machine à écrire. Électrique, d'accord, néanmoins une simple machine à écrire. Elle n'aurait pas été plus étonnée si elle avait croisé, dans la rue, une femme en crinoline. Elle se rapprocha et étudia le clavier. Oui, les lettres étaient toutes là.

La signora Salvi eut un haussement d'épaules résigné – ou d'excuse. « Nous n'avons plus d'ordinateur, alors je me sers de ça. » Puis, se souvenant de son rôle d'hôtesse, elle sourit et écarta la chaise du bureau pour la proposer à sa visiteuse. Elle alla s'installer dans la sienne, de l'autre côté du bureau, si bien que la machine à écrire se trouvait maintenant entre elles.

Elles gardèrent quelques instants le silence, chacune attendant que l'autre prenne la parole la première et établisse ainsi l'ambiance. Finalement, Caterina céda simplement à la curiosité – parce que enfin, même les enfants faisaient leurs devoirs sur un ordinateur et les usagers des trains les utilisaient couramment. « Comment se fait-il qu'une institution comme celle-ci n'ait même pas un ordinateur ?

– On nous l'a volé.

– Qu'est-ce qui s'est passé ?

– Quelqu'un est entré ici par effraction une nuit, il y a environ un mois, et a pris l'ordinateur, l'imprimante et un peu d'argent qui se trouvait dans le tiroir, dit-elle en montrant son côté du bureau.

– Et par où est-il entré ? demanda Caterina, pensant à la minuscule fenêtre du premier bureau.

– Par là. (La signora Salvi montra alors la fenêtre considérablement plus grande du fond de la pièce.) Ça n'a pas dû être bien difficile. Il suffisait de passer par la cour, de forcer les volets et de casser un carreau. Il n'a rien pris d'autre, je crois. Mais c'est parce qu'il n'a pas pu entrer dans les autres bureaux. Toutes les portes étaient fermées à clef.

– La police est venue ?

– Bien entendu. Je l'ai appelée dès que j'ai vu ce qui était arrivé.

– Et ?

– Oh, comme d'habitude, répondit la signora Salvi, à croire que pour elle avoir affaire à la police était une corvée quotidienne. Ils ont commencé à se comporter comme si c'était moi la coupable, puis ils ont dit que c'était sans doute des jeunes qui volaient des choses pour trouver l'argent de leur drogue.

– Et c'est tout ?

– Ils m'ont conseillé de faire réparer la fenêtre. (La signora Salvi prit un air dégoûté.) Ils ne m'ont même pas demandé quel genre d'ordinateur c'était, ni pris d'empreintes digitales. En fait, ils n'ont posé aucune question. (Puis, l'air encore plus contrarié, elle ajouta :) Et ils n'ont interrogé personne de l'immeuble ou des voisins qui donnent sur la cour. » Elle haussa les épaules, à l'idée de cette incurie, puis sourit à nouveau.

« Mais comment faites-vous sans ça ? » demanda Caterina avec un mouvement de tête vers la machine à écrire, comme s'il s'agissait d'un ex-voto de l'ordinateur disparu.

C'est sur le ton de l'aveu que répondit Roseanna. « Il ne contenait vraiment pas grand-chose. Le catalogue des documents qui étaient ajoutés à la collection, les réponses aux lettres que nous recevions. » Elle adressa un petit sourire à Caterina avant de continuer. La Fondation n'a guère d'activité, voyez-vous. Je ne suis d'ailleurs ici que trois heures par jour. Au cas où quelqu'un viendrait chercher des informations. Elle eut un sourire gêné. « Mais personne ne vient jamais. Il y a bien des gens qui viennent de temps en temps, mais pas pour poser des questions. Pour la bibliothèque. » Elle adressa à Caterina – qui cherchait vainement à se représenter qui pouvait vouloir consulter une bibliothèque aussi pauvre – un long regard évaluateur avant de reprendre d'une voix plus douce : « Ils sont un peu particuliers.

– C'est-à-dire ? »

La signora Salvi changea de position sur sa chaise. Était-ce cette confidence faite sur une impulsion qui la rendait nerveuse, ou craignait-elle de dénigrer des gens qui, en un certain sens, contribuaient au fonctionnement de la Fondation ? Caterina hocha la tête pour l'encourager.

« Ils font penser aux personnes qui passent leurs journées assises dans la Marciana. J'ai bien l'impression que certains d'entre eux ne viennent ici que pour avoir chaud. En hiver, du moins, parce que nous sommes situés plus près de chez eux que la Marciana.

– Ils posent des questions sur la musique ?

– Pratiquement jamais. La plupart d'entre eux ne savent même pas quel est l'objectif de la Fondation. J'ignore comment ils en ont entendu parler et ce qu'ils en savent : je suppose qu'ils se passent l'information – il y fait bon, et personne ne viendra vous embêter pendant trois heures. Toujours est-il qu'ils viennent et s'assoient. Ils amènent parfois un journal, ou en lisent un trouvé sur place. Ou ils dorment. » Elle scruta de nouveau longuement Caterina, comme pour évaluer dans quelle mesure elle pouvait lui faire confiance. « Parfois, quand il fait très froid, je laisse ouvert plus longtemps.

– Vous-même, qu'êtes-vous supposée faire ici ? s'enquit Caterina.

– Je crois qu'au début – je n'y suis que depuis trois ans – la Fondation se conformait à la volonté du dottor Dardago ; elle soutenait financièrement des représentations d'opéra, elle finançait des personnes qui travaillaient sur des partitions ou faisaient des recherches. » Elle eut cette fois un sourire que Caterina trouva tout à fait sympathique. « Tout est dans les dossiers : les sommes versées, le nom des personnes aidées… Puis les choses ont changé.

– Qu'est-ce qui s'est passé ?

– Le premier directeur a fait de mauvais placements, si bien que les fonds ont diminué. Et du coup, les personnes à la recherche d'une bourse ont cessé de nous solliciter, car nous n'avions plus d'argent. Le dottor Asnaldi a repris le poste il y a douze ans, mais les choses n'ont fait qu'empirer. Puis, il y a deux ans, la Fondation a connu une nouvelle perte importante et le dottor Asnaldi est parti.

– En laissant quoi derrière lui ? » demanda Caterina.

Roseanna porta une main à sa tête et se gratta sous une de ses boucles. « Un comptable vient tous les six mois vérifier les comptes, et il a constaté qu'il ne restait pratiquement plus rien du capital de départ. D'après lui, il y a de quoi tenir encore un an, tout au plus.

– Et ensuite ?

– Ensuite, nous fermerons, je suppose. » La femme eut un petit haussement d'épaules déçu. « S'il n'y a plus d'argent… ajouta-t-elle, ne finissant pas sa phrase.

– Qui décidera ? Le dottor Moretti ?

– Oh, non. Un autre avocat, Fanno, qui est responsable de la donation. »

Le nom ne dit rien à Caterina et, n'y attachant pas d'importance, elle ne pensa pas à demander qui était ce Fanno. Du peu qu'elle avait appris et vu, il était clair que la Fondation n'en avait plus pour longtemps, pas sans ordinateur ni téléphone, et avec ce roman sur un castrat traînant sur les étagères. Elle avait beau ne pas travailler pour la Fondation, la curiosité la poussa néanmoins à demander : « Est-ce que les archives de la correspondance remontent au début ?

– Oh, tout à fait. Elles sont au premier. » Elle montra le plafond du doigt, comme pour lever toute incertitude que Caterina aurait pu avoir sur l'emplacement de l'étage.

« Au premier ?

– Dans le bureau du directeur. »

Caterina eut un geste vague de la main. « Je croyais que nous nous y trouvions.

– Oh, non. Je veux parler du bureau du *dottor* Asnaldi, enfin, son ancien bureau. » Sur quoi, d'une petite voix, elle ajouta : « C'est là, dans une sorte de placard mural, que se trouvent les malles. Elles y sont plus en sécurité. »

3

Telle la femme de Loth, Caterina se pétrifia, mais contrairement au personnage biblique, elle redevint immédiatement de chair. Elle s'exclama : « Mais c'est imposs… » Elle s'interrompit, consciente de n'avoir aucune idée de l'endroit où auraient dû se trouver les malles, de même qu'elle n'avait aucune idée de ce qui était possible ou pas dans toute cette histoire. Les cousins lui avaient parlé des malles avec l'air de sous-entendre qu'elles seraient à l'abri dans un coffre de banque, alors qu'elles étaient ici, dans un appartement avec un rez-de-chaussée aux fenêtres sans barreaux. Un appartement qui, de plus, avait déjà été cambriolé sans beaucoup de difficulté.

Caterina ne comprenait pas non plus pourquoi la Fondation était mêlée à cette affaire. Ce que Roseanna appelait la donation ou le fonds était pratiquement épuisé, les bureaux auraient aussi bien pu se trouver en Albanie, et seuls la chaleur et le confort d'un endroit accessible faisaient que des presque-sans-domicile rendaient visite à la bibliothèque. Néanmoins, la Fondation se trouvait impliquée, ne fut-ce que marginalement.

Avec l'espoir que son expression ne la trahirait pas, elle continua, non sans avoir pris le temps de réfléchir

aux termes qu'elle allait employer. « ... impressionnant, vraiment impressionnant. Qu'elles soient en
sécurité ici dans un lieu sûr. » Ce fut le mieux qu'elle
put faire, et comme Roseanna lui souriait, Caterina
continua : « Comment tout cela s'est-il produit ?

– Les anciens propriétaires ont fait creuser une sorte
de placard blindé dans un mur, mais j'ignore pourquoi.
Il était là quand la Fondation a loué l'appartement, et le
dottor Asnaldi en plaisantait ; il lui arrivait parfois d'y
ranger son parapluie sous clef. » Sur quoi elle ajouta, à
voix plus basse : « Mais ils ont dû vous en parler, non ?

– Ils ne m'ont peut-être pas tout dit, répondit Caterina. Les explications qu'on m'a données manquaient
un peu de... contexte, si je peux le formuler ainsi.

– Étant donné que vous allez travailler sur ces
papiers, il me paraît normal que vous sachiez d'où ils
viennent. »

Caterina la remercia d'un signe de tête.

« L'un des cousins a appelé le dottor Asnaldi il y a
environ quatre mois. J'ignore comment il a eu son
numéro, et je ne me souviens pas de qui des deux il
s'agissait. Il voulait savoir si le dottore serait intéressé
par le déchiffrage de certains documents pour en tirer
un rapport. Tout ce que je sais, c'est que l'ancien
directeur a rencontré les deux hommes – les cousins –
mais qu'il a refusé leur proposition. Pourquoi, je n'en
ai jamais eu la moindre idée. » Roseanna eut un haussement d'épaule accompagné d'un sourire qui commençait à être familier à Caterina.

Elle hocha la tête, et Roseanna continua. « Mais il
m'a appelée, étant donné qu'il m'avait laissé la boutique, et il m'a dit que ce serait peut-être judicieux de
conserver les papiers ici, dans le placard blindé – raison pour laquelle ils sont au premier.

– Je m'étonne qu'ils n'aient pas contacté la Marciana ou le conservatoire, ou même une banque. Du moins, s'ils pensent que ces documents ont de la valeur. »

D'un geste machinal, Roseanna passa la main sur la surface du bureau, comme pour vérifier s'il fallait le cirer. « C'est bon marché, dit-elle finalement. Meilleur marché.

– Que quoi ?

– Qu'un dépôt à la Marciana, au conservatoire ou dans une banque. Ils ont proposé trois cents euros par mois et c'était en hiver, alors que nous avions la facture du chauffage à payer. » Elle écarta les mains dans un geste de pure résignation. « C'est ce que m'a suggéré le dottor Asnaldi et je lui ai répondu que j'étais d'accord. Les autres formules leur seraient revenues beaucoup plus cher. »

Étant donné que l'endroit avait été récemment cambriolé, une banque aurait peut-être été plus sûre, pensa Caterina, sans juger bon d'en faire la remarque à haute voix.

« C'était moi la responsable, voyez-vous, en tant que directrice par intérim. C'était à moi de signer le contrat. »

Elle paraissait si fière de ce titre que Caterina réagit par un « *complimenti* » émis à voix basse, ce qui fit rougir Roseanna.

Supposant que le silence de la directrice par intérim était une invitation à poursuivre ses questions, Caterina demanda ce qui s'était alors passé.

« Le dottor Moretti les a convaincus de se mettre à la recherche de quelqu'un de compétent pour étudier les papiers.

– Estime-t-il que cela pourrait régler tous leurs problèmes et mettre un terme à leur dispute ?

– Oh, répondit Roseanna avec un petit rire, la personne capable d'y arriver n'existe pas, j'en ai peur. »

Cette réflexion allégea l'atmosphère et encouragea Caterina à essayer de satisfaire un peu plus sa curiosité. « On peut donc estimer que les malles sont en sécurité, là-haut ?

– Bien sûr. Ce rangement n'est qu'un petit placard, mais il a une porte blindée. Si l'on y songe, c'est plus que ce qu'on trouve dans la plupart des boutiques. Il y a, ajouta-t-elle, un autre placard plus petit, où l'on range les archives.

– Les archives ?

– La correspondance, mais le dottor Asnaldi parlait toujours des archives.

– Et où se trouve ce deuxième placard ? »

Roseanna leva les yeux vers le plafond, rappelant un instant à Caterina les images pieuses de Thérèse de Lisieux qu'on trouvait souvent sur la table, à l'entrée d'églises désertes. Sa coiffure serpentine aurait fait le même effet que le voile noir de la sainte. « Au premier aussi. »

Plusieurs images vinrent soudain à l'esprit de Caterina : Ugolin emprisonné dans la tour, Vercingétorix dans la Marmetine – elle chassa tout de suite celle-ci, la prison était souterraine –, Casanova s'échappant par les toits des Plombs. Au premier se trouvaient donc non seulement le bureau du directeur, mais aussi les archives. Combien d'autres choses étaient dissimulées à l'étage ?

« Au premier ? répéta machinalement Caterina.

– C'est dans la même pièce, mais il s'agit d'un rangement ordinaire qui ferme à clef.

« – Et qu'est-ce qu'il y a d'autre, dans ces archives ?

– Certaines partitions de la collection Dardago.

– Elles font partie de la donation ? » Caterina se demanda pourquoi, si c'était le cas, elles n'avaient pas été vendues pour continuer à financer les activités de la Fondation, ou au moins à en résoudre les petites misères.

« Non. Le dottor Dardago les a léguées à la Marciana et elles doivent leur revenir dans le cas où la Fondation cesserait d'exister. J'imagine qu'il ne voulait pas que sa collection soit dispersée par petits bouts. La Fondation en a seulement la garde et l'utilisation tant qu'elle existe. Cela a toujours été très clair. » Puis, parlant une fois de plus à voix basse, elle ajouta : « Il n'y a pas grand-chose, à vrai dire : un exemplaire imprimé d'un opéra de Porpora et quelques partitions d'époque. » Elle ne laissa pas le temps à Caterina de poser la question et ajouta – du ton de celle qui se sent triste d'avoir à le dire, comme si c'était avouer la médiocrité de la Fondation : « Non, ce sont seulement des copies, et elles ne sont même pas contemporaines des compositeurs. » Puis, peut-être retenue un instant par un dernier remords : « J'ai bien peur que le dottor Dardago n'ait été qu'un amateur. »

Aux yeux de Caterina, cette collection d'amateur ne paraissait pas mériter d'être mise sous clef, mais son travail ne concernait pas les archives et elle ne s'enquit pas davantage de ces documents.

« Et comment y monte-t-on ? » demanda Caterina.

L'expression qu'elle afficha trahit une certaine perplexité chez Roseanna. « Eh bien, par l'escalier. » Un instant, elle eut l'air de vouloir ajouter autre chose, puis y renonça.

« Et peut-on y aller ? »

Roseanna préféra faire une réponse oblique. « Je ne sais pas si vous pouvez déjà monter. »

Comme la plupart des gens, Caterina n'appréciait pas qu'on lui défende de faire quelque chose. Et comme la plupart des femmes faisant une carrière – dans un milieu dominé par les hommes – grâce à leurs aptitudes, à leur ténacité et à un talent supérieur jamais reconnu ou parfois admis mais à contrecœur, elle avait appris à retenir son impulsion viscérale à s'emporter contre la source de l'interdiction, sans pour autant contrôler de violentes palpitations.

Au bout d'un moment, d'une voix maîtrisée, Caterina posa une nouvelle question. « Il faudra bien que j'y monte tôt ou tard, non ? Si je dois travailler ici. » Puis, comme si la pensée venait juste de l'effleurer : « Vous avez dit que vous receviez du courrier. Me serait-il possible de jeter un coup d'œil à ces lettres ? » Roseanna ne répondit pas tout de suite par la négative, alors elle ajouta : « Il est possible que des gens ayant contacté la Fondation par le passé – des gens à la recherche d'informations musicologiques sérieuses – soient le genre d'amateurs que tous les documentalistes rêvent de rencontrer. » En réalité, les interventions et les suggestions des amateurs étaient plutôt le cauchemar des chercheurs.

« Nous ne savons jamais d'avance ce qui pourra se révéler utile », poursuivit-elle avec un large sourire destiné à inclure Roseanna dans ce « nous ». « Et d'où sort cette règle ? »

Roseanna réfléchit quelques instants. « Ce n'est pas une règle, pas vraiment. C'est juste que les cousins auraient plutôt…

– Le goût du secret ? »

Cette fois, le haussement d'épaule l'emporta sur le sourire.

Caterina lui rendit son sourire et, refusant d'admettre qu'elle n'avait pas d'autre motif que sa curiosité pour continuer ses questions, elle trouva bon de préciser : « Tout ce que je veux, c'est gagner du temps en cherchant à déterminer si quelqu'un d'autre ne pourrait pas nous aider dans ces recherches. » Puis, sur le ton de la confidence : « Je ne sais pas si cela pourrait m'aider dans l'examen des documents eux-mêmes, mais il pourrait être utile de connaître le nom des gens intéressés : ils en savent parfois plus long que les spécialistes, en particulier dans des domaines aussi circonscrits que celui-ci. » Argument peu convaincant, elle le savait bien – ce qui n'était peut-être pas le cas de Roseanna.

La confiance et la bonne volonté étaient sans doute suffisamment revenues, car Roseanna se leva. « Je suppose que vous pouvez. » Puis, avec un sourire complice : « Après tout, je suis la directrice par intérim, non ? »

Elle la précéda hors du bureau et s'engagea vers l'arrière du bâtiment. Le couloir se terminait sur une porte. Elle s'arrêta devant, prit un trousseau de clefs, ouvrit la porte et attaqua l'escalier sur lequel celle-ci donnait. Caterina la suivit. À l'étage, elles se retrouvèrent dans un petit couloir aux portes en bois se faisant face. Roseanna ouvrit la première à gauche et elles entrèrent dans un bureau, avec des barreaux aux fenêtres. La table de travail était imposante et un placard en bois sombre était fixé dans le mur à sa gauche. De part et d'autre on avait accroché des gravures de personnages en perruque. Caterina reconnut la face ronde de Jommelli. L'autre était peut-être Hasse. Elle l'aimait bien : il fallait être héroïque pour avoir voulu épouser Faustina Bordoni.

Roseanna montra le placard d'un mouvement de tête. « Toute la correspondance est là-dedans. » Caterina vit que la clef était dans la serrure. Elle regarda autour d'elle, à la recherche du rangement-placard-coffre (les explications de Roseanna avaient manqué de clarté) aux portes blindées dont la directrice par intérim lui avait parlé, et aperçut en effet deux portes métalliques, de presque un mètre de haut, encastrées dans le mur situé directement derrière le bureau.

Ignorant délibérément ce qui n'était rien moins qu'une variété de coffre-fort, elle demanda : « À quand remontent les premières lettres de cette correspondance, Roseanna ?

– Au tout début.

– Et pour quelles raisons ces gens vous ont écrit ? » Cette fois, l'intérêt de Caterina était tout à fait sans arrière-pensées.

« Oh, les plus diverses. Vous seriez étonnée. Certains nous envoient des copies de manuscrits ou de partitions en nous demandant de les authentifier ou d'en vérifier l'écriture, d'autres demandent des informations biographiques sur des compositeurs. Ou ce que nous pensons d'un CD qui vient de sortir, ou si cela vaut la peine d'aller voir telle ou telle production. Nous avons même reçu des manuscrits et des documents, mais jamais rien d'une grande importance. Vous n'imaginez pas. » Elle examina un instant la porte du placard. « Si vous jetez un coup d'œil dans ces dossiers, vous pourrez vous en faire une idée.

– Si cela ne vous ennuie pas », dit Caterina, certes intéressée par les lettres, mais souhaitant surtout montrer à Roseanna qu'elle était venue ici de bonne foi et sans chercher à apprendre quelque chose sur l'identité du compositeur dont les manuscrits pouvaient peut-être très bien se trouver derrière les lourdes portes métalliques, des portes qu'elle continua d'ignorer.

Roseanna donna un tour de clef, glissa en habituée deux doigts entre les battants et tira. Elle ouvrit le premier, puis le second suivit tout seul.

Caterina ne connaissait Roseanna que depuis moins d'une heure, mais elle en avait assez vu – sa tenue discrète, la chevelure nouée serrée, entre autres – pour comprendre qu'elle n'était pas responsable du chaos qui régnait à l'intérieur du placard.

Celui-ci comprenait deux étagères, chacune assez grande pour contenir des dossiers cartonnés. Sur les deux étagères, ces dossiers étaient renversés, éparpillés. Des feuilles en dépassaient, d'autres paraissaient intacts. On aurait dit qu'il y avait eu un fort coup de vent dans le meuble.

Le soupir étranglé que poussa Roseanna fut parfaitement spontané. *« Maria Vergine ! »* Une personne qui ment ne réagit pas ainsi, songea Caterina. Sa stupéfaction s'accentua lorsqu'elle ajouta à voix basse : *« Oddio… »*

La directrice tendait déjà une main vers les dossiers lorsque Caterina l'arrêta : « Non, Roseanna, ne touchez à rien.

– Quoi ?

– Ne touchez à rien. »

Roseanna la dévisagea, l'expression franchement curieuse. « Je n'ai aucune envie d'avoir de nouveau la police ici », dit-elle avec une soudaine énergie.

Caterina se pencha pour examiner les étagères de plus près. « Mais regardez-moi ça. Quelqu'un a fouillé dans ces dossiers. » Puis, se souvenant sans aucun doute des films policiers qu'elle avait vus, elle demanda : « Qui d'autre a une clef ?

– Il n'y en a qu'une, la mienne.

– Le dottor Moretti m'a donné celle de l'entrée, dit Caterina, se demandant s'il serait si difficile que ça de parvenir jusqu'à ce bureau. Personne n'en a d'autre ? » À l'expression qu'eut Roseanna, elle comprit aussitôt qu'elle était allée trop loin. Elle essaya d'atténuer l'effet de la question en continuant du ton le plus naturel possible. « Ce doit être un terrible choc pour vous, j'imagine. Que quelqu'un ait pu s'introduire ici et faire ça. » Ce subterfuge pour exclure la directrice de la liste des suspects potentiels était aussi grossier qu'évident.

Caterina évoqua ce qu'elle savait des méthodes de la police : leurs premiers suspects seraient les personnes ayant une clef donnant accès à l'immeuble. Ou bien, en apprenant que l'effraction – elle ne savait même pas, pour le moment, s'il y avait eu vol – concernait une correspondance à propos de musiques datant de plusieurs siècles, ils se contenteraient peut-être de repartir. Et encore, à condition qu'ils aient auparavant pris la peine de se déplacer.

Adoptant son ton le plus conciliant, Caterina conclut alors : « Vous avez raison. Cela ne regarde en rien la police. » Voilà qui les mettait sur un pied d'égalité et qui renforçait leur complicité. « Qu'est-ce qui manque ? »

Caterina s'écarta du placard, comme pour donner une preuve matérielle de la confiance qu'elle avait dans la compétence de Roseanna. Sa sœur Cinzia avait vécu plusieurs années avec un anthropologue et elle lui avait plus ou moins transmis ce qu'elle avait appris de lui sur les manifestations de dominance chez les grands singes. Caterina y pensa lorsqu'elle se retira

44

derrière le bureau, laissant à Roseanna un accès libre au placard.

La directrice par intérim se pencha sur le cabinet et rassembla les dossiers en piles sur la première étagère, remettant les feuilles dans les cartonnages quand elles en dépassaient. Elle posa une première pile sur le bureau, puis mit à côté les dossiers provenant de l'étagère inférieure. Revenant à la première pile, elle ouvrit chaque dossier l'un après l'autre jusqu'à ce que toutes les feuilles soient parfaitement rangées, comme elle avait l'air d'aimer, puis recommença la manœuvre avec la seconde pile.

Une fois tout en ordre, elle attaqua le premier dossier pour en vérifier le contenu. Pour ne pas trahir son impatience, Caterina se dirigea vers la seconde gravure afin de voir si le nom du personnage n'y figurerait pas. Derrière elle, Roseanna ouvrait méthodiquement un dossier, parcourait les papiers qu'il contenait avant de les reposer et de prendre le suivant.

Caterina continua à s'intéresser aux deux gravures.

« Caterina ? demanda Roseanna.

– Si ?

– Il y a quelque chose que je ne comprends pas », dit la directrice d'un ton hésitant. Caterina crut qu'elle manifestait son étonnement à l'idée que quelqu'un ait pu vouloir fouiller dans les archives de la Fondazione Musicale Italo-Tedesca.

« Quoi donc ?

– On dirait qu'il ne manque rien. »

4

« Quoi ? » s'exclama Caterina, stupéfaite à l'idée qu'on ait pu se donner le mal d'entrer par effraction pour ne rien emporter. Ce n'était pas du vandalisme, rien n'était tombé du placard, rien n'avait été détruit, mais le résultat d'une fouille hâtive et désordonnée, rien de plus.

Roseanna lui tendit un des dossiers cartonnés. Sur le rabat, tapé à la machine (oui, à la machine), on lisait : SARTORIO, ANTONIO, 1630-1680.

« Que contient-il ? demanda Caterina en le lui rendant sans l'ouvrir.

– Les lettres le concernant que nous avons reçues au cours des années, répondit Roseanna, qui le soupesa dans sa main droite comme si elle pouvait en juger par le poids. Tout semble s'y trouver. Comme dans celui-ci. » Elle passa un deuxième dossier à Caterina. « Mais je peux vérifier. »

Caterina lut la première lettre du dossier ; elle était rédigée en allemand et adressée au directeur de la Fondation, uniquement par son titre. Son auteur commençait par expliquer que lors d'un séjour à Venise, il n'avait pu trouver la tombe de Hasse dans l'église San Marcuola, et il demandait d'un ton péremptoire comment il se faisait que la Fondation n'y ait pas fait apposer une plaque commémorative. Il disait qu'il était membre de la Société Hasse à…

Caterina leva le nez du dossier. « Qu'est-ce que vous venez de dire ?

– Que je voulais vérifier s'il ne manquait rien dans le dossier Porpora.

– Comment ça ? » demanda Caterina, soudain intéressée.

Au lieu de répondre, Roseanna retourna au placard et passa une main à l'intérieur pour saisir l'un des boutons décoratifs qui dépassaient des panneaux en marqueterie perpendiculaires aux étagères. Elle le tourna d'un coup sec et le panneau s'abaissa, révélant un tiroir vertical d'une dizaine de centimètres de profondeur. Elle en retira un carnet de notes dont la couverture s'ornait d'une représentation de la statue équestre en bronze de Marc Aurèle.

Elle posa le carnet sur le bureau, l'ouvrit à la première page et le pressa de la main pour l'aplatir. Elle plaça ensuite le dossier ouvert à côté d'elle et en retira les lettres. Sur quoi elle les passa méthodiquement en revue, pointant à chaque fois du doigt une ligne du carnet. Caterina se trouvait trop loin pour pouvoir lire. Lorsqu'elle fut arrivée à la dernière lettre, Roseanna se tourna vers elle et dit : « Il n'en manque aucune.

– Je peux ? » demanda Caterina en prenant le carnet de notes.

Porpora était écrit en haut à gauche de la page et, dessous, des colonnes indiquant la date d'arrivée des lettres, le nom et l'adresse de l'expéditeur, la date de l'envoi de la réponse.

« Pourquoi tenir un tel registre ? » demanda Caterina du ton le plus neutre possible.

Roseanna pinça les lèvres, gênée, évitant de croiser le regard de Caterina. « J'enregistre tout, avoua-t-elle, y compris mes factures de gaz. C'est une manie, j'imagine. » Elle montra le carnet. « De cette façon, si quelque chose manque ou a été mal rangé, j'en ai une trace écrite. Je fais comme ça depuis que je suis arrivée ici. » Puis, baissant la tête, elle ajouta : « J'ai commencé par traiter toute la correspondance existante, puis au fur et à mesure les lettres qui arrivaient. »

Caterina faillit lui demander si la Fondation avait un site Web ou une adresse courriel, ou quelque autre preuve qu'elle fonctionnait dans le siècle actuel. Elle pensa à la lettre se plaignant que la tombe de Hasse fût introuvable : qui aurait pu vouloir voler ou même consulter un document pareil ? « Vous ne vous souvenez pas qu'on vous ait posé des questions bizarres, ni d'avoir reçu des menaces ?

– Certaines des lettres sont étranges », admit Roseanna. Puis, comme si elle repensait à ce qu'elle venait de dire, elle se plaqua la main sur la bouche.

Caterina ne se retint pas de rire aux éclats. « Si vous aviez vu certains de mes condisciples… » Puis, poussée par cette évocation, elle ajouta : « Et certains de mes professeurs… » Ce qui la fit de nouveau rire aux éclats.

Roseanna résista quelques instants, puis se joignit à elle et rit à son tour. « Si vous trouvez ces gens étranges, vous devriez voir certaines des personnes qui débarquent ici. Je ne parle pas de celles qui viennent pour dormir, mais pour poser des questions. »

Toujours riant, Caterina hocha la tête et agita la main en l'air. Oui, elle savait, elle savait. Elle avait passé dix ans de sa vie en leur compagnie.

«En règle générale, ceux qui écrivent sont mieux. Nous avons un vieux monsieur de Pavie qui écoute encore des disques sur son gramophone. Il nous écrit pour nous demander des suggestions sur ce qu'il devrait acheter. Vous pouvez croire une chose pareille ?» Elle secoua la tête d'incrédulité. Et dire que c'est cette même femme qui se sert encore d'une machine à écrire, pensa Caterina.

Elle prit le carnet et, se doutant que Roseanna avait classé par ordre alphabétique, elle revint de la page Porpora à la page Hasse. La lettre avait été enregistrée douze ans auparavant; un peu plus longtemps pour Caldara, mais il n'y avait que deux lettres.

Elle repartit vers la fin du carnet, passa Sartorio et trouva Steffani. «Comment se fait-il que Steffani n'apparaisse que depuis si peu de temps, Roseanna ?

– Il est resté longtemps oublié.

– Oui, évidemment.» Caterina se souvenait d'avoir vu son portrait dans un livre qu'elle avait consulté : visage rond, double menton, barrette d'évêque d'où dépassaient des mèches de cheveux blancs, de longs doigts qui caressaient le crucifix pendant devant sa poitrine. Cet homme était mort depuis presque trois siècles. Caterina referma le carnet et le posa sur le bureau. Son regard fut attiré par la reproduction de la statue. Marc Aurèle. Empereur. Héros. Critiqué par des générations d'historiens parce qu'il avait laissé le trône à son fils Commode – l'empereur-philosophe aurait-il dû rester sans enfants pour leur faire plaisir, peut-être ? Sans enfants. Sans héritiers.

Ce fut une illumination. Elle laissa échapper un grognement involontaire, comme si elle venait de recevoir un coup à l'estomac. «Marco Aurelio, dit-elle à voix haute, bien sûr, bien sûr !»

Roseanna se tourna vers elle, étonnée. « Qu'est-ce qui ne va pas ? Qu'est-ce qu'il y a ? » Elle laissa tomber le dossier qu'elle tenait et posa la main sur le bras de Caterina. Comme celle-ci restait sans réaction, elle répéta, d'un ton plus exigeant : « Qu'est-ce qu'il y a ?

– Marco Aurelio », répéta Caterina.

Roseanna jeta un coup d'œil à la couverture du carnet. « Oui, je sais, mais qu'est-ce qui ne va pas ? »

Caterina se frotta le front, comme pour repousser un mal de tête, puis se tapota légèrement la tempe à plusieurs reprises. « Bien sûr, bien sûr, répéta-t-elle. Les malles ont appartenu à Steffani, n'est-ce pas ? » ajouta-t-elle en s'adressant cette fois à Roseanna.

Celle-ci resta bouche bée. « Mais… comment l'avez-vous appris ? Ils ont insisté pour que personne ne dise rien jusqu'au moment où la personne sélectionnée travaillerait sur les documents. Comment vous l'avez découvert ? » Caterina ne répondant pas, Roseanna lui reprit le bras, mais pour le serrer, cette fois. « Dites-moi.

– C'est à cause de ça », expliqua Caterina en montrant le carnet de notes.

De toute évidence, la directrice n'avait aucune idée de ce que Caterina voulait dire. Elle prit le carnet de notes et le parcourut, comme si Caterina y avait vu la réponse écrite en toutes lettres. « Je ne comprends pas, admit-elle en reposant le carnet sur le bureau.

– C'est un souvenir qui remonte à mes lectures, quand j'étais étudiante. Son premier opéra s'intitulait *Marco Aurelio*. » L'expression de perplexité de Roseanna ne changea pas, elle n'acquiesça pas de la tête comme lorsqu'on reconnaît quelque chose – mais combien de personnes connaissaient cette histoire ? « Et je me rappelle avoir lu qu'il n'avait pas eu d'héritiers directs et que personne ne savait à qui ses biens étaient allés après sa mort. » Elle se souvenait cependant que l'Église était mêlée à l'affaire, mais pas dans le détail.

Roseanna alla s'asseoir derrière le bureau. C'était celui du directeur, le fauteuil du directeur, mais elle n'avait vraiment rien d'un directeur. Elle s'accouda dessus et mit le menton dans le creux de sa main. « Oui, c'est exact. C'est bien Steffani. » Elle prononça le nom en accentuant la première syllabe comme l'aurait fait tout italien contemporain. Comme ne l'aurait pas fait Steffani lui-même. « Mais je ne vois pas ce que cela change, reprit Roseanna d'un ton soudain plus sec. Vraiment. Car de toute façon, vous l'auriez su dès l'instant où vous vous seriez mise au travail – son nom figure forcément sur les documents. Ce sont ces deux hommes… » Il y eut un peu plus de chaleur dans sa voix. « Tout doit être secret. Personne ne doit savoir quoi que ce soit. Si l'un d'eux voyait l'autre avec les cheveux en feu, il ne dirait rien. » Il y avait un mélange de colère et d'exaspération dans son ton. « Ils sont effrayants, tous les deux. Chacun est pire que l'autre.

– Les cousins ? »

Roseanna leva la tête et eut un geste agacé de la main. « Quels cousins ? Ce sont seulement deux individus qui ont reniflé la piste de l'argent. C'est ça, leur parenté… ça, et leur méfiance mutuelle, ajouta-t-elle après un bref silence.

– Ils sont vraiment les descendants ? demanda Caterina. Les descendants de Steffani ?

– Oh, oui, ils le sont.

– Mais comment le savent-ils ? Quelles preuves ont-ils ? »

Roseanna émit un petit reniflement, de dégoût ou de colère. Puis elle devint pensive, et soudain, jaugea Caterina du regard. « Les Mormons.

– Je vous demande pardon ? » Steffani avait appartenu au clergé, certes, mais d'où sortaient ces Mormons ? « Il était prêtre, objecta Caterina, mais c'était bien avant l'époque des Mormons, non ?

– Oui, bien sûr. Mais c'est grâce à eux qu'on peut retrouver ses ancêtres. En leur demandant. »

Caterina, qui n'était guère curieuse des siens, se voyait mal confier aux Mormons le soin de les rechercher pour son compte. « Qu'est-ce que les Mormons ont à faire avec cette histoire ? »

Roseanna sourit et eut un petit mouvement des doigts, à hauteur du visage – instabilité mentale, disait-il. « C'est en rapport avec leurs croyances, d'après ce que m'en a dit le dottor Moretti. Ils remontent dans le passé et baptisent les disparus. » Son expression montrait quelle foi elle accordait à cette possibilité.

Caterina la regarda un long moment. « Et ils croient aussi qu'ils peuvent célébrer des mariages avec les gens du passé, et ainsi hériter de leurs biens ? »

Il fallut quelques instants à la directrice par intérim pour comprendre que c'était une plaisanterie ; elle éclata alors de rire, ce qui la rajeunit de dix ans. Quand elle s'arrêta, elle s'essuya les yeux, la voix enrouée d'avoir ri aussi fort. « Ce serait bien pratique, n'est-ce pas ? » Elle médita un moment là-dessus. « Je suppose que je pourrais par exemple épouser Giovanni Agnelli*. » Puis, avec un sens de l'analyse qu'admira Caterina, elle ajouta : « Non, il a

---

* Ancien patron et principal actionnaire de Fiat. *(Toutes les notes sont du traducteur.)*

vécu trop longtemps. Je voudrais quelqu'un de mort jeune. »

Caterina se retint de nommer un ou deux candidats préférant attendre que la directrice revienne à leurs affaires.

Roseanna essuya deux ou trois larmes qui lui avaient échappé et souriait encore lorsqu'elle reprit la parole. « Le dottor Moretti m'a expliqué qu'ils étaient très forts pour ce qui était d'établir votre arbre généalogique, et qu'ils ne sont pas avares de leurs informations.

– Mais comment s'y prennent-ils ? Nous sommes dans un pays catholique. Et il y aussi beaucoup de catholiques en Allemagne. » Ce qui lui rappela encore autre chose : Steffani s'était plus ou moins trouvé mêlé aux querelles opposants catholiques et protestants. C'était il y a longtemps, et ces querelles paraissaient aujourd'hui tellement futiles… Et encore avant l'époque de Steffani, des gens étaient morts parce qu'ils n'étaient pas d'accord sur le nombre d'anges capables de danser sur une tête d'épingle, ni ne pouvaient trancher entre l'hostie simple symbole ou chair réelle. À l'époque du compositeur, ces guerres n'étaient pas terminées. Elle secoua la tête en y pensant : combien de millions d'êtres humains étaient morts à cause de ces balivernes sur le sexe des anges et la nature de l'hostie ? Quelques siècles plus tard, les églises étaient désertées, hantées seulement par quelques personnes âgées et des gamins avec des guitares mal accordées.

« Qu'est-ce qu'il y a ? demanda Roseanna.

– Rien, répondit Caterina avec un petit mouvement de la tête. J'essayais juste de me souvenir de ce que j'avais appris de Steffani pendant mes études.

– Il doit certainement y avoir des ouvrages le concernant à la Marciana. Personnellement, je n'ai rien lu sur lui, mais certains de ces anciens compositeurs sont fascinants. Gesualdo a assassiné sa femme et l'amant de celle-ci – il était grand seigneur et bossu. Porpora a fait banqueroute et Cavalli, d'après ce que j'ai pu lire, passait ses journées assis à sa table de travail à écrire des opéras. »

Caterina lui jeta un regard attentif, comme si elle voyait une autre personne, mais ne fit pas de commentaire.

« J'aime cette musique. Voilà pourquoi j'ai commencé à me renseigner sur elle et sur les compositeurs. Le conservatoire a sa propre bibliothèque, mais ils ne m'ont pas laissée y mettre les pieds. » Difficile, à son ton, de déterminer si elle en était offensée ou pas. Puis elle sourit. « À la Marciana, quand j'ai expliqué que j'étais l'assistante du directeur de la Fondation, on m'a laissée entrer.

– Vous avez eu de la chance, dit Caterina, retrouvant le sourire.

– En effet. » C'est d'une voix qui aurait mieux convenu à une confession que Roseanna continua. « Ils ont eu des vies intéressantes. Sans compter que comme je travaille ici, la moindre des choses est d'en apprendre un minimum sur ce qui est la raison d'être de la Fondation, n'est-ce pas ? Vous me direz, quelle est l'administration qui n'a pas ses incompétents ? »

Après avoir rêvé d'épouser l'homme le plus riche du pays, voici qu'elle avait l'air de douter de ses hommes politiques. Qu'est-ce qu'elle allait encore souhaiter ? Un système politique qui fonctionne ? Un roi philosophe ?

« J'aimerais en savoir un peu plus sur ces Mormons », dit Caterina.

Apparemment, Roseanna aurait préféré continuer à parler de son travail, ou de la musique, mais elle hocha la tête. « Le dottor Moretti avait déjà fait appel à leurs services. D'après lui, ils ont des dossiers qui couvrent plusieurs siècles, et on peut remonter son arbre généalogique sur je ne sais combien de générations.

– Si bien que ces deux cousins ont remonté le leur jusqu'à Steffani ?

– Ou du moins, à des cousins de Steffani. Les Mormons ont des doubles des registres des paroisses de toute l'Italie et ils en ont envoyé des photocopies au dottor Moretti : certificats de naissance et de décès, contrats de mariage. »

Caterina pensa aux deux cousins, doutant qu'ils eussent des connaissances en informatique plus étendues que celles de Roseanna. « Mais qui a fait ce travail ? Les recherches sur Internet ? demanda-t-elle.

– Je viens de vous le dire, les Mormons.

– Intéressant. Il n'existe pas de testament, n'est-ce pas ?

– Il n'y en a pas, ou on ne l'a pas trouvé, si bien que l'Église a fait main basse sur ses biens. Certaines choses ont été vendues pour apurer ses dettes et le reste a été perdu jusqu'à ce qu'on retrouve ces malles. »

Caterina resta tête baissée, étudiant ses pieds. La seule chose qui intéressait les deux cousins était ce qu'ils pouvaient en retirer financièrement. S'il s'agissait de documents concernant ce que dans sa profession on appelait un « compositeur majeur mineur », mort trois siècles auparavant, quelle était sa valeur ? Son *Stabat Mater* était un chef-d'œuvre, et les deux ou trois airs d'opéra de lui qu'elle connaissait étaient superbes, bien que curieusement courts pour une oreille moderne. Elle était allée à Londres voir *Niobe*, quelques années auparavant – une révélation. Elle se rappelait notamment un lamento déchirant, *Dal mio petto*, quelque chose comme ça. Avec un changement de ton vers la fin qui lui avait déchiré le cœur, impression qu'elle avait retrouvée lorsqu'elle avait lu la partition plus tard, grâce à un ami musicien. Mais son enthousiasme personnel n'était pas ce qui influerait sur le prix d'un manuscrit de ce compositeur. Une page d'une partition autographe de Mozart valait une fortune – ou de Bach, ou de Haendel – mais qui avait jamais entendu parler de Steffani ? Et néanmoins, les cousins avaient consenti à prendre un avocat-conseil et à payer ses propres services ? Tout ça pour deux malles dont on pensait qu'elles étaient pleines de papiers ?

Un poète anglais dont elle avait oublié le nom avait écrit quelque part que la Fortune montait et descendait comme un « seau dans un puits ». Ainsi en allait-il de la fortune des compositeurs, au fur et à mesure que les goûts changeaient et que les réputations étaient réévaluées. La route des salles de concert était jonchée des débris de célébrités comme Gassmann, Tosi, Keiser. De temps en temps, on assistait à la résurrection de quelque compositeur mort depuis une éternité, comme c'était arrivé pour Hildegarde de Bingen et Josquin des Prez. Pendant un ou deux ans, pas une salle de concert qui ne les mettait à son programme. Puis ils retombaient dans leur ancien anonymat, entre les pages des livres érudits – leur place en ce qui concernait ces deux-là, selon Caterina. Mais si ce qu'elle avait entendu à Londres était une indication, Steffani n'aurait pas dû rester confiné au fond des bibliothèques, bien au contraire.

« Vous m'écoutez, Caterina ?

– Je suis désolée, je pensais à autre chose, répondit-elle avec un sourire embarrassé.

– Et à quoi ?

– Au fait que personne ne s'intéresse beaucoup à la musique de Steffani, aujourd'hui. » Il y avait du regret dans son ton, car elle pensait à la beauté de ces airs et à la maîtrise dont le compositeur avait fait preuve dans son *Stabat Mater*. Le temps était peut-être revenu que le brave évêque remonte sur la scène.

« Ce n'est pas la musique qui intéresse ces deux hommes, observa Roseanna.

– Alors quoi, dans ce cas ? demanda Caterina, ne voyant pas ce qui, sinon des partitions, aurait ainsi pu traverser les siècles.

– Le trésor. »

5

Le terme l'étonna. « Le trésor ? répéta-t-elle. Quel trésor ?

– Il ne vous en a pas parlé ?

– Qui ça ? Parlé de quoi ?

– Le dottor Moretti. Il est forcément au courant, expliqua Roseanna, elle-même surprise. Je pensais qu'il vous l'avait dit lorsque vous avez accepté le travail. »

Caterina, qui avait cru se promener sur une plage en cherchant sans conviction des coquillages, se sentit soudain emportée par une vague inattendue. L'eau, comprenait-elle, était plus profonde que ce à quoi elle s'était attendue. Elle pensa aux deux cousins et eut une vision de deux ailerons fendant les flots. Pour chasser ce fantasme, elle posa une main sur le bras de Roseanna et dit : « Croyez-moi, j'ignore tout à fait de quoi vous parlez.

– *Ma, ti xe Venexiana ?* » demanda Roseanna en exagérant l'accent dialectal vénitien.

Caterina hocha la tête. Elle était restée si longtemps à l'étranger qu'elle pensait maintenant en italien, même si le dialecte qu'elle avait entendu parler enfant, à la maison, était resté profondément gravé en elle.

« Vous êtes vénitienne et vous n'avez jamais entendu parler de ces deux oiseaux-là ? »

Caterina supposa qu'il était maintenant question de deux cousins et non pas du trésor. « C'est à l'usurier et au propriétaire de taxis qui déclare des revenus ridicules que vous pensez ? »

Roseanna lui adressa alors un regard qui était l'équivalent d'un coup de tampon sur un passeport. Que la documentaliste connût ce genre de détail prouvait clairement qu'elle était vénitienne.

« Que savez-vous d'autre ? demanda Caterina.

– Que les fils et les neveux de Stievani conduisent les taxis. Et se font un argent fou. Tout au noir, bien entendu.

– Et Scapinelli ?

– Qu'il a été condamné pour usure mais qu'il travaille toujours dans les boutiques de ses fils. Qui eux non plus ne sont pas des anges. »

Roseanna réfléchit à tout cela pendant un certain temps, puis, s'éloignant encore un peu plus de l'idée de trésor, demanda : « Votre mère ne serait-elle pas Margherita Rossi ?

– Si.

– Et son père était musicien dans l'orchestre de la Fenice, c'est ça ?

– En effet. Violoniste.

– Alors je connais votre famille, conclut Roseanna avec un soupir. Votre grand-père donnait des billets d'opéra à mon père. » Cette évocation ne paraissait pas lui faire particulièrement plaisir, à moins qu'elle n'eût été contrariée à l'idée des obligations que ce souvenir lui imposait.

Caterina eut l'intelligence de garder le silence et d'attendre que la directrice décide de l'ordre dans lequel elle lui dirait ce qu'elle voulait lui dire. « Ce sont d'authentiques crapules, déclara finalement Roseanna. Ils viennent de familles de crapules, ajouta-t-elle en guise d'explication. Ils ont l'avidité dans le sang. »

Soudain fatiguée par ces considérations mélodramatiques et pleine d'impatience, Caterina la coupa. « Mais cette histoire de trésor ? D'où sort-elle ?

– Personne ne le sait.

– A-t-on au moins une idée de l'endroit où il se trouverait ? »

Roseanna secoua la tête et surprit Caterina en se mettant soudain debout. « Allons prendre un café », dit-elle, se dirigeant vers la porte sans attendre de vérifier que Caterina la suivait.

Dehors, Caterina s'arrêta dans la rue, attendant que la directrice choisisse la direction à prendre. Cela faisait des années qu'elle n'était pas venue dans cette partie de la ville, et elle n'avait aucune idée des bars où l'on servait un café correct.

Roseanna resta un moment à tourner la tête à droite et à gauche, telle un chien de chasse qui humerait l'air pour en tester la température ou repérer une proie. « Allons-y, dit-elle finalement en prenant à droite et, à l'angle, à droite encore. Il y a un bar sympa sur le Campo Santa Maria Formosa. »

Il y en avait même deux, se souvenait Caterina, celui qui laissait ses tables à l'extérieur jusqu'à ce qu'il fasse vraiment froid, et l'autre en face, le long du canal, dans un local où – d'après ce qu'on lui avait dit et qu'elle croyait depuis – on entreposait les défunts de la paroisse avant de les transporter jusqu'au cimetière de San Michaele.

Elles s'engagèrent dans Ruga Giuffa, parlant de choses et d'autres : admirant ceci ou cela, évoquant un parfum qu'elles avaient porté et dont elles s'étaient lassées. Et comme elles étaient vénitiennes, elles ne manquèrent pas de faire des commentaires sur les commerces qui avaient fermé ou changé, comme ce merveilleux magasin qui vendait des accessoires de salle de bains, remplacé par une boutique n'offrant que du bas de gamme, genre sacs et ceintures en faux cuir.

Le pont franchi, Roseanna continua tout droit à travers le Campo en évitant, au grand soulagement de Caterina, le bar mortuaire au bord du canal. La directrice s'arrêta devant l'autre pour demander : « Dehors, ou dedans ? »

Cette fois, ce fut Caterina qui leva le nez pour tester la température. « Dedans, j'en ai peur. » Mais avant d'entrer, elle montra du doigt l'angle le plus proche de la place. « Qu'est-ce qui est arrivé au Palazzo ? » Pour autant qu'elle s'en souvenait, le bâtiment – semblable en cela aux malles de Steffani – avait été l'objet d'une querelle d'héritage, si ce n'est que dans ce cas il ne s'agissait pas de deux cousins mais de deux épouses successives, un combat infiniment plus mortel.

« C'est devenu un hôtel, dit Roseanna sans chercher à dissimuler son dégoût. Ils l'ont vidé entièrement à l'intérieur et l'ont remeublé en toc, si bien que les touristes peuvent s'imaginer qu'ils couchent dans un vrai palazzo vénitien. » Elle ouvrit la porte et entra. Caterina constata qu'il n'y avait pas de tables où s'asseoir et s'en trouva ravie. Elle en avait jusque-là des cafés *gemütlich* aux banquettes de velours et où tout était badigeonné de crème fouettée, que ce soit un strudel, une pâtisserie, ou les cafés eux-mêmes. Ici, on restait debout, on avalait son café en une gorgée rapide et on retournait à ses affaires.

Roseanna appela le barman par son nom et demanda deux cafés qui arrivèrent presque tout de suite et furent tout aussi rapidement consommés. Ni l'une ni l'autre ne prit la parole. Pas de conversation intime, pour le moment. Quand elles furent de nouveau dehors, Caterina consulta sa montre et vit qu'il était un peu plus de onze heures ; elle tourna donc à gauche vers le pont pour reprendre le chemin de la Fondation. « Vous ne m'avez toujours pas parlé de ce trésor. »

Roseanna, qui marchait à côté d'elle, acquiesça de la tête et surprit Caterina en disant : « Je sais. C'est tellement délirant que je suis presque gênée d'aborder la question. Je ne sais pas non plus ce que je peux vous dire, exactement. »

Caterina s'arrêta au pied du pont et tira Roseanna vers la droite pour laisser le chemin aux passants qui voulaient l'emprunter. « J'ai très bien compris la situation, Roseanna, je sais quel genre d'hommes sont les deux cousins, et voilà que maintenant vous me dites qu'il y a un trésor. Il ne faut pas être grand clerc pour comprendre pourquoi ils s'intéressent autant au contenu de ces malles. » Ennuyée par toutes ces cachotteries, elle ajouta, sans prendre le temps de réfléchir : « Qu'est-ce qu'ils imaginent que font les autres postulants qui n'ont pas été pris ? Qu'ils ne sont pas en train de raconter cette histoire à tout le monde ? »

Comme cela lui arrivait souvent, plus elle pensait à cette situation, plus sa colère grandissait. Au nom du ciel, qu'est-ce que ces deux fous s'imaginaient ? Qu'ils allaient découvrir la partition perdue de l'*Arianna* de Monteverdi dans les malles ? Une tiare papale chargée de pierres précieuses ? Le voile de sainte Véronique ?

Roseanna ouvrit la bouche pour répondre, mais Caterina l'ignora. « C'est vous qui en avez parlé, qui avez employé le terme trésor. Pas moi. Alors dites-moi simplement de quoi il est question. » Son cœur battait fort, de la sueur perlait à son front, mais elle s'interrompit lorsqu'elle se rendit compte qu'elle ne pouvait faire aucune menace. Elle voulait ce poste, en même temps qu'elle était curieuse, en bonne érudite qui se respecte, de suivre la piste de papiers qui remontait jusqu'à Steffani.

Roseanna s'éloigna d'elle et d'une source de chaleur qu'elle commençait à trouver inconfortable, mais ne fit pas mine de vouloir emprunter le pont. Elle pinça les lèvres et regarda ses chaussures, fit passer son sac d'une épaule à l'autre, c'est-à-dire du côté opposé à celui de Caterina. « En premier lieu, je dois vous dire qu'il n'y a pas eu d'autre postulant. Seulement vous.

— Pourquoi m'ont-ils dit qu'il y en avait, alors ? geignit Caterina, froissée.

— Les lois du capitalisme, répondit Roseanna avec un sourire.

— Quoi ?

— Pour faire baisser vos prétentions en matière de salaire. » Elle sourit à nouveau, et Caterina ne put qu'admettre la rigueur de sa logique. « À partir du moment où vous pensiez qu'il y avait d'autres candidats, vous acceptiez d'être payée moins que ce que vous valez. »

Caterina porta une main à son visage pour cacher sa contrariété.

Roseanna la prit alors par le bras ; elle se tourna vers le pont et l'entraîna. « Très bien, dit-elle, je vais vous dire ce qui, à mon avis, est arrivé. »

L'histoire que Roseanna raconta n'était pas toujours très claire et elle multipliait les allers-retours dans le temps, oubliant des choses, en rajoutant d'autres, se corrigeant parce que prise d'un doute, bref, elle lui rapporta tout ce qu'elle avait entendu dire à la Fondation, ce qu'elle avait lu, ce qu'elle avait imaginé. Ces explications comblèrent certaines lacunes laissées par le dottor Moretti et complétèrent ce qu'elle-même avait déduit de ses rencontres avec les deux cousins. Des lettres de Steffani existaient bien et il se plaignait de la vie misérable qu'il menait. En entendant cela, Caterina essaya de penser à une seule lettre d'un compositeur baroque – voire d'un compositeur tout court – dans laquelle son auteur se serait plaint de l'excessive opulence dans laquelle il vivait. Mais il existait également une missive que Roseanna avait eu le temps de lire à la Marciana, datant de la dernière année de sa vie et dans laquelle il mentionnait un certain nombre d'objets en sa possession, parmi lesquels des tableaux, des livres et une cassette de bijoux. Dans le catalogue de plus de cinq cents livres de sa bibliothèque, figuraient des incunables de Luther, qui seraient aujourd'hui d'une valeur énorme.

« Et c'est ça, le trésor ? »

Roseanna s'arrêta, libéra son bras pour le lever avec l'autre en un geste de totale exaspération. « Mon Dieu, écoutez-moi ! Nous ne savons même pas ce que contiennent les malles, quels papiers, ce qu'ils racontent et je suis ici en train de vous parler d'un trésor. Toute cette affaire est délirante. »

Caterina trouva fort agréable que la directrice ait inconsciemment employé le « nous » du pluriel. Ce qui ne l'empêchait pas par ailleurs d'avoir quelque raison de parler de délire : Caterina commençait à tirer la même conclusion. Pour peu que les cousins eussent vaguement entendu parler d'une fortune susceptible de leur tomber du ciel, Caterina les avait vus d'assez près pour ne pas douter que l'idée d'un trésor devait les rendre fous.

Quant à l'éventualité que des papiers trouvés dans les malles puissent conduire à la découverte d'un trésor, Caterina éprouvait les plus grands doutes : il n'était guère vraisemblable qu'un trésor, quel qu'il soit, se trouve encore, sans avoir jamais été découvert, à l'endroit où il avait été caché trois siècles auparavant. Se rendant compte que ces spéculations ne la conduisaient nulle part, Caterina demanda à Roseanna ce qu'elle avait appris d'autre. Lui adressant le plus aimable et décontracté des sourires, elle ajouta : « J'ai dû faire beaucoup de lectures dans ce genre pendant mes études, et c'est réconfortant de savoir que quelqu'un d'autre puisse trouver cela intéressant. »

Roseanna qui n'avait pas eu à lire de textes aussi palpitants qu'*Études préliminaires du contrepoint au début du baroque*, adressa un regard perplexe à Caterina. « Je ne me suis intéressée qu'aux parties historiques, pas musicologiques.

– Vous avez eu bien raison, répondit Caterina avec un sourire, la partie historique est en général la plus intéressante. »

Ce qui lui valut un autre regard intrigué – l'avertissant qu'il valait peut-être mieux parler avec sérieux de sa profession. « Qu'avez-vous lu ?

– Un article qui disait que ses biens étaient allés à une organisation du Vatican, la *Propaganda Fide*, et avaient disparu par la suite, puis que les deux malles avaient refait surface il y a quelques années, à l'occasion d'un inventaire. Les cousins sont parvenus à les récupérer et à les faire revenir à Venise. Mais comment, cela, on ne me l'a jamais dit. »

Caterina comprit qu'elle n'aurait pas grand-chose à gagner à vouloir à tout prix percer les mystères dont s'entouraient les cousins. Pensant à voix haute et revenant à la question des malles, elle dit : « S'il s'y trouve des partitions autographes, la musique aurait alors une certaine valeur.

– Et qu'entendez-vous par *une certaine valeur* ?

– Aucune idée. Cela dépend en règle générale de la célébrité d'un compositeur et du nombre de ses manuscrits qui sont sur le marché. Mais l'étoile de Steffani n'est pas ascendante, et personne ne paiera une fortune pour eux, quoi que ce soit qu'il y ait. » Poussée par l'envie de savoir quand elle pourrait enfin se mettre au travail, elle demanda : « Le dottor Moretti vous a-t-il dit quand il comptait procéder à l'ouverture des malles ?

– À midi », répondit Roseanna en regardant sa montre. Puis, telle une écolière coupable et nullement dans la peau d'une directrice, même par intérim, de la Fondazione Musicale Italo-Tedesca, elle ajouta : « On ferait mieux de se presser. »

6

Elles n'étaient dans le bureau de Roseanna que depuis quelques minutes lorsqu'elles entendirent la porte d'entrée s'ouvrir et se refermer. Puis il y eut un bruit de pas, et le dottor Moretti apparut dans le cadre de la porte. Fidèle à son souvenir : costume gris foncé avec fines rayures d'un gris plus clair, cravate bleu foncé avec un motif tellement discret que seule la radiographie aurait pu le révéler. Caterina eut la certitude qu'il n'aurait eu aucun mal à se peigner en regardant son reflet dans ses chaussures, à ce détail près qu'un homme comme le dottor Moretti ne se serait jamais repeigné en public. Une tape discrète, ou à la rigueur un passage de la main en cas de vent violent. Mais un coup de peigne ? Jamais.

Cet homme impeccable n'était ni grand, ni petit, et ne devait faire que quelques centimètres de plus qu'elle. Ses cheveux, ni clairs ni foncés, épais, étaient coupés court et grisonnaient aux tempes. Les verres ovales de ses lunettes cerclées d'or étaient tellement propres qu'on était en droit de se demander s'il ne chaussait pas une paire neuve tous les jours. Il avait un nez étroit et droit, des yeux d'un bleu très pâle, rien de l'Italien type des comédies, mais peut-être un Vénitien type. Caterina doutait cependant que du dialecte vénitien franchisse jamais ses lèvres : dans les quelques conversations qu'elle avait eues avec lui, il s'était exprimé avec aisance dans une langue élégante, à croire qu'il s'était mis à parler comme un adulte dès qu'il avait balbutié ses premiers mots. Elle n'avait aucune idée de quelle région de l'Italie il était originaire et son accent ne donnait aucun indice.

Il avait un manteau de laine gris replié sur le bras et tenait dans son autre main le porte-documents qu'elle avait déjà remarqué : en cuir brun lisse, avec deux fermoirs en laiton dont l'éclat donnait l'impression d'être soigneusement astiqué au moins une fois par semaine. Caterina, grande admiratrice des tenues vestimentaires masculines, et souvent des hommes qui les portaient, aurait bien aimé posséder ce porte-documents.

Le dottor Moretti paraissait avoir tout juste la quarantaine, même si les fines rides, au coin de ses yeux, laissaient ouverte la possibilité qu'il l'eût largement dépassée. Il ne souriait, semblait-il, que quand quelque chose l'amusait ; Caterina s'était surprise, lors de leur entretien précédent, à essayer de le faire sourire et peut-être même rire. Elle s'était tout de suite rendu compte qu'il était sensible à la qualité du langage ; quant à ses sentiments concernant la musique, elle n'en avait aucune idée.

« Signore », dit-il, adressant aux deux femmes une petite courbette qui aurait été légèrement ridicule faite par un autre. Mais de la part du dottor Moretti, c'était une manifestation de respect et d'attention, peut-être destinée à donner l'idée qu'il ne vivait que pour se mettre au service des dames et de leurs désirs. Caterina, se souvenant qu'il était avocat, rejeta cette possibilité et préféra y voir la manifestation d'une ancienne mode de la part de cette merveille des merveilles, un homme d'une autre époque.

« Dottore, dit-elle en se levant et en lui tendant la main, c'est un grand plaisir de vous revoir.

– Le plaisir est tout à fait partagé, dottoressa », répondit-il en lui lâchant la main. Il se tourna aussitôt et la tendit à Roseanna, qui se leva à demi de son bureau pour la lui serrer et se contenta de dire : *« Buon giorno, dottore. »*

Le dottor Moretti posa son porte-documents à ses pieds, appuyé au bureau de Roseanna. Celle-ci eut un geste de la main accompagné d'un petit mouvement des épaules qui semblait dire que la surface du meuble était un siège possible dans cette pièce qui n'en comptait que deux. Caterina se demanda comment il allait réagir. Il ne la surprit pas : il replia soigneusement son manteau et le posa sur le bureau, puis s'appuya dessus, bras croisés.

« C'est bien que vous soyez toutes les deux ici. Le signor Stievani et le signor Scapinelli devraient arriver à midi. Ce qui me donne l'occasion de vous parler avant.

– Pour nous dire quoi ? » demanda Roseanna. Jusqu'ici, rien de ce que la directrice avait dit à Moretti ne l'avait obligée de choisir entre tutoiement et vouvoiement. D'un point de vue linguistique, autrement dit, ils pouvaient être amis, ou ennemis, voire amants. Les manières de Roseanna, cependant, suggéraient à parts égales l'intérêt et la déférence, ce qui éliminait la deuxième possibilité.

Ignorant la question, le dottor Moretti continua. « Il leur tarde beaucoup que la dottoressa Pellegrini se mette au travail.

– Dès aujourd'hui, j'espère », dit Caterina. Elle n'était pas venue ici juste pour emprunter du sucre à Roseanna, si ?

« Bien.

– Plus vite elle aura terminé sa lecture, plus vite ils pourront arrêter de lui verser un salaire », observa Roseanna d'une voix parfaitement égale, dénuée de toute ironie ou sarcasme. Le temps, c'est de l'argent et elle était vénitienne – ainsi va le monde.

Ignorant à nouveau le commentaire de Roseanna, il s'adressa à Caterina. « Vous n'avez donc pas d'objection à vous y mettre tout de suite, dottoressa ? »

Elle sourit. « Tout au contraire, dottore, je ne demande qu'à m'y atteler et à commencer à découvrir quels trésors… » Elle marqua une courte pause. « … nous attendent dans ces malles. »

Il lui jeta un bref coup d'œil qu'il transforma aussitôt en sourire. « Je vous sais tout à fait gré de faire preuve d'autant d'énergie et d'empressement, dottoressa. Nous attendons tous avec impatience le résultat de vos recherches.

– Ce n'est sûrement pas ce qu'attendent ces deux-là », dit Roseanna. Le dottor Moretti lui adressa un long regard interrogateur, comme s'il était surpris de son insolite franchise devant la personne dont on attendait, comme de sa part, la plus totale neutralité. Sans rien dire, il se baissa et fit jouer les fermoirs de son porte-documents. Il en tira quelques papiers et en tendit un à Caterina, en gardant un pour lui-même. « J'ai eu un entretien avec ces deux… (il marqua ici une pause encore plus infinitésimale que Caterina auparavant)… messieurs, concernant la procédure des recherches.

– La procédure ? s'étonna Roseanna avant que Caterina ait pu parler.

– Si vous voulez vous donner la peine de lire ceci, enchaîna-t-il, montrant le papier et regardant Caterina par-dessus la monture d'or de ses lunettes, vous y trouverez ce que je vous ai déjà expliqué, à savoir qu'ils exigent des rapports écrits. » Il abaissa les yeux sur le document et lut. « … avec un résumé des documents lus et la traduction de tout ce qui pourrait éclairer les souhaits de notre ascendant défunt quant aux dispositions qu'il aurait prises pour ses biens terrestres. »

Caterina jubilait devant cette formulation, faite en termes que les deux cousins avaient dû apprendre de Moretti. *Ascendant défunt… dispositions qu'il aurait prises pour ses biens terrestres…* Ah, quelle merveille que le langage, et que soient bénis ceux qui le respectaient.

« La dottoressa s'abstiendra de tout contact personnel avec l'un ou l'autre… » De nouveau, une pause. « … de ces messieurs. Dans l'éventualité où elle aurait des informations à transmettre, ou pour répondre à toute requête de l'une ou l'autre partie concernant d'autres informations sur les documents, copies doivent être remises à ces messieurs en même temps qu'à moi-même. De plus, tout courrier électronique devra passer par moi. » Il jeta un coup d'œil à Caterina, qui donna son approbation d'un signe de tête, préférant attendre pour demander avec quel ordinateur elle allait envoyer ses courriels. Avant de quitter Manchester, elle avait rendu le portable que l'université prêtait à ses chercheurs et elle n'avait que son ordinateur de bureau, qu'elle n'avait nulle intention de déménager ici.

« De plus, reprit-il, levant les yeux et regardant à travers ses verres, cette fois, dans l'éventualité où l'une ou l'autre partie requerrait une rencontre pour se faire expliquer tel ou tel document, les parties doivent s'entendre sur l'heure et le lieu, et j'ai bien peur de devoir être présent lors de ces rencontres. »

Avec un petit sourire, Caterina observa : « J'espère que vos craintes ne sont pas liées à ma présence, dottore. »

Cela lui valut un sourire de Moretti. « Seulement à l'idée que ma présence pourrait ne pas être aussi agréable que sera certainement la leur », répliqua-t-il.

Caterina reporta son attention sur le document qu'il lui avait donné. Un avocat pouvait-il se permettre de parler ainsi de ses clients ? se demanda-t-elle. Les cousins avaient peut-être les moyens de s'offrir les services d'un homme aussi élégamment habillé, mais pas ceux de gagner son respect. Ils devaient être très sûrs que le dottor Moretti était celui qui pourrait trouver la meilleure personne pour les conduire jusqu'à l'hypothétique trésor, puis elle se souvint de Roseanna lui disant qu'elle avait été la seule candidate ayant fait l'objet d'un entretien ; elle se demanda alors si le seul souci des cousins n'avait pas été de faire des économies. Ou peut-être l'avocat cherchait-il à la complimenter et à la flatter par la manière méprisante dont il parlait d'eux, comme pour suggérer qu'il était franc et honnête avec elle.

Elle leva son exemplaire. « Je vois qu'il y a d'autres conditions. Par exemple, c'est quoi cette histoire de devoir lire les documents dans l'ordre dans lequel je les trouverai ? demanda-t-elle sèchement. C'est évidemment ce que je ferai. » Elle sentit qu'elle s'énervait et s'arrêta un instant pour se calmer. « Comment croyez-vous qu'opère une documentaliste, dans ces cas-là ? »

Son ressentiment viscéral lui en apprenait beaucoup sur l'opinion qu'elle avait des cousins.

« Malheureusement, répondit Moretti, la mine sérieuse, ce n'est pas moi qui ai établi la liste de ces directives, dottoressa, et il ne relève pas de ma compétence de les remettre en question. On me les a dictées et ma tâche est de vous persuader de vous y soumettre.

– Je vais bien entendu les respecter, mais ces messieurs pourraient se dire qu'ils m'ont engagée pour mon expertise et qu'une partie de celle-ci consiste précisément à savoir comment procéder avec ce genre de documents. » L'homme restant silencieux – d'un silence ni entêté, ni patient, juste un silence –, elle reprit : « Je ne dispose que du contexte historique général des documents, quels qu'ils soient, que je risque de trouver. Je connais bien la musique de cette période, mais je prévois de devoir faire des recherches, en dehors du travail sur ces documents, de manière, précisément, à les resituer dans leur contexte historique. » L'avocat ne disant toujours rien, elle conclut : « Je voudrais que cela figure parmi mes conditions.

– Il y en aurait d'autres ? »

Elle brandit la feuille de papier. « Je n'ai pas encore fini de lire. Il pourrait y avoir autre chose. »

Roseanna intervint. « Ils espèrent peut-être trouver sur le dessus un classeur avec écrit sur la couverture en grosses lettres, MES DERNIÈRES VOLONTÉS. Et dessous, d'une écriture différente, juste pour leur faire gagner du temps, LISTE DE TOUTES LES CHOSES DE VALEUR ET OÙ LES TROUVER. » Si elle essayait de plaisanter, un seul coup d'œil au visage de Moretti lui aurait montré qu'elle avait échoué.

« Vous m'avez dit qu'il était mort intestat, reprit Caterina. Je ne peux qu'espérer trouver un testament parmi ces papiers, ou des éléments permettant de nous faire connaître ses volontés. Mais je devrai néanmoins dépouiller le reste pour vérifier qu'il n'en exprime pas d'autres ailleurs, bien entendu. »

Si elle s'était attendue à de la surprise ou à un désaccord de la part du dottor Moretti sur ce point, elle s'était trompée. « Bien entendu », répéta-t-il, faisant un geste de la main comme pour l'inviter à finir sa lecture.

« Et ça, dit-elle en tapotant de l'index contre le papier, que je n'écrirai jamais rien, article ou livre, sur les informations personnelles contenues dans les malles, que je n'en parlerai ni en public ni en privé, sans avoir obtenu l'autorisation des deux héritiers et de vous-même ? » Elle marqua une pause, avant de demander, prise d'un début de colère devant ce qui lui paraissait n'être qu'une obstruction mesquine d'ignorants : « Je suppose que cela ne s'applique pas à mes rapports ? » Son sourire était faux.

Le dottor Moretti leva les deux mains devant lui – le geste universel de qui rend les armes. « Ce n'est pas moi qui fixe les règles, dottoressa, je ne fais que les transmettre. » Avec un petit sourire, il ajouta : « Si vous poursuivez votre lecture, dottoressa, vous verrez que cette interdiction ne concerne pas les informations musicologiques que pourraient contenir les documents.

– Ce qui veut dire ?

– Ce qui veut dire que vous bénéficiez du droit exclusif d'éditer toute partition que vous trouveriez, qu'il s'agisse de musique orchestrale ou vocale, que vous jugeriez d'importance artistique. » Il montra son exemplaire et elle trouva le passage dans le sien.

Elle resta impassible en le lisant, alors que l'espoir de tomber sur des partitions intéressantes avait contribué, au moins en partie, à lui faire renoncer à son poste à Manchester : on lui donnait ici une possibilité pour laquelle tout bon musicologue offrait son bras droit. Deux malles qu'on pouvait espérer remplies des papiers d'un musicien de l'époque baroque, célèbre en son temps… Elles contenaient peut-être des opéras, une partie de ses duos bien connus de musique de chambre, des airs n'ayant jamais été publiés. Et ce serait elle qui écrirait les articles et mettrait les partitions au propre pour leur publication. Boosey & Hawkes avaient entrepris de publier de la musique baroque : elle savait qu'elle ne pourrait trouver meilleur éditeur. Si quelque chose pouvait lancer sa carrière, c'était bien cela.

Elle hocha la tête, comme s'il s'agissait d'une conséquence normale dans les postes qu'elle avait occupés jusqu'ici. « Et si jamais je m'avisais de publier d'autres types de document ? »

Il baissa les mains. « Je m'occupe de droit civil, dottoressa, et les ruptures de contrat sont le pain quotidien de mon bureau.

– Ce qui veut dire, dottore ? » demanda Caterina, consciente que son ton avait changé.

Il réfléchit à la question, évalua le ton. « Que ce serait en effet une rupture de contrat, dottoressa, auquel cas vous feriez certainement l'objet de poursuites. La procédure prendrait des années et reviendrait très cher. » Il la laissa méditer sa réponse, car si la longueur de la procédure les concernait tous les deux, son coût serait certainement bien plus un fardeau pour elle.

« Combien de temps une affaire comme celle-ci prendrait-elle avant d'en arriver à un jugement ?

demanda-t-elle, expliquant aussitôt sa question : Simple curiosité de ma part. »

Il changea de position contre le bureau de Roseanna, et la main qui tenait le contrat retomba le long de son corps. « Huit ou neuf ans, j'imagine. Dans le cas où il serait fait appel d'un premier verdict.

– Je vois. » Caterina préféra ne pas demander combien cela coûterait. « Je suis tout à fait d'accord pour accepter ces conditions. »

C'est tout le corps de l'avocat qui parut se détendre, et elle se demanda si par hasard il n'aurait pas un intérêt personnel dans le contrôle des informations qui dormaient dans les malles. Que pouvaient-ils craindre, lui et les cousins, du contenu de ces documents ? Quel scandale aurait la vie assez dure pour se répercuter sur plusieurs générations, dans un compte à rebours qui continuerait à s'égrener paisiblement dans les deux malles ? Caterina s'ébroua mentalement et rejeta cette idée : une telle façon de penser revenait à entrer dans l'univers parano dans lequel les cousins semblaient vivre.

Mais avant que le dottor Moretti eût le temps de la remercier, elle leva une main. « Je veux qu'une chose soit bien claire. » L'avocat se pencha en avant, l'incarnation même de l'attention. « Je tiens à rappeler que je ne suis pas une historienne et qu'il pourrait donc être nécessaire que je consacre du temps à m'informer sur le contexte historique à la Marciana, afin de me faire une idée de ce qui se passait à l'époque où ces documents ont été écrits. Nous sommes bien d'accord ? »

Le dottor Moretti sourit. « On disait, dans vos lettres de recommandation, que vous étiez une étudiante puis une documentaliste pleine d'enthousiasme, dottoressa. Je suis heureux de constater qu'elles n'avaient pas menti. » Son sourire s'élargit. « Bien sûr, vous pourrez faire ces recherches. Elles vous seront certainement d'une aide précieuse, j'imagine, pour remettre dans sa perspective historique tout évènement mentionné dans les documents. »

Roseanna intervint alors. « J'ai bien peur qu'ils répugnent à payer pour du contexte historique. » En réaction au coup d'œil que lui jeta Caterina, elle ajouta : « Vous les avez rencontrés. Ce sont des individus obtus. Ils ne pensent qu'en chiffres. » Elle se tourna vers le dottor Moretti.

« Je crois que vous avez raison, signora. Ils ne vont pas bien comprendre la nécessité de ces recherches extérieures. » Sur quoi il se tourna vers Caterina. « Vous êtes une universitaire. Vous devez vous informer du contexte, bien entendu : sans quoi ça n'a aucun sens que vous épluchiez ces documents. Ça ne leur plaira pas, mais je pense avoir assez d'influence sur eux pour les convaincre d'accepter. » Il marqua une pause. « Je pense aussi qu'il est à la fois essentiel et prudent que vous le fassiez. »

Caterina fut frappée qu'il ait utilisé le terme *prudent*, car plus que tout, le dottor Moretti était un homme prudent. Pour Caterina, ce terme n'était que descriptif et il pouvait aussi bien s'agir d'un vice que d'une vertu. Elle espérait que chez l'avocat, c'était une vertu.

Ses réflexions furent interrompues par des coups vigoureux frappés à la porte d'entrée.

Le dottor Moretti regarda sa montre. « Vous aviez raison, signora : il est midi pile. Nos deux invités pensent en chiffres. »

7

Roseanna se leva. « Puis-je vous demander d'aller ouvrir à nos visiteurs, dottore ? » On était un lundi, se souvint Caterina, jour où la bibliothèque était fermée au public ; ils l'auraient donc pour eux. C'était la seule salle, jusqu'ici, où elle avait vu plus de deux sièges et donc la seule où ils pouvaient se réunir. Elle n'avait pas revu les cousins depuis les entretiens qu'elle avait eus avec eux dans cette même pièce pour leur présenter ses qualifications.

Elle gagna donc la bibliothèque en compagnie de Roseanna. Il faisait meilleur dans cette salle que dans son bureau ou celui de Roseanna ; cette chaleur, cependant, avait pour inconvénient de raviver les odeurs corporelles et de vêtements qui y stagnaient depuis les semaines précédentes. Roseanna se dirigea aussitôt vers les fenêtres et les ouvrit en grand, puis revint ouvrir la porte donnant sur le couloir. Caterina sentit le courant d'air pénétrer dans la salle. « Gardez-les ouvertes le plus longtemps possible », dit Roseanna en s'avançant pour accueillir les nouveaux venus.

Caterina, jouant les majordomes par intérim, alla se poster à côté des fenêtres et se tint dans le courant d'air. Quand elle entendit les pas s'approcher, elle les referma et alla se placer près de la table, à l'opposé de l'entrée. Moins d'une minute plus tard, Roseanna franchissait la porte, suivie du dottor Moretti tenant son porte-documents. Caterina se demanda si les cousins se bousculeraient dans le passage pour entrer ensemble ou resteraient dehors pour disputer de qui le franchirait le premier.

Peine perdue. Le signor Stievani se présenta en premier, suivi de près de l'usurier. À moins qu'il n'eût fallu dire que le délinquant fiscal passa en premier, suivi de près par son cousin, le signor Scapinelli. Caterina sourit, affichant une satisfaction sans faille, et serra la main des deux hommes ; puis elle se tourna vers la table et tira une chaise pour l'un, tandis que Roseanna en faisait autant pour le cousin de celui-ci, de l'autre côté. Aucun des deux ne parut remarquer l'odeur qui régnait dans la pièce, ni surpris de la présence de Roseanna.

Faisant preuve d'une autorité subtile, le dottor Moretti alla se placer en bout de table, attendit que tout le monde fût assis et prit place à son tour. Il adressa un signe de tête aux deux hommes et attaqua le vif du sujet. « J'ai déjà expliqué à la dottoressa Pellegrini les conditions dans lesquelles elle serait employée. » Il avait de toute évidence réglé la question des formules de politesse en allant les accueillir. « Elle n'a aucune objection à présenter contre ces conditions. En fait, elle était sur le point de signer l'accord lorsque vous êtes arrivés. » Il adressa alors un signe de tête à Caterina, qui prit le stylo qu'il lui tendait et signa le document avant de le lui rendre.

Le dottor Moretti ouvrit son porte-documents et en sortit un classeur bleu. Il y glissa l'accord, remit le tout dans son porte-documents et le déposa sur le sol, produisant un surprenant bruit sourd. « Si l'un de vous, signor Stievani et signor Scapinelli, a quelque chose à dire à la dottoressa, ou encore à la signora Salvi ou à moi, vous pourriez peut-être le faire maintenant. »

Caterina avait étudié les deux hommes pendant que l'avocat parlait, essayant d'évaluer si sa première impression – négative dans les deux cas – allait se vérifier au cours de cette deuxième entrevue. Jusqu'ici, ils n'avaient fait que rester assis, évitant soigneusement de croiser leur regard en se concentrant sur le dottor Moretti.

Les voyant ensemble, Caterina se rendit compte que Stievani devait être plus âgé que son cousin d'environ une dizaine d'années. Il avait la peau rude de ceux qui travaillent à l'extérieur sans jamais penser à se protéger du soleil, une peau qui lui rappelait le cuir du porte-documents de Moretti, à ce détail près que l'avocat avait davantage pris soin de son porte-documents que Stievani de sa figure. Ou de ses mains, d'ailleurs. L'une et l'autre avaient les articulations déformées, les doigts bizarrement tordus, peut-être à cause de l'arthrite, peut-être du fait de dizaines d'années passées à travailler sur des bateaux dans le mauvais temps. Elle eut la surprise de constater que ses ongles étaient bien faits – sans aucun doute l'œuvre d'une manucure.

Il avait un nez long et droit, des yeux bleu clair sous des sourcils fortement arqués, mais le visage boursouflé et grumeleux, soit du fait de l'alcool, soit d'une maladie, ce qui lui enlevait toute beauté pour ne laisser qu'une ruine.

Lorsqu'elle regarda ensuite le signor Scapinelli, son attention fut attirée par ses yeux, comme la première fois. Un souvenir lui revint brusquement à l'esprit, non pas à propos de ce qu'il avait pu lui dire lors de leur première entrevue, mais de la vision que Dante propose des usuriers. Elle avait oublié dans quel cercle de son Enfer il les reléguait – le septième, le huitième ?* Toujours est-il qu'ils se traînaient pour l'éternité sur les sables brûlants de l'Enfer, chassant constamment les flammes qui tombaient sur eux, tels des chiens chassant leurs puces, pour essayer de s'en débarrasser. Un sac pendait à leur cou, fait des petites bourses contenant leur fortune absurde, et Dante décrivait la façon dont leurs yeux – même ici – se repaissaient de la vue de ces sacs. Des yeux, décida-t-elle, qui devaient ressembler à ceux du signor Scapinelli : profondément enfoncés dans leur orbite, cernés de demi-lunes sombres.

Elle l'avait vu qui remarquait le porte-documents et les lunettes à monture d'or du dottor Moretti, l'avait vu estimer le prix de son costume, et elle ressentit une bouffée de gêne à l'idée qu'elle avait fait la même chose. Pour se dédouaner de ses propres accusations, elle trouva comme excuse qu'elle l'avait fait sur le mode de l'admiration pour son bon goût et non par envie, parce qu'elle aurait jalousé l'opulence qui lui permettait de s'habiller avec une élégance aussi discrète.

La tenue de Scapinelli ne laissait pas deviner sa richesse, et était peut-être même destinée à la dissimuler. Son veston avait de légères marques d'usure aux poignets ; un bouton avait été remplacé par un autre qui faisait, sans y parvenir, ce qu'il pouvait pour ressembler à ses voisins. Il avait des mains aussi puissantes que celles de son cousin, aussi bien soignées, comme l'étaient de plus ses dents, assez curieusement,

* Le septième, Chant XVII.

84

car le résultat avait dû nécessiter de nombreux et coûteux passages chez le dentiste.

Il avait un visage rond, perdait ses cheveux et sa démarche, pieds écartés, était celle d'un obèse, alors que ce n'était pas le cas. Caterina ne savait pas très bien dans quelle mesure les deux côtés de la famille avaient pu être autrefois proches par le sang, mais toute ressemblance qu'il aurait pu y avoir avait été effacée par le temps, et si ces deux hommes se ressemblaient, c'était parce que chacun possédait un nez, deux yeux et une bouche.

Scapinelli, se souvint-elle lorsque l'homme surprit son regard et tordit la bouche en un bref rictus, avait l'habitude désagréable de sourire à contretemps, comme si son visage était programmé pour réagir à certaines expressions précises. Et bizarrement, ce sourire ne se manifestait jamais en réaction à quelque chose d'amusant, de spirituel ou d'ironique. Elle avait essayé, la fois précédente, de découvrir quelle était la clef de ce comportement, mais elle avait vite laissé tomber cette entreprise vouée à l'échec et l'avait laissé sourire comme il l'entendait, ce qu'il faisait pour les choses les plus banales, devant les propos les plus neutres.

On aurait pu le prendre pour un imbécile heureux à cause de ces sourires, mais on se serait lourdement trompé car au-dessus de cette manifestation inepte, il y avait les deux yeux reptiliens.

Il parla le premier, en vénitien et de la voix rude dont elle se souvenait. « Très bien. Si elle a accepté tous les termes, elle peut alors se mettre au travail. » Qu'est-ce que ça voulait dire ? se demanda Caterina. Qu'ils avaient l'intention de placer une horloge pointeuse à l'entrée et qu'elle devrait y glisser sa carte tous les matins ?

Mais elle n'eut pas le temps de poser la question, le dottor Moretti intervint à nouveau. « Avant cela, signor Scapinelli, il reste quelques détails à régler.

– Quels détails ? demanda Scapinelli avec une agressivité que Caterina jugea inutile.

– Messieurs, vous êtes tombés d'accord – et c'est judicieux, à mon avis – pour que la dottoressa Pellegrini ait toute liberté pour établir le champ de ses recherches. »

Scapinelli ouvrit la bouche, mais le dottor Moretti n'en tint pas compte. « Elle m'enverra régulièrement des rapports écrits sur ce qu'elle a lu, en portant une attention particulière à ce qui pourrait faire penser à des dispositions testamentaires laissées par votre ancêtre. Rapports que je vous ferai immédiatement parvenir à l'un et à l'autre. »

Voilà qu'il recommençait, avec ses phrases élégantes, pensa Caterina. Si on pouvait apprendre aux Italiens à s'exprimer en termes de *dispositions testamentaires* au lieu de *faire son testament*, ils en écriraient tous un avant la fin de la semaine.

« Oui. C'est vrai. C'est ce qui y'a dans les papiers que vous nous avez donnés », observa le signor Stievani. Puis vint l'argument irréfutable : « Et elle l'a signé.

– Nous en voulons des copies, dit son cousin.

– Et sur quoi, si je peux me permettre, la dottoressa est supposée rédiger ses rapports ? » demanda le dottor Moretti, comme si aucun des deux hommes n'avait parlé.

Scapinelli se tourna vers Caterina. « Il n'est pas question que nous vous en achetions un. »

Plutôt que de répondre, elle se tourna vers le dottor Moretti, le laissant défendre son territoire à sa place.

« La plupart des employeurs fournissent un ordinateur à leurs employés.

– Elle a été engagée comme profession libérale, intervint Stievani. Elle doit avoir le sien. » Il parlait d'elle comme d'un forgeron qui aurait dû arriver avec sa boîte à outils, marteau, pinces et fers à cheval. Ils auraient procuré le feu – mais à elle de se débrouiller pour les outils.

D'une voix plus douce, le dottor Moretti répondit : « Je crois que je peux m'occuper de cette question. » Quatre visages se tournèrent vers l'avocat. « Il y a quelques mois, notre cabinet a renouvelé le parc des ordinateurs que nous confions à nos associés plus jeunes. Les portables que nous utilisions jusqu'ici sont toujours rangés dans le placard de ma secrétaire. Quelqu'un de chez nous saura comment retirer tout ce qui a trait à nos affaires. Il me semble que l'accès à Internet est déjà installé dans ces appareils. » Il attendit un commentaire et, comme aucun ne venait, s'adressa directement à Caterina. « Ils n'ont que deux ou trois ans et ils devraient largement suffire pour ce que vous avez à faire ici.

– C'est très aimable à vous, dottore », dit Roseanna, apparemment ravie qu'un homme puisse avouer aussi naturellement son ignorance en matière d'ordinateurs. « Pour le compte de la Fondation, je vous remercie pour cette largesse. »

Ah oui, *largesse*, pensa Caterina, charmée d'entendre la directrice employer le terme français et se mettre ainsi au niveau linguistique du dottor Moretti. Elle était aussi impressionnée par le fait que Roseanna avait trouvé là, en outre, un moyen habile d'éviter toute question gênante sur le fait que la Fondation ne possédait pas d'ordinateurs.

« Qu'est-ce que vous allez en faire ? » demanda soudain Scapinelli.

Le dottor Moretti resta un instant interdit par la question, puis répondit. « Des ordinateurs ? En général, nous les donnons aux enfants de nos employés.

– Vous les donnez ? demanda Scapinelli, à la fois étonné et d'un ton désapprobateur.

– Cela permet d'obtenir une déduction fiscale », expliqua le dottor Moretti, réponse qui parut calmer l'esprit troublé de Scapinelli, dans la mesure, du moins, ou un esprit d'usurier pouvait se calmer à l'idée qu'on puisse passer à côté d'un profit.

« Vous avez parlé de certains détails qui restaient à régler, rappela Caterina à l'avocat.

– Ah, oui. Merci, dottoressa. Nous aimerions établir certains paramètres sur la manipulation des papiers.

– Certains paramètres, répéta-t-elle, sans se laisser impressionner, cette fois, par le terme choisi par l'avocat.

– Oui. Nous devons décider du déroulement pratique de l'ouverture des malles et de qui sera présent lorsque vous en retirerez le contenu et que vous vous mettrez au travail.

– Laissez-moi vous dire une chose, dottore. Pas question de travailler sous les yeux de quelqu'un.

– Pas question ? demanda le dottor Moretti.

– Je ne supporterai pas d'avoir en permanence une personne qui regarde par-dessus mon épaule – ou même assise à l'autre bout de la pièce. Cela me ralentirait terriblement. Je mettrais deux fois plus de temps.

– Simplement parce qu'il y aurait quelqu'un avec vous ? »

Avant qu'elle ait pu répondre, le signor Stievani prit la parole d'un ton d'impatience ou de colère. « Très bien, très bien. Si nous sommes là quand on les ouvrira, et qu'on est sûr qu'il n'y a que des papiers dedans, y'aura pas de problème. »

Caterina se demanda si c'était le fait de passer sa vie sur les bateaux qui l'avait conduit à croire que des papiers pouvaient être sans valeur.

« Il n'est pas question qu'elle passe le reste de sa vie à faire ça », reprit Stievani, s'adressant cette fois directement au dottor Moretti. Celui-ci ignora le sarcasme et ne tint compte que du message.

« Vous avez tout à fait raison, admit-il. D'autant que je ne vois pas comment assurer cette… présence, en pratique. Nous sommes donc d'accord pour dire que la dottoressa Pellegrini pourra rester seule dans la pièce.

– Je vais travailler au premier ?

– Oui, c'est dans le bureau du premier étage que vous vous installerez, répondit le dottor Moretti. C'est là que se trouve ce qui tient lieu de coffre-fort, et j'ai cru comprendre que la réception y était meilleure pour la liaison wi-fi.

– Comment ça ? » demanda Caterina à Roseanna, se souvenant que l'ordinateur volé se trouvait au rez-de-chaussée.

C'est d'un air quelque peu embarrassé que la directrice répondit. « Eh bien en fait, la liaison n'appartient pas exactement à la Fondation.

– Pas exactement ? Mais à qui, alors ? »

L'embarras de Roseanna ne fit que croître. « Je ne sais pas.

– Ne me dites pas que vous piratez la ligne wi-fi de quelqu'un d'autre, tout de même ? demanda Caterina d'un ton sec.

– Si.

– Et vous pensez que c'est sûr ? » Elle ne prit pas la peine de faire remarquer ce qui se passerait si la ligne était coupée ou sécurisée par son propriétaire.

Roseanna haussa les épaules mais ne sourit pas. « Je n'en ai aucune idée. Mais c'est la seule ligne dont nous disposons. Le dottor Asnaldi s'en servait, et nous n'avons jamais eu d'ennuis. »

Ce fut du signor Scapinelli que vinrent les ennuis. « Il n'est pas question de payer pour ces trucs. Vous lui donnez son ordinateur et vous vous arrangez pour que ça marche. » Sur quoi il ajouta, sans dissimuler son mépris : « Y'a même pas un téléphone, ici.

– Et l'ordinateur ne devra pas quitter la pièce, non plus », intervint à son tour Stievani.

Caterina se tourna vers le son de ces deux voix et, prenant quelques secondes pour laisser sa colère s'évacuer, dit d'un ton charmant : « J'accepte volontiers de me servir de cette connexion. Et l'ordinateur pourra rester sur place. Après tout, quels secrets pourraient-ils se trouver dans des papiers vieux de trois cents ans ? »

8

Peu après, Caterina remarqua que les deux cousins commençaient à s'impatienter. Stievani consulta sa montre, puis Scapinelli fit de même. Il lui fallut un moment pour comprendre : ils craignaient tous les deux, si la réunion s'éternisait, de devoir déjeuner avec les personnes présentes et pire encore, de devoir régler la note. Sans doute le dottor Moretti dut-il capter lui aussi ce signal, car après avoir à son tour regardé sa montre, il déclara, sans s'adresser à personne en particulier : « Il me semble que nous en avons terminé avec toutes ces questions. »

Il regarda autour de la table et vit quatre têtes qui acquiesçaient. « Dans ce cas, nous pourrions nous transporter au premier étage et procéder à l'ouverture des malles. » Caterina fut surprise par cette décision, sans la moindre raison. Alors que tout ce qu'elle avait fait depuis son retour à Venise avait eu ce moment pour but, elle ne se sentit pas préparée quand il arriva. On allait ouvrir les malles et elle allait voir les documents – les supposés documents – qu'elles contenaient, et elle serait surprise, bien sûr qu'elle serait surprise, d'apprendre qu'ils avaient appartenu à Steffani, compositeur et évêque, musicien et diplomate.

Tous se levèrent. Pour franchir la porte, les deux cousins veillèrent à ce que le dottor Moretti soit entre eux : Stievani passa en premier, puis l'avocat, puis Scapinelli. Les femmes ensuite.

Le dottor Moretti les conduisit seulement jusqu'à la porte donnant sur l'escalier ; il dut s'écarter pour laisser Roseanna venir l'ouvrir avec son jeu de clefs. Cela fait, elle s'écarta et les hommes défilèrent devant elle dans le même ordre, après quoi elle et Caterina les suivirent jusqu'à l'étage. La procédure fut la même pour entrer dans le bureau du directeur.

Roseanna se dirigea alors vers les portes métalliques du coffre-fort – puisque c'était ainsi que l'avocat avait appelé ce placard amélioré – et déverrouilla ses trois serrures. Caterina n'avait pas remarqué la troisième, qui se trouvait presque au niveau du sol. Sans plus de cérémonie, Roseanna ouvrit les deux battants de métal et recula d'un pas pour permettre à tout le monde de voir les malles rangées l'une derrière l'autre, la plus grande dépassant derrière d'une vingtaine de centimètres. Caterina avait vu des dizaines de malles de ce genre chez des antiquaires ou dans des musées : en bois sombre, sans décoration, renforcées par des bandes et des bordures métalliques dans lesquelles le mécanisme des serrures pouvait être solidement ancré. Il n'y avait aucune clef dans les serrures de ceux-ci.

Le signor Stievani, gaillard nettement plus solide que son cousin, prit le bras du dottor Moretti. « Sortons-les. Je prends une poignée, vous prenez l'autre. » Sur quoi il se pencha sur la première malle et prit une des poignées.

Le dottor Moretti fut incapable de cacher sa surprise, soit à cause de la manière familière dont l'homme s'était adressé à lui, soit parce qu'on lui demandait un coup de main. Il réagit vivement, cependant, posant son porte-documents au sol avant de saisir l'autre poignée. À la facilité avec laquelle les deux hommes manipulèrent la première malle, Caterina estima qu'elle ne devait pas être très lourde. Ils allèrent la poser auprès du bureau. Puis ils revinrent au coffre et refirent la même manœuvre, si ce n'est que Caterina eut l'impression que la seconde malle, qu'ils posèrent à un mètre de la première, était bien plus lourde.

Le moment était venu : les deux malles contenant le patrimoine contesté du musicien dont elle aurait dû ignorer le nom se trouvaient devant elle. L'une et l'autre étaient prises dans ce qui paraissait être des cordes enduites de cire, passées d'avant en arrière pour la première, dans le sens latéral pour la seconde. Sur la première, la corde se terminait par des nœuds compliqués d'où pendaient des fragments de ce qui avait dû être, jadis, un gros cachet de cire rouge. Il portait des éraflures et des trous et il était impossible de distinguer quelle avait été l'inscription. Un rectangle de papier cartonné décoloré, maintenu par quatre clous, était apposé sur le devant. À peine lisible tant l'encre sépia s'était aussi décolorée, Caterina vit les restes d'une mention tracée d'une écriture pointue typique de l'époque : « … FFANI. 1728. »

Avant qu'elle ait pu s'enquérir de la manière dont ils allaient procéder, le signor Scapinelli demanda, d'un ton rogue : « Qui va les ouvrir ? »

Le dottor Moretti les surprit tous. Il prit son porte-documents et en retira des ciseaux et un gros trousseau de ce qui paraissait être des clefs très anciennes. Certaines étaient rouillées, d'autres polies, mais toutes se terminaient par des pannetons dentelés et avaient de toute évidence été fabriquées à la main.

Le dottor Moretti s'expliqua. « J'ai montré une photo des serrures à un ami antiquaire et il m'a fait parvenir ce jeu de clefs. Il pense que certaines d'entre elles pourraient convenir. » Caterina fut à la fois étonnée et ravie par cette initiative, si surprenante de la part de l'avocat. Se pourrait-il qu'il prenne plaisir à ce voyage dans le passé ?

« Pour les deux serrures ? demanda Scapinelli.

– C'est ce qu'il pense, et j'espère qu'il a raison », répondit le dottor Moretti.

Caterina et Roseanna échangèrent des regards approbateurs, mais Scapinelli émit un grognement – comme s'il s'était attendu à ce que l'avocat arrive avec les bonnes clefs.

Le dottor Moretti remonta le bas de son pantalon et mit un genou au sol devant la première malle. Méthodiquement, les retenant à hauteur du sceau, il coupa les cordes et les laissa retomber par terre. Puis il dégagea le sceau et le tendit à Caterina, qui le posa soigneusement sur le bureau. L'avocat essaya ensuite les clefs l'une après l'autre, les insérant dans la serrure et essayant de tourner. Deux ou trois donnèrent l'impression de faire bouger quelque chose, mais il fallut attendre qu'il soit presque à la fin du trousseau pour que l'une d'elles tourne par deux fois avec des grincements de protestation. Le dottor Moretti retira la clef et poussa sur le couvercle ; au bout de quelques secondes et après l'avoir fait bouger deux ou trois fois latéralement, il parvint à le soulever de quelques centimètres, mais il le rabattit aussitôt pour s'intéresser à la seconde malle.

Une étiquette semblable à la première était aussi clouée sur le devant, mais celle-ci était intacte et on lisait dessus : « STEFFANI. 1728. » Les cordes ne com-

94

portaient pas de sceau en cire. Le dottor Moretti reprit ses ciseaux et coupa le jeu de cordes. Cette fois-ci, la bonne clef s'avéra être la deuxième ou la troisième, mais il dut fournir beaucoup plus d'efforts pour soulever le couvercle. Une fois qu'il l'eut dégagé du joint métallique, le dottor Moretti le laissa retomber, se releva et rangea ciseaux et clefs dans son porte-documents.

« Elles ne sont pas à nous ? » demanda Scapinelli en montrant les clefs avant qu'elles ne disparaissent dans le porte-documents. Il s'agissait plutôt d'une affirmation que d'une question.

« Vous allez voir que je vais passer en jugement », dit le dottor Moretti en anglais, si bien que Caterina fut la seule à comprendre. Puis il revint à l'italien. « Ces clefs appartiennent à mon ami, qui m'a demandé de les lui rendre, dit-il avec un sourire amical à l'intention de Scapinelli avant d'ajouter, plus affable que jamais : Si vous et votre cousin préférez, je peux me renseigner pour voir ce qu'il en demanderait si vous tenez à les avoir. » Comme ni l'un ni l'autre des deux hommes ne réagit, l'avocat se tourna vers Stievani. « Vous avez une préférence ?

– Ne me provoquez pas, maître. Laissez-les ouvertes et renvoyez les clefs. » Avec un geste vers les portes métalliques, il ajouta : « Si quelqu'un voulait s'attaquer à ces serrures, il n'aurait pas beaucoup de mal à en venir à bout. » Il ne payait peut-être pas ses impôts, cet homme, mais il n'était pas idiot.

Caterina regarda sa montre, il était presque une heure. « Signori, dit-elle, terme qui incluait aussi Roseanna, je pense que nous devrions prendre certaines décisions logistiques. Vous avez été d'accord pour dire que les malles devraient rester ouvertes. Mais comme vous l'avez vu, j'aurais beaucoup de mal à les remettre moi-même dans le coffre. »

Elle les laissa réfléchir quelques instants à la question. Elle préférait éviter les suggestions, sachant qu'il était beaucoup plus sage de donner l'impression qu'elle accédait à leurs désirs – dans la mesure où ils étaient en accord avec les siens.

Elle étudia leur réaction. Roseanna adopta la même tactique, secouant la tête pour montrer qu'elle ne se mêlerait pas à la prise de décision. Le dottor Moretti, étant là en tant qu'avocat, se refusait à exprimer une opinion, quant aux deux cousins, l'un comme l'autre redoutaient de donner la leur – craignant probablement, sinon certains, que toute suggestion de leur part soit bloquée par l'autre. C'est finalement Stievani qui se dévoua. « Il faut que les malles soient enfermées dans le coffre chaque soir. » Il les regarda tous tour à tour, son cousin y compris. Comme tout le monde paraissait d'accord, il continua. « Je propose qu'on la laisse regarder leur contenu, pour voir s'il n'y a que des papiers. Après quoi, nous les remettrons en place, dans le… coffre, et tous les soirs, quand elle aura terminé, elle remettra simplement les papiers dans les malles et fermera le coffre, et puis elle fermera la pièce. D'accord ?

– Et les clefs ? demanda Scapinelli.

– Elle les gardera, répondit Stievani. Sans quoi, il faudrait trouver quelqu'un à qui elle les rende et les reprenne tous les jours. » Et juste au cas où son cousin protesterait, il ajouta : « Et il faudrait payer la personne. » Si Scapinelli avait pensé à autre chose, il le garda pour lui.

Le dottor Moretti les regarda les uns après les autres. « Cela me paraît plein de bon sens. Quelqu'un a-t-il une objection ? » Devant le silence général, il s'adressa directement à Caterina. « Et vous, dottoressa ?

– Non, aucune. »

Roseanna souleva son trousseau et regarda tour à tour les trois hommes. Ne voyant toujours pas d'objection, elle alla poser toutes les clefs sur la table – les trois du coffre, celle de l'escalier et celle du bureau du directeur. Caterina eut un hochement de tête de politesse.

Le dottor Moretti profita du silence qui s'ensuivit pour reprendre la parole. « Étant donné que nous n'avons aucune idée de ce qui se trouve dans ces malles, papiers ou objets, et que je suppose que nous sommes tous plus ou moins curieux de savoir ce qu'il en est, je propose que nous demandions à la dottoressa Pellegrini de les ouvrir devant nous, et que nous la laissions ensuite travailler. » Il fit un geste vers les malles.

Cette fois-ci, Caterina n'attendit pas leurs réactions. « Voilà qui me paraît éminemment judicieux », dit-elle en s'approchant de la plus petite. Mettant un genou au sol, elle prit le couvercle à deux mains, le souleva et le maintint en position soulevée de la main gauche. Elle comprit alors pourquoi la malle ne lui avait pas paru lourde : elle était seulement à moitié pleine. Les paquets de documents liés par des ficelles, sur le dessus, donnaient l'impression de s'être déplacés au cours des siècles, comme c'était sûrement le cas. Contrairement aux cordes simples des malles, chaque paquet avait été soigneusement noué par une ficelle qui s'entrecroisait dessus, et étaient restés intacts.

Elle referma le couvercle et elle entendit des protestations derrière elle. *« Un momento »*, dit-elle en allant chercher son sac, dans lequel elle prit une paire de gants en coton blancs. Elle les enfila avant de retourner à la malle pour la rouvrir.

Elle en sortit le premier paquet sur la gauche, le porta sur le bureau où elle le posa à l'envers ; puis elle retourna à la malle et en étudia plus attentivement le contenu. Les autres s'étaient rapprochés et elle sentait leur présence dans son dos. Et sous leurs yeux, elle prit tous les paquets empilés à gauche, les porta jusqu'à la table où elle les plaça à l'envers, dans le même ordre, les uns sur les autres. Elle répéta la même procédure pour les piles suivantes. Une fois la malle vide, les deux cousins se penchèrent dessus pour s'assurer par eux-mêmes qu'il ne restait vraiment plus rien.

Le signor Scapinelli eut un regard de biais pour Caterina, comme s'il se demandait si elle n'avait pas mis quelque chose dans ses manches, puis détourna les yeux, quand elle-même le regarda, pour s'intéresser une dernière fois à l'intérieur de la malle.

Lorsqu'il devint manifeste que les cousins en avaient assez vu, elle replaça méthodiquement les piles de papier comme elle les avait trouvées, ne laissant sur le bureau, à côté des clefs, que le premier paquet qu'elle avait sorti.

Scapinelli regarda sa montre, et c'est tout juste si Caterina ne l'entendit pas se dire que l'heure du déjeuner approchait dangereusement et qu'il allait devoir les inviter. Rapidement, elle répéta la même opération avec la seconde malle. Lorsqu'il fut évident que celle-ci aussi ne contenait que des papiers, elle remit ceux-ci en place et se releva. Le dottor Moretti aida Stievani à ranger les deux malles dans le coffre comme ils les avaient trouvées.

Laissant les portes du coffre ouvertes, Caterina retourna au bureau. Elle prit le paquet restant et le plaça devant le siège de l'ex-directeur. Ainsi prête à travailler, elle se tourna vers les trois hommes. Elle disposa les clefs du coffre bien en vue sur la table. «Merci pour votre aide, messieurs, dit-elle au dottor Moretti et au signor Stievani.

– Et maintenant? demanda le signor Scapinelli, après un nouveau coup d'œil à sa montre, s'interrogeant certainement sur le prix des menus, dans les restaurants du coin.

– Je rentre déjeuner chez moi, dit Roseanna.

– Je dois rencontrer un client, dit le dottor Moretti.

– Mon fils m'attend dans sa boutique, dit le signor Scapinelli.

– Je dois prendre un train», dit son cousin.

La tentation fut si forte, pour Caterina, de chanter *Io men vado in un ritiro a finir la vita mia**, qu'elle dut s'enfoncer les ongles dans la paume des mains pour s'en empêcher. Une fois retrouvé un semblant de calme, elle tira la chaise et dit : «Dans ce cas, je vais me mettre au travail.»

* «Je vais aller finir mes jours dans un lieu retiré.»

9

Quand ils furent partis, Caterina s'installa au bureau. C'était maintenant que commençait son travail, se dit-elle, consciente que pendant tout le temps de l'ouverture des malles et de leur rapide inventaire, aucune des personnes présentes n'avait cru bon de mentionner le nom de Steffani, alors que tous le connaissaient. L'idée que l'un ou l'autre des deux cousins pût s'intéresser à la musique baroque était absurde, et elle ne savait rien du dottor Moretti, en dehors du fait qu'il parlait et s'habillait avec élégance. De son propre aveu, Roseanna s'intéressait à la musique et aux musiciens de cette période de manière générale, mais elle avait eu la sagesse de garder le silence pratiquement pendant toute la réunion, y compris au moment de l'ouverture des malles. Caterina était donc la seule, en fin de compte, qui avait un véritable intérêt pour Steffani, du moins tel qu'elle s'en faisait une idée par sa musique. Et qu'est-ce qui comptait, au fond, après tout ce temps ?

Il avait été prêtre. Il avait aussi eu, se rappelait-elle, une activité politique dans les cours où il avait travaillé comme musicien – mais quels étaient les membres du clergé d'un certain rang qui, à l'époque, ne se mêlaient pas de politique ? Il avait donc très bien pu laisser tous ses biens à l'Église. Les documents le lui diraient peut-être, mais dans ce cas-là, comment se faisait-il que la *Propaganda Fide* eût renvoyé les malles ?

Elle inclina sa chaise en arrière sur deux pieds et mit les mains derrière la tête, n'éprouvant pas le besoin d'entamer tout de suite l'examen des papiers. Elle voulait réfléchir à ce qui se tramait sous cette affaire. Car même si elle tombait sur des « dispositions testamentaires » en bonne et due forme, quelle valeur légale auraient celles-ci, au bout de trois siècles ? Le dottor Moretti devait bien le savoir. *Tanto fumo. Poco arrosto**, murmura-t-elle. Ce n'était pas, en effet, la fumée qui manquait : le mensonge concernant les autres candidats pour le poste, l'appel à un avocat du calibre du dottor Moretti, les nombreuses restrictions entourant son travail, l'utilisation d'une Fondation en complète perte de vitesse… Quel allait être le rôti ? ou à quelle sauce allait-il être mangé ?

Caterina fit le tour de la pièce du regard et se demanda pourquoi Roseanna ne s'y était pas installée : il était peu probable, en effet, que la Fondation eût jamais un autre directeur.

« Quel dommage que tu n'aies pas pu devenir cantatrice », dit-elle à haute voix, s'adressant à elle-même, comme si avoir eu le courage de se lancer dans cette voie l'aurait conduite à quelque chose de plus excitant que cette pièce et les semaines de lecture qui, sans aucun doute, l'attendaient. Mais sa foncière honnêteté intervint ici et l'obligea à reconnaître que ses talents vocaux ne l'auraient sans doute pas conduite plus loin, et encore avec de la chance, qu'un poste de choriste à l'opéra de Trévise.

---

* « Beaucoup de fumée. Peu de rôti. »

Elle laissa sa chaise retomber au sol, tira le premier paquet de documents à elle, s'escrima sur le nœud jusqu'à ce qu'elle l'eût défait, enroula la ficelle en un tortillon ovale autour de ses doigts et la posa sur un coin du bureau. Presque trois siècles, et elle tenait encore, assez solide pour pouvoir être réutilisée. Le premier document était une lettre rédigée en italien et très nettement de la main d'un Italien. Elle portait la date du 4 janvier 1710 et était adressée à *« Il mio fratello in Cristo Agostino »*. Elle prit la feuille par les angles supérieurs et la tendit vers la lumière. Elle ne reconnut pas le filigrane, mais le papier, à la vue comme au contact, paraissait en accord avec la date.

Caterina rencontra quelques difficultés avec l'écriture mais aucune, en revanche, avec la langue ou la signification. La lettre faisait une référence explicite à l'opéra *Tassilone*, que son expéditeur avait eu l'immense bonheur de voir l'année précédente à Düsseldorf. Ce n'était que maintenant qu'il se permettait de s'exprimer sur le génie créatif de son compositeur, à qui il n'osait pas faire perdre son temps, en lui envoyant ses humbles louanges pour un ouvrage dans lequel on trouvait à la fois les plus hauts principes moraux et les plus sublimes manifestations de la créativité musicale.

Levant les yeux, elle essaya de fouiller dans les souvenirs musicaux logés dans son cerveau de musicologue, avec l'espoir de déterminer s'il s'agissait de vulgaires flatteries ou de compliments sincères. Elle se souvenait d'avoir lu que Steffani avait introduit la mode française dans l'opéra italien, nouveauté imitée par ce grand emprunteur – pour ne pas employer un terme plus péjoratif – Haendel.

L'expéditeur de la lettre continuait dans cette veine sur trois paragraphes, détaillant les «innombrables excellentes choses» de l'œuvre, la «sublime perfection» de son phrasé musical et les «principes moraux convaincants» sur lesquels s'appuyait le texte.

Quelques mesures de musique étaient citées sous le dernier paragraphe : *« Deh, non far colle tue lagrime »*, et elle entendit dans sa tête l'exceptionnelle beauté de ce largo tandis qu'elle articulait les paroles. Soudain monta le trait d'un hautbois solo et la voix de Caterina se tut, sous l'effet magique de ce timbre.

C'était le bas de la page. Elle fut déçue, en passant à la deuxième, de trouver la beauté remplacée par de la prose. Encore deux paragraphes et elle aborda le dernier, dans lequel l'expéditeur, proclamant son indignité, demandait au «Très Vénérable Abbé» d'intercéder en sa faveur auprès de l'évêque de Celle pour l'aider à faire nommer son neveu, Marco, au poste de maître de chœur de l'église Sankt-Ludwig. La signature était illisible, comme bien souvent à cette époque.

Dessous, d'une écriture différente penchée en arrière, était écrit : «Brave homme. Voir si c'est possible.» Rien de plus.

Elle prit le carnet de notes et le stylo qu'elle avait dans son sac à main et écrivit :

> 1. Lettre de requête pour un poste de maître de chœur. Commentaire favorable d'une autre écriture au bas. 4/1/1710.

Ce Marco réapparaîtrait peut-être ; ou peut-être une autre lettre viendrait remercier le «Très Vénérable Abbé» pour son aide dans cette nomination espérée.

Elle posa les deux feuillets à l'envers à côté d'elle et prit le suivant, une lettre datée du 21 juin 1700, adressée à « *Mio caro Agostino* ». La familiarité du ton figea sur place, tel un pointer flairant le gibier, la documentaliste qu'elle était. Elle y trouva des considérations générales sur le travail et les voyages, des nouvelles d'amis mutuels, l'évocation de problèmes de domesticité. Puis vinrent les commérages ; le rédacteur de la lettre racontait à son ami Agostino comment le duc N. H. s'était comporté en public avec sa belle-sœur au dernier bal du Carnaval. Que le troisième fils de G. R. était mort de complications pulmonaires, à l'immense chagrin de ses parents, chagrin auquel l'expéditeur se joignait : l'enfant était un bon garçon d'à peine huit ans. Puis il était question d'un ami qui avait entendu le « Baron » (on aurait dit qu'il avait écrit « Batslar » mais cela pouvait être aussi bien « Botslar »), parler en mal de Steffani et qui se moquait de lui en chantonnant, dans le public, pendant la représentation d'un de ses opéras. L'expéditeur de la lettre jugeait que son ami devait être mis au courant, au cas où il recevrait des compliments ou des promesses de la part du baron en question. Puis, après avoir émis des vœux affectueux pour qu'Agostino se conserve en bonne santé, le rédacteur avait apposé une signature illisible en dessous.

Elle prit le contenu en note, sans y ajouter de commentaires, même si elle se sentait passablement scandalisée à l'idée qu'un vulgaire baron pût se moquer d'un musicien. Elle mit la lettre de côté, prit le document suivant. Et là, son cœur s'arrêta. C'était inattendu. Une feuille de musique venait d'apparaître sur le haut de la pile, les notes dansant de droite à gauche sur la portée. Dans un souffle si bas que personne n'aurait pu l'entendre, elle commença à chanter la musique ligne à ligne, entendant la voix de basse et les violons. Lorsqu'elle tourna la page, elle vit des paroles et comprit que la musique instrumentale n'était que l'introduction d'une aria.

Elle revint à la première page et rejoua la partition dans sa tête. Oh, quelle perfection, ce motif de l'introduction, répété une octave au-dessus dès le début de l'aria. Elle regarda les paroles et vit le prévisible « *Morirò tra stazi e scempi* ». Et qui donc avait mouliné ce sentiment avec tant de fadeurs ? *Je vais mourir entre la douleur et le saccage…* Si elle avait eu une machine à remonter le temps elle serait retournée au siècle baroque pour trouver les auteurs de livrets, les ramener dans le présent et les envoyer au Brésil où ils pourraient gagner leur vie en écrivant des scénarios de *telenovelas*.

Un coup d'œil aux premières paroles de la deuxième ligne, « *E dirassi ingiusti dei* », la confirma dans ses pulsions historico-géographiques. Elle alla ainsi jusqu'à la fin de l'aria, se concentrant sur la musique et essayant d'oublier les paroles. « Tiens-tiens-tiens, dit-elle à voix haute en levant les yeux. Sacrément brillant, le bonhomme. »

Elle regrettait de ne pas s'être intéressée de plus près à sa musique pendant ses études universitaires et de n'avoir vu qu'une seule représentation de sa merveilleuse *Niobe* à Londres. Le génie qui se manifestait dans cette aria lui prouvait qu'elle avait affaire à un compositeur beaucoup plus doué que ce qu'elle avait cru jusque-là. Puis elle fut prise d'un doute : cette partition lui avait peut-être été envoyée par un collègue ou un autre musicien, voire par un élève ? Elle étudia à nouveau le manuscrit, mais elle ne vit ni attribution, ni signature, seulement la même écriture penchée en arrière qu'elle avait remarquée dans l'annotation, au bas de la première lettre.

Il serait possible de faire l'identification grâce aux archives de la Marciana : il lui suffisait de s'y rendre et de jeter un coup d'œil à l'une de ses partitions autographes, ou même de simplement trouver un livre qui en donnait la reproduction. Elle avait une excellente mémoire visuelle et saurait se faire une image claire de l'aria. Il était cependant beaucoup plus simple de rester ici et de poursuivre sa lecture : elle finirait bien par tomber sur une partition signée. Elle tricha en parcourant le reste des documents du paquet, mais il ne contenait pas d'autre musique.

La beauté de ce qu'elle venait de déchiffrer la poussa à y revenir. Elle fit ensuite une note sur le titre probable de l'aria, puis la mit de côté et prit le document suivant : une lettre de 1719, écrite en latin d'église, adressée à Steffani en tant qu'évêque et qui tentait d'expliquer les raisons du retard dans le paiement de son bénéfice du diocèse de Spiga, dont elle n'avait jamais entendu parler.

La note de cette dernière lettre faite, Caterina regarda sa montre et constata qu'il était deux heures passées. Ce fut comme si la vue du temps qui s'était écoulé l'avait arrachée à sa fascination et elle se rendit compte qu'elle mourait de faim. Elle prit son sac et en retira son portefeuille. Elle en fouilla les divers compartiments et fentes et finit par exhumer sa carte de lectrice à la bibliothèque Marciana. Expirée depuis deux ans. Dans un pays normal, dans une ville normale, la démarche normale aurait été d'aller la faire renouveler ; mais pour cela, il fallait être assuré qu'un processus facile et rapide existait et fonctionnait. Cela faisait de nombreuses années que Caterina n'habitait plus en Italie, mais elle n'avait aucune bonne raison de croire que les choses avaient changé, si bien que sa première idée fut de trouver ce dont elle avait besoin sans avoir à perdre son temps avec un système qui, si sa mémoire était bonne et si les choses étaient restées en l'état, prenait un plaisir jubilatoire à empêcher les gens d'obtenir ce qu'ils méritaient ou désiraient.

Elle fit appel à sa mémoire pour passer en revue toutes les nouvelles et tous les commérages des dix dernières années : qui travaillait où, qui s'était marié, qui s'était fait une place au sein des mécanismes qui faisaient fonctionner Venise. Et elle se souvint d'Ezio, ce cher Ezio qui avait été en classe avec sa sœur Clara, et avait été amoureux d'elle pendant trois ans, entre douze et quinze ans, et qui était ensuite tombé amoureux d'une autre fille qu'il avait fini par épouser, tout en gardant Clara comme meilleure amie.

Ezio, tout le monde était d'accord là-dessus, était un garçon brillant mais paresseux ; il n'avait jamais rêvé de succès ou de faire carrière : seulement de se marier et d'avoir des enfants. Et il en avait aujourd'hui – quatre, lui semblait-elle – mais il avait aussi, raison pour laquelle son nom lui était venu à l'esprit, un poste de bibliothécaire à la Marciana.

Caterina replaça les documents épluchés en pile sans prendre la peine de les ficeler convenablement. Elle alla ensuite déposer le paquet dans la petite malle ouverte au fond du placard faisant office de coffre, referma les portes et verrouilla scrupuleusement les trois serrures.

Ce n'est qu'alors qu'elle retourna prendre son téléphone portable dans son sac. Le numéro, bien que n'ayant pas été utilisé depuis longtemps, était toujours dans le répertoire. Elle le composa et, lorsque son correspondant décrocha, lui dit : « *Ciao Ezio, sono la Caterina. Volevo chiederti un favore**. »

10

Caterina n'éprouvait aucun regret d'avoir quitté Manchester sur un coup de tête, sinon que son départ précipité l'avait obligée à laisser sa bibliothèque personnelle dans un garde-meubles ; du coup, elle dépendait entièrement d'Internet et des collections publiques. Ezio lui avait dit de venir à quatre heures, si bien qu'après s'être arrêtée pour dévorer un panino accompagné d'un verre d'eau, debout au bar comme quand elle était étudiante, elle fit une deuxième chose d'étudiante en se rendant dans un café Internet. Il lui aurait pris trop de temps de rentrer chez elle pour faire ses recherches sur son ordinateur personnel, alors qu'elle ne voulait que retrouver les principaux éléments chronologiques de la biographie de Steffani, pour les avoir bien présents à l'esprit avant d'aller à la bibliothèque.

Sa grand-mère était bien connue, dans la famille, pour l'excellente mémoire qu'elle avait gardée toute sa vie et Caterina était, de tous ses petits-enfants, celle qui lui ressemblait le plus. Cette tradition familiale fut confirmée lorsqu'elle lut les informations concernant Steffani, car la plupart des choses lui revenaient au fur et à mesure à l'esprit : né à Castelfranco en 1654, il avait rapidement acquis une grande réputation comme chanteur et musicien, après avoir été choriste à la basilique del Santo à Padoue jusqu'à l'âge de dix ans. Séduit par la beauté de sa voix, un noble de Munich l'avait engagé à son service, et c'est là qu'il avait connu un succès phénoménal en tant que musicien et compositeur. À vingt ans, il était allé à Hanovre, où sa réputation ne fit que s'accroître. Il parut alors s'éloigner un peu de la musique en se consacrant de plus en plus à la politique, travaillant pour la cause catholique dans un pays où les dirigeants étaient devenus protestants.

« Ernst-August », murmura-t-elle lorsqu'il fut question du Prince Électeur de Hanovre : oui, elle se souvenait de lui. Le rédacteur de l'article avait ouvert une parenthèse, ici, pour expliquer que les collaborateurs d'Ernst-August lui avaient fait construire la salle d'opéra la plus somptueuse de toute l'Allemagne pour l'empêcher d'aller tous les ans se ruiner au carnaval de Venise. Son fils Georg-Ludwig fut celui qui devint roi d'Angleterre sous le nom de George Ier. Comme la plupart des personnes formées à la recherche, Caterina se laissa emporter et envoya Google courir après Georg-Ludwig : n'y avait-il pas eu un scandale dans lequel son épouse était impliquée ? Mais si. La superbe Sophie-Dorothée, la plus grande beauté et le meilleur parti de l'époque, mariée à seize ans à Georg-Ludwig (une autre parenthèse expliquait qu'ils étaient cousins au premier degré), surprise en flagrant délit d'adultère, divorcée et restée emprisonnée trente ans, jusqu'à sa mort. Tout cela était fascinant à lire, mais ne lui apprenait pas grand-chose sur Steffani.

Elle revint au premier site et continua sa lecture sur la période où il avait pratiquement délaissé la musique pour se consacrer à des activités diplomatiques qui l'obligeaient à de fréquents déplacements. Il avait passé six ans à Düsseldorf, s'occupant principalement de questions politiques et ecclésiastiques ; c'était là qu'il avait écrit ses trois derniers opéras. Il semble qu'il ait joué un rôle critique en réussissant à empêcher un conflit entre la Papauté et l'empereur du Saint-Empire romain germanique, les deux puissances étant mêlées à la guerre de Succession d'Espagne – mais qui se souvenait à propos de quoi ? Steffani avait consacré une bonne partie de sa vie non musicale à tenter de persuader les différents princes d'Allemagne du Nord de retourner dans les bras de la sainte mère l'Église. Elle leva les yeux de l'ordinateur et aperçut la façade de l'église Santa Maria della Fava. Soudain, elle se sentit l'âme envahie par Vivaldi, une aria de *Juditha Trium- phans* – et quelles étaient les paroles, déjà ?

      Transit aetas
      Volant anni
      Nostri damni
      Causa sumus.

Comme la partition était simple : une mandoline, des pizzicati de violon et une voix qui parlait du temps qui passe, des années qui s'enfuient, qui disait que nous étions la seule cause de notre damnation. Quel meilleur message à faire parvenir aux responsables de ces églises vides ? Nous sommes à l'origine de notre propre destruction.

« Voulez-vous une autre demi-heure, signora ? lui demanda le jeune Tamil qui tenait la caisse. Vous n'avez plus que cinq minutes, mais vous pouvez rester en ligne encore une demi-heure pour seulement deux euros.

– Non, merci, ça ira très bien. Merci de me l'avoir proposé », dit-elle, résistant à l'envie d'aller écouter l'aria de Vivaldi. Steffani était revenu à Hanovre en 1709, mais il n'était plus question de sa musique, seulement de ses déplacements et de ses activités politiques. Presque plus de musique. Le génie aurait-il été trop douloureux ? se demanda-t-elle. Devenait-il simplement trop écrasant pour que l'esprit continuât à créer ? Sur quoi l'écran s'éteignit, renvoyant dans les limbes Steffani, sa musique, l'Église qu'il servait, et tous les désirs qu'avait eu cet homme de rétablir l'Église dans son ancienne puissance. Elle prit son sac à main, remercia à nouveau le jeune homme à la caisse et partit pour la bibliothèque.

Il ne lui fallut pas plus de dix minutes. Passer entre les deux cariatides et arriver dans le hall d'entrée de la Marciana, c'était passer de la foule permanente qui encombrait la Piazza au calme et à la tranquillité que les pensées, consignées dans les livres, étaient supposés offrir. Elle resta là quelques instants, tel un plongeur faisant un palier de décompression, puis elle s'approcha de l'homme à l'accueil et mentionna le nom d'Ezio. Il lui sourit et lui fit signe de passer par ce qui semblait être un détecteur de métaux désactivé pour entrer dans le foyer de la bibliothèque.

L'homme avait dû téléphoner à Ezio car à peine Caterina était-elle arrivée en haut de l'escalier qu'elle vit celui-ci s'avancer vers elle, les mains tendues. Il avait des plis autour des yeux et il lui paraissait plus mince et plus petit que la dernière fois qu'elle l'avait vu, presque dix ans auparavant. Mais l'éclat de son sourire chaleureux était le même. Il la serra vigoureusement dans ses bras, puis l'écarta de lui et l'embrassa sur les deux joues ; après quoi, chacun leur tour, ils échangèrent les douces paroles que se disent les vieux amis quand ils ne se sont pas vus depuis des années. Toutes ses sœurs allaient très bien, ses enfants grandissaient, et qu'est-ce qu'elle attendait de lui ?

Elle lui répondit qu'elle avait besoin d'informations sur un compositeur baroque pour un projet de recherches sur lequel elle travaillait pour la Fondation. Ezio lui dit qu'il en avait vaguement entendu parler. Il n'eut pas besoin de davantage d'explications. Elle pouvait utiliser leurs archives autant qu'elle voudrait, puis il s'excusa et la laissa afin d'aller lui préparer une carte de lectrice pour chercheur de passage.

« Non, dit-il en se retournant trois pas plus loin. Je vais d'abord te conduire dans les archives. Comme ça tu auras une idée de ce que tu pourras y trouver. » Elle commença à protester, mais il refusa de l'écouter. « Tu es une de mes amies, alors ne t'en fais pas pour le règlement. Une fois que je t'aurai procuré ta carte, tu pourras pratiquement tout consulter. » Sans attendre de réponse, il l'entraîna, sur sa droite, dans la longue galerie qu'elle se rappelait avoir parcourue comme étudiante. Le sol en marbre aurait pu servir d'échiquier à deux tribus opposées de géants ; il comportait bien plus que soixante-quatre cases et un géant aurait été à son aise sur un carreau. Les présentoirs vitrés abritaient des manuscrits, mais ils passèrent rapidement, si bien qu'elle ne distingua rien de plus que des lignes régulières d'écriture et de grandes lettres enluminées. Les énormes globes terrestres n'avaient apparemment pas changé, pas plus que le plafond scandaleusement voûté et décoré sans qu'il y ait le moindre espace vide. Pourquoi nous autres, Vénitiens, sommes-nous tellement excessifs ? s'interrogea-t-elle. Pourquoi faut-il qu'il y ait tellement de tout partout, pourquoi faut-il que ce soit beau ? Elle regarda par une fenêtre et eut brièvement l'impression que la Piazza défilait tandis qu'elle-même restait immobile. Elle le suivit dans le dédale de galeries, tel Thésée en route pour tuer le Minotaure, se disant qu'elle aussi aurait dû emporter une pelote de fil pour laisser une piste. Après avoir tourné plusieurs fois à droite et à gauche, elle n'eut plus aucune idée de l'endroit où ils se trouvaient. Il s'agissait de salles intérieures, si bien qu'elle ne pouvait pas se repérer en regardant par les fenêtres, d'où elle aurait peut-être vu Saint-Marc ou le Bacino.

Ils entrèrent finalement dans une salle disposant d'une rangée de fenêtres, derrière lesquelles elle aperçut la longue file de celles du palais des Doges, de l'autre côté de la Piazza. «Comment arrives-tu à t'y retrouver là-dedans ? demanda-t-elle à Ezio, lorsqu'il lui montra une rangée d'étagères.

– Tu veux parler des salles, ou des livres ?

– Des deux. Je serais incapable de ressortir d'ici. Et comment sait-on ce qui se trouve dans cette pièce ?» ajouta-t-elle, cherchant des yeux un terminal d'ordinateur.

Avec un large sourire, Ezio la conduisit à un meuble d'environ un mètre cinquante de haut, entièrement fait de petits tiroirs. «Tu ne t'en souviens pas ? demanda-t-il en tapotant le dessus du meuble. Je l'ai sauvé de la destruction.» De toute évidence, il était fier de lui

«*Oddio !* s'exclama-t-elle, un catalogue sur fiches !» Quand avait-elle vu le dernier ? Et où ? Elle s'en approcha, telle une croyante s'approchant d'une relique. Elle tendit la main, le toucha, explora son rebord et ses côtés, puis elle glissa un doigt sous une languette et tira un des tiroirs sur quelques centimètres, puis le repoussa silencieusement dans son logement. «Ça doit bien faire dix ans. Ou plus. » Sur quoi elle prit un ton de conspiratrice. « J'adore ces meubles. Ils sont bourrés d'informations. Comment tu t'y es pris ? » demanda-t-elle, baissant encore la voix.

Sur un ton d'acteur de film de guerre qui vient d'échapper de justesse à un bombardement, il expliqua que l'administration avait prévu de détruire toutes les fiches. « C'était un ordre direct de mon supérieur. » Il marqua une pause et prit deux profondes inspirations tout à fait mélodramatiques. « J'ai tout d'abord menacé de démissionner s'ils les enlevaient. »

Elle porta la main à sa bouche, touchée par ses propos. « Mais tu es ici, c'est que tu n'as pas démissionné. Qu'est-ce qui s'est passé ?

– Je l'ai menacé de dire à sa femme qu'il avait une liaison avec une de mes collègues. »

Au lieu de rire, ce qui aurait dû être sa réaction normale, elle demanda : « Tu l'aurais fait ? »

Ezio secoua la tête. « Je ne sais pas, en fait. Peut-être.

– Mais il a cédé ?

– Oui. Il a dit que nous pouvions les garder, mais que nous ne devions laisser personne les utiliser. Dans la circulaire qu'il nous a fait parvenir, il disait que le catalogue allait être entièrement informatisé et que les collections ne seraient plus accessibles que via les ordinateurs. » Ezio eut une mimique qui ressemblait fort à celle de quelqu'un qui crache par terre. « Il nous a dit de le faire, après quoi il supprimerait le financement.

– Et le catalogue informatisé ? »

Ezio ne répondit pas tout de suite. Il sourit, changeant de rôle pour prendre celui d'un diplomate à qui on pose une question directe. « On travaille dessus.

– Et ton supérieur ? »

Même mimique. « Il s'est retrouvé muté dans une bibliothèque de province. » Il n'attendit pas que Caterina demandât pourquoi et ajouta : « Il semblerait que les trois dernières personnes qu'il a engagées étaient des parents de sa femme.

– Et où travaille-t-il, aujourd'hui ?

– Quarto d'Altino. Une bibliothèque minuscule. »

Comme à chaque fois ou presque que des amis lui racontaient des histoires de ce genre, Caterina ne sut pas si elle devait rire ou pleurer.

Elle posa son sac sur l'une des tables au milieu de la salle et en retira de quoi écrire. Quand il la vit faire, Ezio lui dit : « Je vais m'occuper de ta carte d'entrée. » Il lui montra une petite alcôve ménagée entre deux fenêtres. « Tu n'as qu'à t'installer là-bas, si tu veux. Tu peux y laisser les livres tant que tu en as besoin. Quand tu auras fini, pose-les sur le bureau, à côté de la porte. Nous nous chargerons de les ranger. »

Elle le remercia d'un hochement de tête. « J'en ai peut-être pour un moment », dit-il en quittant la salle.

Caterina s'avança jusqu'à la fenêtre et regarda la Piazza. Les passants allaient et venaient, ne regardant pas chaque côtés de la place. Tous les nouveaux arrivants n'en avaient que pour la façade de Saint-Marc, et ceux qui repartaient se tournaient une dernière fois pour l'apercevoir de loin – ce qu'il était naturel de faire, songea Caterina –, à croire qu'ils voulaient s'assurer que ce n'était pas un mirage. À sa droite, le drapeau battait dans l'air frais du printemps et elle s'abandonna à la beauté ridicule du lieu.

Se détournant de ce spectacle, elle alla consulter le catalogue et trouva le tiroir qui allait de Sc à St. De Scarlatti à Strozzi, et qui contenait donc aussi Stradella et Steffani. Elle vit, sur la fiche de Steffani, des entrées rédigées par de nombreuses écritures différentes avec souvent des fautes à son nom. Y figurait aussi un renvoi à peine lisible à un certain Gregorio Piva, un pseudonyme, précisait la fiche, qu'il avait utilisée pour les dernières compositions musicales de sa vie. Elle releva sur son carnet de notes les références des livres qui lui paraissaient être des biographies de Steffani, ou bien s'intéressaient peut-être davantage à sa vie qu'à sa musique, puis alla à la chasse aux volumes sur les étagères.

Quand Ezio revint, plus d'une heure plus tard, il trouva Caterina installée dans l'alcôve avec devant elle quarante centimètres de livres alignés sur l'étagère. Elle se tourna en l'entendant entrer, mais garda un doigt sur l'ouvrage qu'elle consultait. Ezio posa la carte sur la page ouverte, se pencha pour lui faire la bise et quitta la salle sans rien dire. Caterina rangea la carte dans la poche de sa veste et reprit sa lecture.

Caterina avait choisi ses livres en prenant des critères de femme érudite. Vérifier tout d'abord le nom de l'éditeur, pour avoir une idée du sérieux du livre, puis la présence de notes et d'une bibliographie. Elle laissa sur les étagères tout ce qui relevait de la publication à compte d'auteur ou qui n'avait ni notes, ni bibliographie. Quels chercheurs étaient cités dans les remerciements ? Ce filtrage lui avait pris un certain temps, mais elle fut ravie qu'on ait autant écrit sur lui.

Elle commença à prendre des notes. Des informations sur son origine familiale : humble mais pas pauvre. Dons musicaux précoces. À douze ans, alors qu'il étudiait la musique et était choriste à Padoue, il avait une si belle voix qu'on l'avait envoyé à Venise chanter dans des représentations d'opéras. Était-ce le succès qui l'avait poussé à y rester plusieurs semaines de plus que le congé qu'on lui avait accordé ? En dépit de sa lettre d'excuse plutôt sèche, il n'avait pas été puni à son retour à Padoue.

L'Électeur de Bavière l'avait entendu chanter à Venise et l'invita à venir à Munich, où on lui attribua un poste de musicien de cour. On l'envoya se perfectionner à Rome et c'est sans aucun doute là-bas qu'il commença sa formation ecclésiastique. Son ascension professionnelle se poursuivit de manière tout à fait normale pour un jeune homme ambitieux à son époque.

Sa carrière prit son envol avec son départ pour l'Allemagne. Il devint rapidement abbé, mais Caterina ne trouva nulle part mentionné qu'il eût une fois célébré la messe ou donné l'un ou l'autre des sacrements. Son titre d'abbé était-il purement honorifique, ou comprenait-il des obligations cléricales ?

Elle s'arracha à ces spéculations et revint à Munich et à la célébrité grandissante de Steffani en tant que compositeur. Employé d'un électeur catholique et très bien en cour, il décida néanmoins, en 1688, de quitter la Bavière, estimant que le poste de Kappellmeister, qu'il convoitait, avait été injustement attribué à un certain Giuseppe Antonio Brenabei, fils d'un compositeur qui avait été son professeur à Rome.

Heureusement, Ernst-August, le duc de Hanovre protestant, l'avait vu et écouté. Ayant une cour qui, d'après certains, rivalisait avec celle de Louis XIV, il invita Steffani à le rejoindre et celui-ci ne tarda pas à fréquenter les cercles intellectuels les plus raffinés, qui comprenaient des philosophes – dont Leibniz – d'autres musiciens et des aristocrates.

Son talent s'exprima pleinement ; sa réputation grandissait et il produisait chaque année un opéra avec toujours plus de succès. Puis, au début des années 1690, alors qu'il aurait difficilement pu devenir plus célèbre qu'il ne l'était, il arrêta tout et accepta une mission diplomatique qui, d'après deux de ses biographes, répondait au besoin de «convaincre les autres États allemands de voir avec bienveillance l'accession d'Ernst-August au titre d'Électeur de Hanovre».

Après la mort de son protecteur, Steffani alla passer quelques années à la cour de l'Électeur catholique palatin, à Düsseldorf, où il occupa le poste de conseiller privé de l'Électeur ainsi, simultanément, que celui de président du Conseil spirituel – un mystère pour Caterina. Il devait avoir atteint un statut social élevé, car il employa un pseudonyme pour signer les opéras qu'il continuait à écrire, sans aucun doute pour éviter le scandale d'un ecclésiastique de haut rang s'adonnant à la composition d'œuvres aussi compromettantes, socialement et moralement, que des opéras. Sous son seul nom, il n'écrivit plus que des duos et son *Stabat Mater*, lequel date de la fin de sa vie.

L'Électeur palatin confia à Steffani la délicate mission de jouer les médiateurs entre le Vatican et le Saint Empire germanique. Reconnaissant pour ses services, l'Électeur palatin intercéda en sa faveur auprès du Vatican et finalement le pape céda en le nommant évêque. Quand Caterina lut que ce poste ne lui valait pratiquement aucun revenu, elle ne put s'empêcher de murmurer : « Ah, les immondes salopards. » Puis, sans qu'il y ait d'explication, Steffani abandonna le duché catholique pour retourner dans la Hanovre protestante, où il resta jusqu'à sa mort.

Il y avait deux portraits de lui dans les livres ; le plus courant étant une lithographie, faite un siècle après sa mort, qui passe pour être la copie d'un original. Au siècle suivant, on trouva bon de l'affubler d'un bouc, appendice aussi flatteur et convaincant que les moustaches qu'on dessine aux photos d'hommes politiques que l'on n'aime pas. Le second était un portrait exécuté de son vivant qu'elle avait déjà vu, et où il portait sa barrette d'évêque. Dans le premier, il paraissait sérieux et affairé, avec sa mitre et sa crosse visibles derrière lui. Dans le second, il était habillé en grande tenue ecclésiastique. Il avait l'air réservé, mais donnait surtout l'impression d'être bien nourri.

S'il n'était signalé nulle part qu'il eût jamais célébré la messe, conduit une cérémonie de mariage ou d'enterrement ni confessé personne, pour quelle raison était-il représenté, les deux fois, avec tous les attributs de sa position d'ecclésiastique ? Il avait passé l'essentiel de sa vie comme chanteur, compositeur et diplomate, mais aucun auteur n'avait d'image de lui à proposer en relation avec ces activités, l'un d'eux affirmant même qu'il n'en existait pas.

Dans le cadre de sa recherche, cependant, il y avait plus urgent : comment cet homme aurait-il pu accumuler un trésor, et sous quelle forme ? Et s'il en avait eu un, comment se faisait-il que d'après la plupart de ses biographes il fût mort pauvre et endetté, après avoir vendu l'essentiel de ses biens ? Pour quelle raison, enfin, avait-il sacrifié ce qui était sa passion pour prendre des responsabilités qui n'avaient abouti qu'à le faire mourir dans la pauvreté ?

Caterina jeta un coup d'œil à sa montre et constata qu'il était sept heures passées. Elle éprouva la crainte soudaine et irraisonnée de se trouver enfermée ici pour la nuit et referma vivement son livre. Elle prit son portable et appela Ezio. Il ne répondit qu'à la cinquième sonnerie pour dire : « Je suis en route pour venir te chercher, Caterina. J'arrive dans deux minutes. »

Elle rangea alors le livre sur l'étagère, le stylo et le carnet dans son sac et étudia plus attentivement la salle dans laquelle elle se trouvait. Elle se tint devant le catalogue, ce meuble rempli des noms des gens qui avaient donné la musique au monde, et se sentit prise d'une fierté qui la surprit la première : nous avons fait tellement, nous avons créé tant de beauté ! Enlevez l'Italie, faites-la disparaître de l'histoire, amputez le continent de la Péninsule si vous voulez : que resterait-il de la culture occidentale ? Qui aurait peint ses portraits, bâti ses églises, conçu ses vêtements, qui lui aurait donné ses fondements politiques ? Qui lui aurait appris à chanter ?

L'arrivée d'Ezio interrompit ses réflexions, qu'elle préféra garder pour elle. « Tu as trouvé ce que tu cherchais ? demanda-t-il.

– Presque trop, même. Quatre biographies, et je ne sais combien d'histoires de la musique et de la politique de cette période.

– Cela suffira-t-il à répondre aux questions que tu te poses ? » Il paraissait sincèrement intéressé. Elle se souvint qu'il était titulaire d'un diplôme en histoire et avait plus ou moins appris le métier de bibliothécaire sur le tas, en travaillant dans une bibliothèque pendant ses études.

« Cela dépendra de ce que je trouverai dans les documents. » Puis, sur une impulsion, elle lui demanda si elle pouvait emporter les livres.

« Lesquels ? »

Se tournant vers l'étagère, elle en retira un volume, puis un deuxième qu'elle replaça finalement pour en reprendre un autre. « Ceux-ci », dit-elle en lui montrant les deux livres.

Il les étudia, étudia leur reliure mais pas les titres, à croire qu'il existait un code secret dans leurs références, puis répondit que non.

« Oh, désolée », dit-elle, comprenant qu'elle était allée trop loin. Elle esquissa le geste de remettre les livres.

« Mais moi, je peux », dit alors Ezio en les glissant sous son bras.

Caterina éclata de rire, mais en bonne universitaire, elle pensa à autre chose : « Mais tu dois noter leur sortie, non ? »

Ezio souriait encore de sa plaisanterie. « Ne t'inquiète pas pour ça. Je te connais depuis assez longtemps pour savoir que tu ne vas pas disparaître avec ces bouquins. Crois-moi, c'est plus facile de cette façon. » Il lui prit le bras.

« Comment ça va se passer, quand je vais les ramener ?

– Tu rentres avec et tu les remets sur la table, là-bas, répondit-il en montrant celle dont il lui avait déjà parlé.

– Mais comment je peux les rapporter, s'ils ne sont jamais officiellement sortis ? »

Elle lut la confusion sur son visage. « Garde-les au fond de ton sac, c'est tout, et montre ta carte.

– Il ne va rien arriver, quand je passerai par le détecteur de métaux ?

– Évidemment que non, il ne détecte que le métal.

– Oui, évidemment, un détecteur de métaux… »

Puis, peut-être pour éviter qu'elle ne s'inquiète, il ajouta : « Les portiques, à la sortie, repèrent les puces qui sont dans la reliure pour qu'on ne puisse pas sortir les livres en douce. »

Évidemment, pensa-t-elle : qui pourrait vouloir faire entrer en douce un livre dans une bibliothèque ?

Elle s'arrêta. Tout en parlant, ils s'étaient retrouvés devant le bâtiment, et là, en face d'eux et un peu sur la gauche, s'élevait la basilique Saint-Marc. «Quel édifice absurde, observa-t-elle. Regarde-moi ça, tous ces dômes, tous ces arcs, toutes ces colonnes différentes les unes des autres. Qui a bien pu construire un truc pareil?

– Nous sommes en Italie, *cara mia*. Tout est possible.» Il lui tendit les livres.

11

Ils entrèrent au Florian, allèrent dans le bar du fond et commandèrent tous les deux une eau pétillante. Le barman connaissait Ezio et, souriant à Caterina, posa une assiette de noix de cajou devant eux.

Elle en prit une et demanda : « C'est parce que tu es un habitué ? Moi, je n'ai jamais droit qu'à des cacahuètes. »

Il rit et prit une gorgée d'eau. « Non. C'est un vieil ami à moi. Nous avons été à l'école ensemble. Voilà pourquoi j'ai droit aux noix de cajou.

– C'est sans fin, non ? »

La remarque laissa Ezio perplexe. « Qu'est-ce qui est sans fin ?

– Les avantages que l'on a quand on est né ici », expliqua-t-elle. Puis, se rembrunissant, elle ajouta : « J'ai lu dans le journal, ce matin, que nous n'étions même pas cinquante-neuf mille. »

Ezio haussa les épaules. « Je ne vois pas ce qu'on peut y faire. Les gens âgés meurent. Les jeunes ne trouvent du travail qu'ailleurs. Il n'y a pas de boulot, ici. » Il inclina son verre dans la direction de Caterina. « Tu as de la chance, tu es une exception. On t'a demandé de venir travailler à Venise. Tu habites chez tes parents ? demanda-t-il sans lui laisser le temps de répondre.

– Non. Je suis logée par la Fondation.

– Quoi ?

– Un appartement. Rien d'extraordinaire, et il est à Castello, mais il a trois pièces et se trouve au dernier étage.

– Tu me fais marcher, c'est ça ?

– Non, pas du tout. Il est juste de l'autre côté de la Via Garibaldi, c'est donc simple pour moi d'aller au travail.

– Mais comment c'est possible ? »

Caterina lui donna une version expurgée des faits, disant que la Fondation possédait un appartement qu'elle mettait à la disposition des chercheurs de passage. C'était faux : l'appartement appartenait à Scapinelli, qui avait accepté de le prêter le temps de la recherche. Il le louait en général aux touristes et il était décoré – un bien grand mot, trouvait Caterina – dans le style que les Vénitiens trouvaient élégant.

« Sacrée chanceuse, dégotter un boulot et un appartement…

– Mais les deux sont temporaires », lui rappela-t-elle.

Il grignota quelques noix, puis demanda : « Tu as une idée du temps que cela va te prendre ? »

Elle secoua la tête. « Dieu seul sait. » Elle tendit la main vers les livres qu'il avait posés sur le comptoir. « Tu permets ?

– Oh, bien sûr, bien sûr, dit-il en les lui tendant.

– Plus je lis, plus vite j'aurai terminé.

– Et ensuite ? »

Elle haussa les épaules et glissa les livres dans son sac. «Aucune idée. J'ai envoyé mon CV un peu partout – dans quatre pays différents.

– Où ça ?» demanda-t-il, intéressé au point de reposer son verre.

Elle les énuméra sur ses doigts. «En Italie, mais autant dire que ça ne compte pas. C'est pour ne faire que de l'enseignement, il n'y a pas une heure pour de la recherche. » Puis, voyant que sa curiosité était bien réelle, elle continua : «En Allemagne, en Autriche et aux États-Unis.

– Tu pourrais aller là-bas ?» demanda-t-il, étonné.

Elle repoussa la question d'un geste de la main. «Oui, si le poste est intéressant, j'irai.

– Eh bien, je suis content pour toi. Tu as l'avantage de la langue, n'est-ce pas ?»

Venant d'une autre personne, Caterina aurait pu prendre la remarque comme une critique de l'avantage en question, mais de la part d'Ezio, ce n'était que de l'admiration.

Il lui vint à l'esprit de répondre qu'elle avait l'avantage de parler plusieurs langues, mais cela aurait fait l'effet d'une vantardise et elle s'y refusa. Elle se contenta de hocher la tête pour dire qu'elle était d'accord.

Ezio termina son verre. Il restait la moitié des noix de cajou dans la coupelle en verre, mais pas plus elle que lui n'avaient envie d'y toucher. Caterina vida à son tour son verre et sortit un billet de dix euros. Elle le posa sur le bar et trouva les yeux du barman.

L'homme secoua la tête et ne bougea pas.

«Je t'en prie, laisse-moi payer, Ezio. C'est la moindre des choses.

– Non, dit-il, sortant à son tour son portefeuille. Ça ressemblerait dangereusement au fait d'accepter un pot-de-vin, et tu sais bien que c'est quelque chose d'inconcevable dans notre société. » Il était lancé, et elle se souvint de ses clowneries qui l'amusaient tellement, quand ils étaient plus jeunes. « Je ne pourrais plus jamais me regarder dans la glace si je devais penser, même un seul instant, que j'ai profité de ma situation professionnelle ou fait preuve d'une manière ou d'une autre de favoritisme vis-à-vis d'un membre de ma famille ou d'un ami. » Il sortit à son tour un billet qu'il posa sur le comptoir, la regarda, leva les mains comme pour repousser le Diable en personne. « Je ferais honte à mes ancêtres. »

Elle lui donna un coup léger sur le bras. « J'avais oublié ça, chez toi.

– Quoi donc ?

– À quel point tu es ridicule. »

Mais c'est le compliment qu'il entendit dans la voix de Caterina et il éclata de rire.

Il était presque neuf heures lorsque Caterina rentra chez elle. Elle n'avait pas tellement faim, si bien qu'elle décida de commencer par lire avant de dîner.

Elle sortit les deux livres de son sac et se dirigea vers le canapé : un machin recouvert d'un tissu rugueux beige qui hurlait en silence « Ikea », comme les tables, les bibliothèques, les éclairages, les rideaux et les sièges. Le canapé avait un seul avantage, son confort, à condition de s'installer dans la longueur avec derrière la tête des coussins d'une couleur sinistre.

Elle contempla longuement la couverture du premier livre, étudiant le portrait de Steffani dans sa tenue d'évêque suffragant de Münster – qu'est-ce que c'était qu'un évêque suffragant ? Avec son visage rond et le corps sans doute replet, – les robes rendaient la chose difficile à dire – Steffani avait l'air profondément triste. Avec son nez épais et son double menton, cet homme qui ne composait plus de musique regardait directement le spectateur, une main aux longs doigts soulevant la croix pectorale ornée qui pendait d'une lourde chaîne. Sa tonsure disparaissait sous sa barrette, ne laissant dépasser que quelques mèches sur les côtés. La peinture était des plus médiocres : dans un musée, Caterina serait passée devant sans s'arrêter pour relever le nom du sujet ou de l'artiste ; dans une galerie ou une boutique, elle n'y aurait pas jeté un second coup d'œil. Ce portrait ne l'intéressait que parce qu'elle savait de qui il s'agissait et qu'elle espérait y découvrir quelque chose.

Elle ouvrit son livre et commença à lire. Rien de spécial sur le contexte familial ; elle retrouva aussi ce qu'elle savait déjà sur son séjour illicitement prolongé à Venise, si ce n'est que cette fois, la raison en aurait été une invitation à chanter de la part d'un personnage très important, peut-être de manière privée.

Caterina était considérée non seulement comme la plus intelligente de sa fratrie, mais aussi comme la plus cynique, position qui n'était cependant pas bien difficile de tenir dans cette famille, où tout le monde était convenable et optimiste. Si bien que le fait qu'un jeune adolescent ait préféré rester à Venise pour chanter, afin d'accéder au désir d'un homme plus âgé qui était peut-être un aristocrate et à tout le moins *un soggetto riguardevole**, laissait entrevoir une possibilité que peut-être quelqu'un d'autre n'aurait pas envisagée, devant cette rencontre d'un

* Un personnage considérable.

jeune garçon et d'un homme important. Elle revint à la couverture. Presque cinquante ans s'étaient écoulés entre le séjour prolongé de Steffani à Venise et le moment où avait été exécuté ce portrait. Il était difficile d'imaginer que cet homme d'église au visage bouffi avait été un petit garçon doté d'une voix angélique.

Elle poursuivit sa lecture. Transféré à Munich à l'invitation de l'Électeur de Bavière Ferdinand-Maria, qui l'avait entendu chanter, le jeune Steffani rejoignit la cour à l'âge de treize ans. Caterina hocha la tête en lisant les noms et les titres des personnes qu'il y avait rencontrées, des musiciens avec lesquels il avait travaillé. L'heure était peut-être venue pour elle de manger un morceau, de boire un verre de vin, de prendre un café, non ? Mais la liste des noms continuait et elle arriva à un passage, dans une lettre écrite par Steffani à la fin de sa vie, où il racontait sa rencontre avec l'Électeur :

« … avait été attiré par quelque chose qu'il devait avoir vu en moi – sans que je sache à quelle fin – et, m'ayant immédiatement ramené à Munich, m'avait confié aux bons soins du comte Tattenbach, son maître de cavalerie. »

« Je vous demande pardon ? » s'entendit dire Caterina à voix haute et en anglais, influencée par la langue du livre. Elle revint sur la page et relut le passage :

« … avait été attiré par quelque chose qu'il devait avoir vu en moi – sans que je sache à quelle fin… »

Elle reposa le livre et se leva, alla dans la petite cuisine et ouvrit son réfrigérateur. Elle en retira une bouteille de vin blanc et s'en servit un verre. Elle le souleva pour porter un toast à l'air environnant ou à Steffani, ou peut-être à l'effervescence de son imagination, et but une gorgée.

Sa cuisine avait une petite fenêtre qui donnait directement sur la cuisine de la famille qui habitait de l'autre côté de la *calle*. Elle tendit le bras pour éteindre la lumière, laissant l'appartement plongé dans l'obscurité et, le verre à la main, retourna observer la scène depuis sa fenêtre, sans être vue elle-même.

La famille était là, au grand complet : Maman Ours, Papa Ours et leurs deux oursons, un garçon d'environ huit ans et sa sœur plus jeune. Assis autour de la table, ils n'avaient pas fini de dîner ; ils paraissaient détendus et heureux. De temps en temps, l'un d'eux disait quelque chose et un ou deux des autres réagissaient par un changement d'expression, un sourire, souvent un geste. Le garçon finit ce qu'il y avait dans son assiette et sa mère lui servit ce qui était, Caterina le voyait maintenant, une part de gâteau. De grande taille, clair avec des parties plus sombres, le gâteau était sans doute à cette époque de l'année une tarte aux pommes ou aux poires, ou les deux. Il avait l'air délicieux, ce qui lui rappela qu'elle commençait à avoir faim. Le garçon se pencha sur la table et abattit soudain sa fourchette sur un morceau, dans l'assiette de sa sœur. Il le leva en l'air et l'agita sous le nez de la fillette puis le ramena vers sa bouche, en cercles de plus en plus proches.

Caterina n'entendit rien, mais elle vit le père poser sa fourchette et jeter un coup d'œil à son fils. Le manège cessa immédiatement et le garçon remit le morceau dans l'assiette de sa sœur. Le père se tourna à nouveau vers lui. Le garçon baissa la tête et finit sa part, puis se leva de sa chaise et quitta la pièce.

Elle les laissa finir leur repas et revint s'asseoir sur le canapé avec son vin. Elle posa le verre et reprit sa lecture à partir de l'endroit du livre où elle s'était arrêtée.

Il n'y avait rien sur l'activité de Steffani au cours de sa première année à Munich, soit comme musicien salarié, soit comme membre d'un orchestre. On commençait à en savoir un peu plus à partir du moment où il reçut des leçons d'orgue, données par le Kapellmeister Johann Kerll, lequel eut droit, en plus de son salaire, à une prime non négligeable pour assurer cet enseignement. En 1671, elle apprit que Steffani avait royalement eu droit à «une ration quotidienne d'une mesure et demie de vin et de deux miches de pain». Et il était monté en grade, occupant le poste de *Hof und Kammer Musico*.

« *Oddio!* » s'exclama-t-elle, posant le livre de côté. C'était la preuve flagrante de ce qu'elle n'avait fait que soupçonner – et qu'elle s'était même reproché d'avoir soupçonné. Elle prit son verre et le vida. Puis, laissant la lumière et sans penser un instant aux trois personnes attablées dans la maison, de l'autre côté de la *calle*, elle alla dans la cuisine et se servit un deuxième verre.

« *Musico, Musico* », répéta-t-elle à voix haute. Lui vint alors à l'esprit une aria sautillante figurant dans une production particulièrement drôle et déchaînée d'*Orlando Paladino* qu'elle avait vue à Paris au printemps, et dans laquelle ce mot était utilisé. Alors même que leur grande époque était achevée, Haydn se servait encore de ce nom de code pour se moquer d'eux. Elle avait vu ce terme dans des partitions et dans des lettres : lorsque leurs contemporains décrivaient certains chanteurs baroques comme des *musico*, il s'agissait toujours de castrats.

« *Oddio* », répéta-t-elle, pensant à l'homme du portrait, avec sa bouille ronde et imberbe, et son inexprimable tristesse.

12

Elle se réveilla à neuf heures le lendemain. Après être tombée la veille sur le mot *musico*, elle n'avait rien pu faire, sinon se préparer des pâtes, finir la bouteille de vin et aller se coucher avec le deuxième livre qu'elle avait sorti de la bibliothèque. Mais une fois sous les couvertures elle avait été trop fatiguée, ou trop hébétée pour fixer son attention sur ce qu'elle lisait, et elle s'était endormie pour se réveiller au milieu de la nuit. Elle avait refermé le livre, éteint la lumière et s'était rendormie.

Aucun signe d'activité chez la famille Ours quand elle entra dans la cuisine pour se préparer un café, et leur cuisine paraissait impeccable, contrairement à la sienne. « Je crois qu'il est temps que tu commences à vivre, Caterina », se dit-elle, alors que le café commençait à passer.

« Ou de réfléchir à ton avenir », ajouta la Caterina plus pragmatique, plus réaliste.

Elle se demanda si c'était le sort qui attendait tous les musicologues au chômage : se retrouver dans un appartement de location meublé Ikea, à regarder ses voisins par la fenêtre comme rappel de ce qui est une vie normale. Histoire de se donner l'impression d'en avoir une, elle fit la vaisselle de la veille et alla jeter la

137

bouteille de vin vide – se disant qu'elle n'était même pas à moitié pleine quand elle l'avait sortie du réfrigérateur – dans le conteneur réservé au verre et aux déchets en plastique. Au moins était-ce un changement dans le bon sens pour Venise, depuis qu'elle avait quitté la ville : le tri des ordures. Initiative tout à fait louable, certes, mais elle trouva déprimant de mesurer le progrès en des termes pareils. Aucune nouvelle idée, aucune nouvelle initiative politique, aucun afflux de nouvelles générations avec des domiciles et des emplois : rien que les papiers les lundis, mercredis et vendredis, et le plastique les mardis, jeudis et samedis. Les dimanches, Dieu et les éboueurs se reposaient. Il y avait de quoi faire pleurer une pierre ; de même que le fait que la plupart de ses amis soupçonnaient que tout se retrouvait au même endroit, de toute façon, et que tout ce bazar n'était qu'une machination pour permettre à l'entreprise chargée du ramassage des ordures d'augmenter ses tarifs. Elle abandonna ces pensées et alla prendre une douche.

Une demi-heure plus tard, après un bref arrêt pour une brioche et un deuxième café, elle se retrouvait sur la Riva dei Sette Martiri, ayant décidé de profiter du soleil et de jouir de la beauté de la ville qu'il illuminait pour se rendre à son travail. De son poste au sommet du clocher de San Giorgio, l'ange d'or paraissait danser dans la brise. Le voir lui remonta tellement le moral qu'elle fut prise de l'envie de le saluer de la main et de lui demander si tout se passait bien, là-haut.

Lui revint à l'esprit la question que le musicologue roumain, un des rares jours où il était à jeun, lui avait une fois posée : comment les anges faisaient-ils pour s'habiller ? Devant l'air étonné qu'elle avait pris, il avait insisté, disant qu'il était tout à fait sérieux et qu'elle était la seule à qui il pouvait le demander. « Je peux voir comment leurs ailes sortent, lorsqu'ils se déshabillent : facile, les vêtements glissent sur les plumes. Mais quand ils les enfilent ? Est-ce que ça ne les prend pas à rebrousse-plume ? » Cette incertitude, de toute évidence, le troublait. « Auraient-ils des boutons ? » avait-il ajouté.

Sa mémoire visuelle avait évoqué *L'Annonciation* de Fra Angelico de Florence : l'ange agenouillé, des étoiles dans les yeux, devant une Marie tout interdite. Ses ailes aux rayures multicolores dépassaient de son dos : la Vierge avait de bonnes raisons d'être étonnée. Le Roumain, devait-elle admettre, n'avait pas tout à fait tort de s'interroger. Certes, un ange soigneux pouvait probablement replier ses ailes et déboutonner les ouvertures latérales de son habit quand il enfilait sa robe, mais déployer ensuite ses ailes risquait d'accrocher pas mal de plumes. Enlever son vêtement serait en effet plus facile, puisque le tissu glisserait dans le sens des plumes. À moins qu'étant des anges, ils n'aient jamais besoin de se changer ?

Puis elle avait eu une révélation et lui avait souri d'un air entendu. « Velcro.

– Ah », avait-il laissé échapper de ses lèvres entrouvertes avant de se baisser pour lui faire un baisemain. « Vous autres à l'Ouest, vous savez tellement de choses. »

Elle tourna devant l'église de la Pietà puis revint par l'église dei Greci pour rejoindre la Fondation. Elle entra et s'arrêta devant le bureau de Roseanna, mais rien n'indiquait qu'elle était sur place. Elle ouvrit la porte de l'escalier et monta jusqu'au bureau du directeur, posa son sac sur la table, ouvrit le placard-coffre et reprit le paquet de documents qu'elle avait rangé la veille dans la plus petite des malles. Laissant les portes du coffre ouvertes, elle retourna à la table et sortit son carnet. Le terme *musico* lui trottant dans la tête, elle reprit la lecture des papiers là où elle l'avait interrompue.

Il y avait une lettre affectueuse d'un prêtre de Padoue, apparemment un ami d'enfance, qui disait à son « Cher ami et frère en Jésus-Christ, Agostino » que les différents membres de sa famille se portaient tous bien et, avec l'aide de Dieu, continueraient à bien se porter. Il formulait des vœux et demandait dans ses prières qu'il en allât de même pour la famille de son ami Agostino. En l'absence de tout contenu, elle se contenta de prendre en note la date de la lettre.

Le document suivant, daté d'octobre 1723, était une liste d'objets : candélabres, livres, reliques et peintures légués à l'église Sankt-Andreas de Düsseldorf par un certain Johann Grabel. Les candélabres étaient en laiton et argent, le seul sujet des livres était la religion, et les reliques étaient constituées d'une série d'extrémités desséchées, parmi lesquelles le gros orteil de saint Jérôme. « Le droit ou le gauche ? » demanda Caterina à voix haute. Les peintures étaient des portraits de saints révélant un fort penchant pour les martyrs. Sous la liste, elle trouva la mention, écrite en italien : « Aux Jésuites. L'idiot. » L'écriture était celle penchée en arrière qu'elle avait déjà vue. Elle prit une note et passa le document sur la pile de gauche.

Elle continua ainsi pendant deux heures, ne trouvant que des lettres diverses, non classées, datant de la dernière partie de sa vie et toutes adressées à lui ; elles contenaient des requêtes pour une aide ou une intervention, des louanges, des nouvelles à caractère ecclésiastique, et plus d'une exigeant le paiement de vin, de livres et de papier. Il recevait du courrier de toute l'Europe, mais bizarrement, aucune des lettres ne faisait référence à la musique ou n'évoquait le travail de Steffani en tant que musicien. N'aurait-on disposé que de ces lettres, on aurait pu croire qu'il avait été un homme d'église toute sa vie. Seule l'aria découverte au début rappelait qu'il avait eu d'autres intérêts dans la vie que ceux concernant l'Église.

Elle repoussa les papiers sur la table et, le menton dans les mains, pensa à sa propre famille. Tous avaient de la chance sur un point : aucun n'avait eu à survivre à la mort d'un enfant. Une de ses tantes et deux de ses oncles étaient morts relativement jeunes, mais pas avant leurs propres parents et pas avant d'avoir eu eux-mêmes des enfants. Trois de ses sœurs avaient des enfants qu'elles aimaient à la folie. Et elle avait encore le temps d'en avoir. Ici, la cynique qui ne dormait que d'un œil en elle intervint pour lui faire observer que d'ici à dix ans, il serait normal pour des femmes de cinquante ou soixante ans d'avoir des enfants, alors pourquoi ce sentiment d'urgence ?

Quel effet cela devait-il faire, de savoir que vous ne pourriez en avoir – et pas par choix ? Cela pouvait-il tourmenter un homme au même degré qu'une femme ?

Elle n'avait jamais éprouvé beaucoup de curiosité pour la vie sexuelle des castrats et n'avait même pas été voir le film sur Farinelli quand il était sorti, quelques années auparavant. Elle se souvenait d'avoir lu quelque part, il y avait longtemps, que des dizaines de milliers de jeunes garçons avaient subi le même sort, tout ça dans l'espoir de produire une star. Le roman racoleur qui traînait dans la bibliothèque de la Fondation pouvait bien rester sur son étagère jusqu'à la fin des temps, en ce qui la concernait. Elle ne s'était jamais interrogée sur ce qu'ils faisaient ou ne faisaient pas, et cela ne l'intéressait pas. Elle se demandait en revanche ce qu'ils perdaient en termes de liens affectifs, et si c'était pire que de savoir qu'on ne pourrait jamais avoir de rejetons, pas d'héritier par le sang à qui transmettre quoi que ce soit, pas d'enfant à élever ou à chatouiller ? Était-ce le message qu'on lisait dans le regard triste de cet homme ?

Et soudain, elle reprit le paquet, lui remit sa ficelle et alla jusqu'au placard, où elle le rangea sur le dessus de la plus grande malle avant de prendre un deuxième paquet dans la plus petite. De retour à la table, elle défit le paquet et prit la première feuille. Apparemment, elle allait trouver à peu près la même chose que dans le premier : une invitation, datée de 1722, faite à « monsignore di Spiga » de présenter sa requête par écrit directement au Secrétaire pour les Nominations et les Bénéfices de l'Archevêché de Vienne. Elle regarda sous la lettre, espérant trouver une copie de celle de Steffani. Il était courant, à cette époque, de conserver des copies des lettres qu'on envoyait et elles étaient souvent jointes à la lettre qui y répondait. Au lieu de cela, elle tomba sur une nouvelle demande d'aide pour une nomination à un poste, datée cette fois de 1711, adressée à un Steffani bombardé « Assistant du Trône pontifical » par son correspondant. Il était à l'époque à Hanovre, se rappela-t-elle, cherchant toujours à ramener le nord de l'Allemagne dans le giron de l'Église catholique.

Le document suivant était une liste de ce qui semblait être des titres et des postes cléricaux. Elle était rédigée en allemand, mais d'une écriture italienne ; le document ne comportait pas de date. Elle se souvint d'une chose qu'elle avait voulu faire à la Marciana

– mais n'avait pas faite : se procurer une partition auto-graphe et comparer l'écriture à celle qu'elle avait trou-vée dans les papiers. Sa mémoire visuelle lui disait cependant que l'écriture, ici, ressemblait fort à celle d'une des lettres reproduites dans un des livres qu'elle avait chez elle.

Prenant pour prétexte qu'elle était restée assise trop longtemps, Caterina se leva et alla récupérer le premier paquet là où elle l'avait posé, sur la malle. Elle le défit et le feuilleta jusqu'à ce qu'elle eût retrouvé l'aria. Elle mit alors la première page de musique à côté de la liste des titres. Elle compara les deux documents pen-dant un certain temps. La graphie des *d* et des *e* était inhabituelle, chaque lettre ayant tendance à pencher vers l'arrière, comme si le rédacteur avait voulu tracer un cercle mais s'était arrêté en chemin. Elle ignorait si cela suffisait à prouver que la liste était bien de la main de Steffani, mais elle décida de le croire et de voir où cela la conduirait.

Sur la liste, postes et titres étaient soigneusement inscrits les uns en dessous des autres : Conseiller privé du Conseil spirituel ; Président général du Gouver-nement et du Conseil palatin ; Monsignore di Spiga ; Protonotaire apostolique ; Recteur de l'Université de Heidelberg ; Prévôt de Seltz ; Représentant du Palati-nat à Rome ; Vicaire apostolique de l'Allemagne du Nord ; Assistant du Trône pontifical ; Suffragant tem-poraire de Münster ; Membre et Président de l'Acadé-mie de Musique ancienne.

En dessous, de ce qui était apparemment la même écriture, des points d'interrogation s'étendaient d'un côté à l'autre de la page. Elle sentit ses cheveux se hérisser sur sa nuque. Caterina n'était pas une grande lectrice de la Bible et, d'ailleurs, ne s'y intéressait pas particulièrement ; mais sa mère, très croyante, ne manquait jamais une occasion de la citer. « Et quand j'aurais le don de prophétie, la science de tous les mystères et toute la connaissance, quand j'aurais même toute la foi jusqu'à transporter des montagnes, si je n'ai pas l'amour, je ne suis rien*. » Prévôt de Seltz. Qu'est-ce que c'était ? Et Vicaire apostolique d'Allemagne du Nord ? Qu'est-ce que cela valait, pour un homme condamné à ne jamais avoir d'enfants ?

Ces réflexions furent interrompues par un léger coup frappé à la porte. Elle se leva et alla ouvrir. C'était le dottor Moretti, qui portait aujourd'hui un costume bleu foncé d'un tissu de la même qualité que le gris foncé qu'il avait eu la veille. La cravate était légèrement plus audacieuse : ces raies bordeaux sur un fond bleu foncé, porté par un homme de sobriété vestimentaire tel que le dottor Moretti, paraissaient à Caterina aussi voyantes que s'il avait mis un nez rouge de clown.

« J'espère que je ne vous dérange pas, dottoressa ? demanda-t-il.

– Non, pas du tout. » Elle recula de deux pas pour le laisser entrer. « Je vous en prie, dit-elle avec un geste de la main vers la table.

– Je vous apporte l'ordinateur, expliqua-t-il avec un sourire. Comme je vous l'ai déjà dit, il n'a rien de spécial, mais notre technicien estime qu'il devrait suffire pour des opérations simples.

– Tout ce que j'aurai à faire consistera à rédiger des notes et à vous les envoyer par courriel.

* Ire Épître aux Corinthiens, 13, trad. L. Segond. Donna Leon a remplacé « charité » par « amour ».

– Et vous pourrez même lire *La Gazetta dello Sport*, si ça vous amuse – et si vous avez besoin d'oublier un moment le XVIIIe siècle. »

Elle resta un instant interdite, puis comprit. « Ne me dites pas que *La Gazetta* est en ligne, tout de même ?

– Bien sûr que si. Vous paraissez étonnée », ajouta-t-il en voyant l'expression de Caterina.

Elle se sentit prise en flagrant délit. « J'imagine que j'ai quelques préjugés contre leurs lecteurs, dut-elle admettre.

– Vous êtes surprise qu'ils sachent se servir d'un ordinateur ?

– Déjà surprise qu'ils sachent lire, tout simplement. »

Ce fut à son tour de rester un instant interdit, puis il rit avec elle. « Je dois avouer que j'ai été aussi étonné que *La Gazetta* soit en ligne. C'est comme ça que mon frère la lit.

– Il aime les sports ?

– Chasser, pêcher et patauger dans des champs inondés toute la journée avec ses copains, dit le dottor Moretti, qui haussa les épaules et sourit.

– J'ai bien une sœur religieuse, répondit-elle pour lui laisser entendre qu'il n'était pas le seul à avoir un frère (ou une sœur) bizarre.

– Est-ce qu'elle est heureuse, au moins ? » demanda-t-il. La question étonna Caterina.

« Je crois, oui.

– Vous pouvez la voir ? »

Caterina sourit à son tour. « Elle n'est pas cloîtrée, vous savez. Elle porte des jeans et enseigne à l'université, en Allemagne.

– Mon frère est chirurgien, dit-il, levant les mains en l'air. Ne me demandez surtout pas d'expliquer ça. C'est au-delà de mon entendement.

« – Et c'est un bon chirurgien ?

– Oui. Et votre sœur ?

– Elle est chef de département.

– En Allemagne… » remarqua-t-il avec le ton de respect que prennent les Italiens lorsqu'ils parlent des universités allemandes. Il jeta un coup d'œil à la sacoche qu'il tenait et la posa sur la table. Il ouvrit la fermeture à glissière, en sortit un ordinateur portable et de quoi le brancher. Il regarda autour de lui, à la recherche d'une prise électrique, et dut poser l'ordinateur à l'autre bout de la table pour pouvoir le brancher.

Il souleva le couvercle et appuya sur un bouton comme s'il n'était pas certain qu'il allait fonctionner, ou craignait peut-être qu'il y eût une détonation, voire qu'il explosât. L'appareil se mit à bourdonner et à cliqueter discrètement même.

Lorsque les différentes diodes arrêtèrent de clignoter, il se pencha sur l'ordinateur et ouvrit un programme, puis un autre. Il regarda l'écran, se tourna vers Caterina et dit, d'un ton à moitié interrogatif : « Le truc pour la wi-fi doit être là en bas, je crois. »

Le truc ? se dit Caterina. Il était avocat spécialisé dans la propriété intellectuelle, et il appelait la wi-fi le truc ?

Il toucha la souris tactile et ramena le curseur sur le « truc » sur lequel il cliqua une fois ; il attendit, cliqua deux fois et eut un sourire triomphant lorsque Google apparut.

« Vous voyez, vous allez pouvoir envoyer vos courriels. » Puis l'air un peu déconfit : « Ça ne vous ennuiera pas d'utiliser votre adresse personnelle, j'espère ? Notre technicien, continua-t-il sans lui laisser le temps de répondre et avec une maladresse rare chez lui,

146

m'a demandé si la Fondation avait une adresse courriel. Quand je lui ai avoué que je ne savais pas, il a suggéré que vous utilisiez la vôtre. » Puis d'une voix beaucoup plus basse, il continua : « Il aurait pu aussi vous créer une adresse ici, mais lorsqu'il m'a expliqué tout ce qu'il fallait faire pour ça, je lui ai dit que je commencerais par vous demander si vous ne pouviez pas utiliser votre propre adresse. »

Comme Caterina ne répondait pas il reprit, parlant plus vite : « Il n'y a pas de problème. Je peux lui faire faire. Il créera un compte pour vous au bureau. Vous pourrez l'avoir cet après-midi, mais j'ai cru comprendre qu'il faudrait pour cela que je ramène l'ordinateur. »

Elle sourit, heureuse de le tirer d'embarras. « Non, c'est très bien. Je peux évidemment utiliser la mienne. Il n'y a aucune raison pour que vous fassiez encore un aller-retour. » Elle pensa à la tâche qui l'attendait. « De plus, je ne sais pas ce que j'aurai à vous transmettre, au début. »

Il eut un geste vers les papiers. « Toujours rien ?

— Jusqu'ici, je n'ai trouvé que des documents sur sa carrière de musicien et d'évêque, et une aria de sa main.

— Une aria ? s'étonna-t-il, à croire qu'il ignorait le sens de ce mot.

— Je ne sais pas d'où elle sort, mais elle ressemble à un air d'opéra. Ce n'est pas tiré d'un des duos de sa musique de chambre. » Elle comprit que cette distinction lui échappait et trouva bon d'ajouter : « Je crois qu'elle est de sa main. J'ai vu, expliqua-t-elle, une reproduction d'une de ses partitions d'opéra dans l'un des ouvrages que j'ai consultés, et l'écriture me paraît être la même. » Elle montra les papiers étalés sur la table.

Le dottor Moretti ne faisant pas de commentaire, elle dit alors : « C'est probablement de sa main, mais je ne suis pas qualifiée pour l'authentifier.

– Vous savez ce que sera la première question que poseront les cousins, n'est-ce pas ?

– Bien sûr : *combien ça vaut ?*

– J'imagine que c'est fonction de l'offre et de la demande, même si ce n'est pas en ces termes-là qu'on devrait penser à une œuvre d'art.

– Ce n'est pas de l'art, répondit-elle, seulement un morceau de papier.

– Quoi ? Je crois que je ne comprends pas.

– L'art naît quand une pièce est jouée : la musique, le chant. La partition est juste le moyen de le transmettre.

– Mais si l'œuvre n'avait pas été jetée sur le papier par le compositeur ? Par Mozart, par Haendel, par Bach ? » Il ne lui cachait pas son étonnement. Après tout, c'était elle qui devait savoir ce genre de chose ; elle, la spécialiste de la question.

« Si vous ne savez pas comment déchiffrer une partition, à quoi vous sert le papier ? Si vous êtes aveugle, mais pas sourd, à quoi vous sert le papier ? Si on ne peut pas *l'entendre*, à quoi sert-il ? » Elle se rendit compte qu'il avait du mal à la suivre, qu'il essayait de comprendre mais que peut-être il n'y arrivait pas.

« Vous voyez-vous en train d'expliquer une peinture à un aveugle ? Ou de dire que tel parfum est un mélange de lavande et de rose ? Ou d'énumérer les éléments d'un poème ? » Il la regardait avec la plus complète attention, et elle comprit que ces exemples lui parlaient. « Si vous ne pouvez pas l'entendre, reprit-elle, qu'est-ce que c'est ? »

Au bout d'un long moment, le dottor Moretti sourit. « Je n'y avais jamais pensé de cette façon.

– C'est le cas pour la plupart des gens. »

13

Caterina resta ensuite longtemps silencieuse, se sentant bizarrement vulnérable d'avoir exprimé aussi vivement son opinion. Dans de telles situations, où elle se retrouvait à défendre un point de vue que ses interlocuteurs, comme elle le savait, trouveraient extrême, elle essayait souvent, pour se rattraper, d'adoucir un peu ses propos. Mais pas cette fois : ce qu'elle avait dit était sa conviction profonde. L'art naissait avec le son ; la beauté naissait avec le chant ou le jeu : vouloir posséder les notes écrites sur le papier, donner plus de valeur à un papier parce qu'il portait la signature du compositeur lui paraissait un désir impur. Elle se rappelait comment, au catéchisme, on lui avait parlé de l'adoration des « images gravées ». Ou peut-être pensait-elle au trafic des indulgences. Ou peut-être encore ne pensait-elle à rien de spécial, et n'avait-elle pas besoin d'une comparaison : il y avait quelque chose de scabreux et d'aberrant à prendre la musique écrite pour la vraie musique.

L'avocat sourit. « Je comprends ce que vous voulez dire – je le comprends tout à fait. Mais si quelqu'un n'a pas consigné les notes sur le papier pour le chanteur ou le musicien, ils ne pourront rien faire.

– Ce n'est pas de cela que je parle. Je parle de cette façon de transformer un bout de papier en fétiche. Comme une lettre de Goldoni, ou la boucle de ceinture de Garibaldi. Goldoni est important parce qu'il est un grand écrivain, et Garibaldi parce qu'il a réussi à faire l'unité de ce pays. Mais sa boucle de ceinture n'est rien, elle n'est pas lui, et une lettre de Goldoni n'a que la valeur qu'on veut bien y mettre.

– Mais n'est-ce pas vrai pour la musique ? Je parle des concerts, des représentations. Si le public estime que c'est mauvais et siffle le chanteur, que vaut la musique ? »

Elle sourit. « Malheureusement, on ne les siffle pas assez souvent.

– Pardon ? »

Caterina sourit à nouveau, tira sa chaise et s'assit, invitant d'un geste le dottor Moretti à en faire autant de l'autre côté de la table. « Je veux dire que le public est en général trop poli. J'ai entendu des musiques mal jouées et de mauvais chanteurs, ce qui n'empêchait pas les gens d'applaudir à tout rompre, comme s'ils venaient d'entendre une interprétation merveilleuse. Je crois que ce qui est devenu malsain, ce n'est pas que les mauvais chanteurs soient sifflés, mais que ne soient pas sifflés ceux qui devraient l'être.

– Et les musiciens, les chanteurs ? Que vont-ils ressentir ? »

Était-ce bien un avocat qui parlait ? « Moi qui croyais que les avocats étaient des gens durs et froidement rationnels… »

Il eut la bonne grâce de sourire. « Au travail, je suis aussi dur et froidement rationnel qu'un autre : ça fait partie du métier.

– Mais ? le provoqua-t-elle.

– Mais en ce moment, il s'agit d'empathie avec les musiciens. » Elle ne réagit pas. «Moi aussi, j'ai mes mauvais jours quand je plaide, quand je n'ai pas présenté mon dossier aussi bien qu'il aurait fallu.

– Et ?

– Et ce sont mes clients qui en subissent les conséquences.

– Et vous en concluez ?

– Que les gens ont tous leurs bons jours et leurs mauvais jours, et que je trouve qu'il n'est… » Il s'arrêta un instant, cherchant ses mots. « … qu'il n'est pas très charitable de les enfoncer un peu plus, au risque de les froisser.

– Vous êtes-vous jamais occupé d'une affaire de malfaçon ?

– Non, pourquoi ?

– C'est la même chose, pourtant. Vous vous êtes engagé à faire une chose, et vous la faites tellement mal que quelqu'un est lésé ou blessé. La plupart des gens pensent qu'il est juste que vous soyez puni.

– Et les mauvais chanteurs lèsent ou blessent le public ?

– Une partie du public, directement, répondit-elle avec un sourire, montrant son oreille de l'index. Mais cela lèse les gens d'une manière plus générale parce qu'ils risquent de penser – du moins si personne ne siffle – que ce qu'ils ont écouté était la musique telle qu'elle doit être jouée, ce qui dessert tout le monde : le compositeur, les autres chanteurs et finalement le public lui-même, parce qu'il peut être découragé de chercher à savoir ce que peut être la belle musique, le beau chant. » Elle s'interrompit brusquement, gênée de son ton didactique.

Ce fut au tour du dottor Moretti de rester longtemps silencieux. « Je n'avais jamais pensé… » commença-t-il finalement, pour s'arrêter et se mettre à rire. Il consulta sa montre. « Il est presque deux heures. C'est la faim qui nous rend peut-être aussi sérieux. Voulez-vous que nous allions déjeuner ensemble ? »

Ce fut sans prendre le temps de réfléchir qu'elle répondit. « C'est bizarre, mais alors que je viens à peine de commencer, j'ai un peu l'impression d'avoir l'obligation légale d'inviter les cousins à se joindre à nous si je vous réponds oui. »

Faisant appel à toutes ses connaissances juridiques le dottor Moretti rétorqua : « Étant donné qu'ils supposeraient qu'il leur faudrait partager l'addition, je pense que nous pouvons supposer de notre côté qu'ils ne viendraient pas.

– C'est le jugement d'un avocat ?

– Je suis prêt à miser ma réputation là-dessus », dit-il, au grand étonnement de Caterina, qui s'était fait de ce juriste l'image d'un homme qui n'aurait jamais misé sa réputation sur quoi que ce soit, et qui, de plus, n'aurait jamais fait de plaisanteries sur son intégrité professionnelle. Le dottor Moretti ne serait-il pas l'homme qu'il paraissait être ?

Ils se rendirent chez Remigio, un restaurant agréablement décontracté où il déboutonna même son veston quand ils se mirent à table. Elle ne fit guère attention à ce qu'ils mangèrent, tant elle était surprise de découvrir que le dottor Moretti – qui lui avait demandé de l'appeler Andrea après qu'ils furent passés spontanément du vouvoiement au tutoiement – était un homme cultivé et avait beaucoup lu. Il lui expliqua qu'il avait commencé des études d'histoire avant de faire son droit, mais que l'histoire était restée (il hésita avant d'employer une expression aussi grandiloquente) sa passion secrète.

La dottoressa Caterina Pellegrini avait un peu plus de trente ans et une certaine expérience de la vie, mais se retrouver en face d'un homme qui lui avouait que sa « passion secrète » était la lecture d'ouvrages d'histoire ne lui était jamais arrivé.

« Il y a une chose que je ne t'ai pas dite, cependant, ajouta-t-il avec un coup d'œil de côté, l'air presque gêné. Je n'ai pas passé mon diplôme avant de revenir étudier le droit.

– De revenir ? Et d'où ?

– Eh bien, d'Espagne. Ma mère est espagnole, vois-tu, et j'ai grandi en apprenant les deux langues. »

Caterina était tellement surprise qu'il se crût obligé de… comment dire ? s'en excuser qu'elle resta sans réaction, attendant qu'il continuât son récit.

« Je n'ai pas fini, dit-il d'ailleurs.

– Qu'est-ce qui s'est passé ? »

Il reposa sa fourchette et, de sa main droite, lissa ses cheveux pourtant parfaitement peignés. « Mon père est tombé malade, si bien qu'il fallait que l'un de nous soit prêt à reprendre son cabinet. Mes deux frères sont plus âgés que moi et ils avaient déjà fini leurs études et travaillaient. » Il se tut et la regarda, comme pour vérifier qu'elle était encore suffisamment italienne, après toutes ces années passées à l'étranger, pour comprendre ce qui rendait ce retour absolument nécessaire.

Caterina hocha la tête et dit : « Oui, bien sûr. Mais tu étais historien, pas avocat. »

Il haussa les épaules, prit une autre gorgée d'eau et sourit. « Non, je n'étais pas historien – seulement un jeune homme qui avait passé deux ans à lire sur l'histoire. Ce n'est pas la même chose. » Il se tut, mais

Caterina ne dit rien, se contentant d'attendre qu'il se raconte à sa manière et à son rythme.

« Pendant deux ans, j'avais fait ce que j'aimais, alors il était peut-être temps de… de rentrer à la maison et de devenir adulte. » Se penchant en avant, il prit un ton grave et sinistre pour ajouter : « Esclaves de la famille, ces Italiens. »

En temps normal elle aurait ri, mais quelque chose l'empêcha de réagir autrement que par un sourire.

« Le droit, c'était… différent.

– Plus facile ? »

Il haussa de nouveau les épaules. « Différent. Moins compliqué. J'ai fait le cursus en trois ans, passé les examens, puis l'examen d'État et me voici, avec vingt ans de plus, ne m'en sentant pas plus mal. »

Cette remarque la laissa un peu perplexe mais elle se contenta de lui sourire et de remplir leurs deux verres d'eau. Au bout d'un moment, et alors qu'elle était retournée à ses pâtes, il lui demanda : « Qu'est-ce qui t'a attirée vers la musique ? »

Elle répondit sans prendre le temps de réfléchir. « Sa beauté. C'est la chose la plus belle que nous ayons jamais faite.

– Tu veux parler de nous, les êtres humains ?

– Oui. C'est ce que je crois. » Surprise de s'entendre parler d'une manière aussi inhabituellement catégorique, elle ajouta : « Ou peut-être est-ce simplement que la musique est la forme d'art qui m'émeut le plus. Plus que la poésie et plus que la peinture.

– Et pourquoi la musique baroque en particulier ? Pourquoi pas quelque chose de plus proche de nous dans le temps ? » L'avocat paraissait sincèrement curieux de la réponse.

« Mais c'est une musique moderne ! se récria-t-elle. Elle est fortement rythmée et pleine d'airs faciles à retenir. Et en plus, elle laisse les chanteurs libres d'improviser. » Voyant une question se dessiner sur le visage d'Andrea, elle continua. « Quand ils arrivent vers la fin d'une aria, ils peuvent se lancer dans des variations des thèmes qui ont précédé ; soit le chef d'orchestre les écrit, soit ils reprennent celles écrites par d'autres, soit ils inventent les leurs. » Involontairement, elle leva la main et, de l'index, dessina des arabesques dans l'air.

Il sourit. « Pas de problèmes de droits d'auteur ? » Il sourit pour montrer qu'il plaisantait.

Cela la poussa à lui faire un autre aveu. « Je suis musicologue, je ne devrais donc pas reconnaître ce genre de choses, mais j'adore aussi le spectacle que la musique offre dans l'opéra ; les dragons, les gens et les monstres qui volent dans les airs, les sorcières, la magie partout.

– On dirait que tu parles du cinéma fantastique. »

Il avait dit cela en plaisantant, mais elle y répondit sérieusement. « Les opéras, à l'époque, étaient tout à fait comme ça. C'était un divertissement populaire, et ceux qui les produisaient montaient de véritables spectacles. Les chanteurs étaient les Mick Jagger et les Madonna de leur temps : on leur confiait les tubes. Je crois que c'est la raison pour laquelle cette musique est de nouveau populaire. » Il eut une expression sceptique. « Bon d'accord, d'accord, pas une popularité de masse. Mais la plupart des salles d'opéra donnent au moins un opéra baroque par saison. » Elle y réfléchit un instant, se rendant compte que ce genre de questions ne lui avait jamais été posée par un homme séduisant, ni peut-être par un homme tout court. « À moins que le chant soit simplement quelque chose de très proche de nous. C'est le corps qui est notre instrument quand nous chantons.

– Ce n'est pas la même chose pour la danse ? » demanda-t-il, lui rappelant qu'il était avocat.

Elle sourit. « Oui, mais je suis incapable de danser, alors que j'ai cru à une époque que je pouvais chanter – j'aurais en tout cas aimé chanter.

– Qu'est-ce qui s'est passé ? voulut-il savoir, reposant à nouveau sa fourchette.

– Manque de talent, répondit-elle avec simplicité, comme s'il lui avait demandé l'heure. J'en avais la volonté et le désir, et je crois que j'ai l'amour du chant, mais je n'avais pas et n'ai toujours pas de talent vocal. » Elle posa à son tour sa fourchette à côté de son assiette et but un peu d'eau.

« Tu en parles avec beaucoup de calme », observa-t-il.

Avec l'esquisse d'un sourire elle lui répondit : « Je n'aurais pas été aussi calme à l'époque.

– Cela a-t-il été dur ?

– Imagine que tu es amoureux et que l'autre personne te quitte en te disant qu'elle s'est trompée – eh bien, c'était exactement comme ça. »

Il regarda son assiette, prit sa fourchette, la reposa, regarda Caterina. « Je suis désolé. »

Elle sourit, d'un vrai grand sourire, cette fois. « C'était il y a longtemps et la formation que j'ai reçue m'aide encore aujourd'hui. Il est plus facile de comprendre la musique, au moins la musique vocale, que l'on doit chanter ou qu'on aimerait chanter.

– Pardonneras-tu mon ignorance, si je te dis que je te crois sans réellement te comprendre ?

« – Bien sûr », dit-elle. Puis elle ajouta, pour alléger l'atmosphère : « Sans compter que cela donne l'occasion de mesurer à quel point les gens peuvent se montrer vraiment bizarres.

– Tu veux parler des musiciens ?

– Et les gens qui gravitent autour d'eux sans l'être.

– Tu pourrais me donner un exemple ? »

Elle réfléchit quelques instants, repassant des histoires dans sa tête, avant de reprendre la parole. « Il y a une anecdote qui raconte que le roi George Ier – avant qu'il n'aille se faire couronner en Angleterre – aurait dit, au cours d'une conversation avec Steffani, qu'il changerait volontiers de place avec lui. Le futur roi serait même allé jusqu'à essayer de monter une compagnie d'opéra – raison pour laquelle je pense que cette histoire est apocryphe. Au bout de trois jours, il aurait abandonné et déclaré à Steffani qu'il était plus facile de commander une armée de cinquante mille hommes que de diriger des chanteurs d'opéra. »

Le dottor Moretti se mit à rire. « J'ai toujours admiré les personnes capables de faire une chose pareille.

– Quoi donc ?

– D'envisager d'abandonner.

– Parce que tu penses que le roi était sérieux ? demanda-t-elle, stupéfaite de le voir prendre l'histoire au premier degré.

– Non, bien sûr que non. Mais qu'il ait pensé à le faire, qu'il ait voulu le faire. » Il se tut un instant. « Je l'envie. »

Elle ne tenait plus à poursuivre dans cette veine et changea de sujet. « As-tu un siècle préféré ? Ou un pays ? Ou une personne ? » voulut-elle savoir. Puis, voyant que ce brusque changement de cap le prenait au dépourvu, elle ajouta : « En tant qu'historien ? »

Il sourit et l'atmosphère s'allégea de nouveau. « En effet, dit-il. (Il se rendit compte qu'il avait capté son attention.) Et j'ai un aveu à te faire. »

Ce fut à son tour d'être prise de court. « Un aveu ?

– La monarchie. »

Caterina agita une main en l'air. « Tu ne vas pas me raconter que tu es le fils perdu d'Anastasia et que tu serais en réalité le tzar de toutes les Russie, tout de même ? »

Il éclata de rire, renversa la tête et s'esclaffa si fort que des gens, dans la salle, leur jetèrent des coups d'œil curieux. Les éclats de rire s'accompagnèrent bientôt de reniflements, terme que Caterina n'aurait jamais pensé voir associé au dottor Moretti – mais peut-être convenait-il à Andrea.

« Mauvaise hypothèse, hein ? lui dit-elle lorsqu'il se fut calmé.

– Au moins, tu ne m'as pas demandé si je n'étais pas le fils du roi Zog d'Albanie. » Ce qui déclencha à nouveau son fou rire ; il fut obligé d'enlever ses lunettes pour s'essuyer les yeux avec sa serviette.

Elle attendit. Elle découvrit un morceau de Saint-Jacques sous ses spaghetti, le mangea, fit subir le même sort à un morceau de zucchini et posa sa fourchette. « Et qu'avez-vous de si sinistre à avouer ?

– La branche espagnole des Habsbourg.

– Ce n'est pas un groupe de rock ? » demanda-t-elle d'une voix douce.

Elle ne réussit pas à le faire rire, cette fois ; il paraissait surtout ne pas comprendre. Elle se corrigea rapidement. « Désolée, c'était une plaisanterie. »

Il hocha la tête, resta un moment sérieux, puis parut amusé. « C'est à cause d'une fiancée que j'avais là-bas. Nous avions des cours communs. »

Elle ne réagit pas, pensant que le silence était le meilleur des aiguillons.

Ce qui s'avéra. « Elle appartenait à l'aristocratie. Son père était duc et vaguement apparenté aux Habsbourg. » Il secoua la tête, comme s'il se demandait comment un homme ayant jadis fréquenté la fille d'un duc pouvait se retrouver dans une trattoria de Venise à parler d'elle avec une musicologue.

« Elle n'arrêtait pas de me parler des droits que son père aurait eus sur le trône d'Espagne. Au bout d'un moment, je crois que j'en ai eu assez d'entendre cette rengaine. » Il lui jeta un rapide coup d'œil. « Probablement parce que j'en avais assez de l'écouter, elle. Mais je n'avais pas compris cela, alors. J'étais trop jeune. Je n'ai jamais rencontré son père, mais j'ai détesté tout ce qu'elle me racontait sur lui et ce besoin compulsif qu'elle avait de dire qu'il aurait dû être roi d'Espagne. » Puis, prenant conscience de ce qu'il venait de dire, il ajouta : « Et m'étant mis à détester de plus en plus ce qu'elle disait de lui, je me suis rendu compte que je ne l'aimais pas, elle non plus. Mais à dix-huit ans, c'est quelque chose qui t'échappe. » Il sourit à l'évocation de l'adolescent qu'il avait été, et elle en fit autant.

Il s'interrompit un instant pour enrouler une tagliatelle autour de sa fourchette, puis reposa finalement le tout sur le bord de son assiette sans y toucher. « Je me suis donc mis à lire sur les rois – pas seulement sur le roi qui aurait soi-disant volé le trône à son père –, sur leurs ancêtres, sur la manière dont ils étaient devenus rois et sur ce qu'ils avaient accompli pendant leur règne. J'étais de plus en plus fasciné par les malheurs que leur comportement a si souvent entraînés. L'art est merveilleux, mais la misère humaine sans fin. » Il

la regarda et lui sourit. « Mais j'avais dix-huit ans,
comme je l'ai dit – alors, qu'est-ce que j'en savais ? »

Elle leva son verre d'eau et porta un toast – même
si elle savait qu'on ne pouvait le faire qu'avec du vin.
Un homme à ce point touché par la misère humaine
méritait au moins cela.

14

Ils rirent beaucoup pendant tout le reste du déjeuner ; leur seul désaccord se produisit lorsque Andrea tint à payer l'addition et que, pour la persuader, il dut promettre à Caterina que la note passerait en frais généraux – c'est-à-dire qu'elle serait payée par ses clients. C'était d'autant plus légitime, expliqua-t-il, qu'ils avaient parlé musique et manuscrits pendant le repas – n'est-ce pas ? Incontestable, admit-elle, ravie que ce fussent les deux cousins qui missent la main à la poche, et du coup nullement troublée par le moindre remords.

Ils furent de retour à la Fondation en quelques minutes et Caterina regretta de ne pas vivre plus loin. À la porte, Andrea consulta sa montre – en or, remarqua-t-elle, et presque aussi plate qu'une pièce, détail qui aurait certainement intéressé le signor Scapinelli. « Il faut que j'y aille, dit-il. Mais j'espère bien avoir rapidement de tes nouvelles. »

Elle quitta la montre des yeux et leva la tête pour lui sourire. À ce moment-là, il sortit son portefeuille de sa poche et en retira une carte d'affaires blanche qu'il lui tendit. « Mon adresse courriel est dessus, dit-il. Dès que tu m'enverras des comptes-rendus, je les transmettrai aux cousins. » Satisfaite de constater qu'il avait adopté son habitude de désigner les signore Scapinelli et Stievani par leur lien supposé de parenté, elle fut cependant déçue que son envie d'entendre parler d'elle parût motivée par ses travaux sur les documents.

« Entendu, dit-elle, avec ce qu'elle pensait être un sourire décontracté. J'y retourne et je te fais un premier rapport ce soir.

– Parfait. » Sur quoi il lui tendit la main ; elle la serra, glissa la carte dans la poche de sa veste et entra dans la Fondation. Roseanna sortit de son bureau au moment où elle empruntait le couloir.

« Ah, tu es ici », lui dit Caterina avec un sourire. Elle ne savait trop, à présent qu'elles en étaient dans leurs relations à un stade proche de l'amitié, si elle devait ou non faire la bise à Roseanna, et elle laissa à son aînée le soin de décider.

Lorsqu'elle s'approcha, Caterina comprit qu'il n'y aurait pas de bise. Roseanna avait même une expression franchement inamicale ; Caterina espéra que quelqu'un d'autre était la cible, ou la cause, de sa mauvaise humeur.

« Où étais-tu passée ? demanda Roseanna en guise de salutations.

– J'ai été déjeuner, répondit Caterina, sans spécifier où ni avec qui.

– Tu as laissé ton bureau ouvert.

– Il me semblait avoir refermé la porte, répondit Caterina sans réfléchir.

– Oui, la porte était fermée, mais pas à clef. » Roseanna attendit, mais le silence de Caterina la poussa à reprendre. « Les documents étaient sur ton bureau et le placard grand ouvert. » Caterina se rendit compte que le ton, comme les termes employés par

Roseanna, la laissaient sans défense possible. Elle avait été tellement contente de l'invitation d'Andrea qu'elle avait quitté la pièce sans penser un instant aux documents ni à sa responsabilité, une inattention partagée par Andrea.

« Je suis désolée, fut tout ce qu'elle put dire. J'ai oublié. » Elle mit la main dans sa poche pour prendre la clef de l'escalier, et ses doigts entrèrent en contact avec la carte de l'avocat. « Ça ne se reproduira pas. »

Roseanna se dégela un peu, mais c'est tout de même d'un ton sec qu'elle répondit. « Je l'espère bien. Nous n'avons encore aucune idée claire de la valeur de ce qui se trouve dans ces malles. »

Une fois de plus, Caterina fut plus sensible au ton qu'aux paroles elles-mêmes, car il contenait une question déguisée – Roseanna avait obtenu des informations sur la valeur de ces papiers, elle voulait qu'on lui posât la question et être félicitée pour cela.

« Qu'est-ce que tu as appris ? » demanda Caterina, se rapprochant d'elle de quelques pas.

Roseanna retourna dans son bureau, laissant la porte ouverte, une invitation qu'accepta Caterina. Quand les deux femmes furent assises de part et d'autre du bureau, Roseanna poussa une feuille de papier sur le dessus. Caterina reconnut l'en-tête d'une salle de vente aux enchères de Londres ; dessous, figurait une liste de trois manuscrits avec les prix qu'ils avaient obtenus.

Quia la dea cieca (1713 ?) 9 040 €
Notte amica (première page, 1714) 4 320 €
Padre, se colpa in lui (fragment, 1712) 1 250 €

Caterina leva les yeux et arbora un grand sourire. « Eh bien, il y a quelqu'un qui a fait ses devoirs, on dirait. Comment diable les as-tu persuadés de te donner ces informations ? » Elle regarda à nouveau le document et le tapota du bout du doigt. « *Complimenti.* »

Son sourire fut encore plus large que celui de Caterina et il n'y avait plus trace de colère ou de reproche dans sa voix quand elle répondit. « Je leur ai envoyé un courriel en tant que directrice par intérim de la Fondation et je leur ai raconté qu'à la suite d'une donation importante à notre fonds d'acquisitions, nous étions intéressés par tout manuscrit de Steffani qu'on trouverait sur le marché et que nous aimerions connaître la fourchette actuelle des prix. » Elle fit un mouvement de la tête vers le papier. « Et ils m'ont envoyé ça. »

Caterina resta bouche bée, prise d'une admiration aussi sincère que spontanée. « Le fonds d'acquisitions, hein ? »

Roseanna eut un geste de la main pour signifier que rien de tel n'existait. « Je suis partie de l'idée qu'ils prendraient la peine de répondre s'ils y voyaient une occasion de faire de l'argent.

– Ah, Roseanna, tu es faite pour travailler dans les manuscrits musicaux ! » Caterina ramassa la feuille. « C'est donc le prix auquel se vendent ses œuvres. Cela nous aiderait si nous savions quand ces ventes ont eu lieu.

– En effet, dit Roseanna. Tu pourrais les appeler et leur demander, non ? Ou leur écrire ?

– Quelle langue as-tu utilisée ?

– L'italien, vu que c'est la seule que je connaisse. »

Caterina laissa retomber la feuille sur le bureau. « Il suffit peut-être de savoir pour l'instant qu'une aria supposée complète vaut au moins neuf mille euros. »

Les deux femmes méditèrent quelques instants sur cette question, puis Roseanna posa finalement un doigt sur la plus élevée des trois sommes. « J'espère que les cousins ne vont pas avoir la même idée que moi et ne finiront pas par trouver ce que j'ai trouvé. »

Caterina la regarda depuis l'autre côté du bureau et sourit. « Sans quoi ils viendraient dormir en travers de la porte, c'est ça ?

– Armés jusqu'aux dents », ajouta Roseanna.

La paix rétablie, Caterina retourna au premier, se disant qu'elle avait été bien légère – tout ça à cause d'une simple invitation à déjeuner. « Mets les papiers sous clef et ferme la porte à clef », marmonna-t-elle pour elle-même en entrant dans la pièce. Bien que sachant qu'elle devait se montrer méthodique et étudier les documents dans l'ordre dans lequel ils se présentaient dans les paquets, elle feuilleta ceux qui restaient – une épaisseur d'environ six centimètres – à la recherche d'une partition. Vers la fin de la pile, elle déterra une feuille de papier dont la moitié supérieure comportait des portées et des notes de musique, écrites en très petit mais avec soin ; ce n'était cependant pas, de toute évidence, de la main de la personne à l'écriture penchée en arrière. Il y avait deux paragraphes de texte, dessous, et une signature. « Ton frère en le Christ, Donato Battipaglia, *abbé de Modène*. »

Elle reposa le papier sur sa table et regarda droit devant elle, l'esprit soudain en alerte sans en comprendre la raison. Elle étudia de nouveau la signature. Battipaglia était un nom nouveau pour elle : c'était la première fois qu'elle l'avait sous les yeux et elle ne se souvenait pas d'en avoir jamais entendu parler. Elle reporta alors son attention sur la lettre. Elle commençait avec la description d'un concert – pas donné par Steffani, prenait la peine de préciser Battipaglia – qui lui avait fait la même impression que « les grincements d'une roue de charrette mal huilée ». Puis, dans le style des compliments dithyrambiques de l'époque, l'auteur de la lettre portait aux nues le *Rivali concordi*, opéra de son correspondant qu'il avait eu « l'immense bonheur » d'étudier sur une copie qui se trouvait dans la bibliothèque de son mécène, Rinaldo III, duc de Modène. Il chantait les louanges non seulement de la partition mais du sérieux exprimé par les sentiments dans le texte, avant d'en venir à l'analyse d'un exemple « de maîtrise unique et d'invention musicale ». Les mesures qu'il citait provenaient d'un duo, *Timori ruine*, qu'il trouvait sublime. Caterina déchiffra l'extrait musical, qu'il donnait en entier, et se trouva d'accord avec le sentiment de l'abbé. Elle le fredonna. Oh, il était bon, ce Steffani, pensa-t-elle, avec ses quatorze opéras, ses divertimenti, ses duos, sa musique religieuse et son sens inné de ce qu'on pouvait demander à la voix. Puis elle se remit à contempler le mur, essayant de découvrir ce qui, dans cette lettre, l'avait alertée.

Elle regarda de nouveau la signature : ne disait-on pas que les gens se révélaient plus qu'ailleurs dans la manière dont ils écrivaient leur nom ? Mais les fioritures qu'on y ajoutait étaient fréquentes à l'époque. *Donato Battipaglia, abbé di Modena.*

« Abbé… c'était quoi au juste, un abbé ? » dit-elle à voix haute.

L'exemple de Liszt lui vint à l'esprit : il avait été abbé, mais s'il avait mené la vie d'un prêtre, alors elle était l'héritière du roi Zog.

Elle brancha l'ordinateur et ouvrit sa boîte mail, puis tapa l'adresse de Cristina à l'université. Il s'agissait d'une question professionnelle, et il y avait plus de chances que Cristina allât voir sur ce site que sur son adresse personnelle.

> « Ciao, Tina-Lina, écrivit-elle. J'espère bien que tu es surchargée de travail et heureuse. Je t'écris parce que j'ai eu ce poste à Venise pour étudier les papiers laissés par un compositeur baroque qui a fait sa carrière en Allemagne, où il est mort, et j'ai besoin de quelques informations. Il était abbé. C'est quoi, un abbé ? Est-ce que c'est un prêtre comme les autres ou pas tout à fait ? (Un peu d'hypocrisie, chose, bien entendu, que ta hiérarchie n'envisagerait jamais de tolérer.) »

Les vieilles habitudes ont du mal à disparaître, et Caterina avait passé plus de vingt ans de sa vie à harceler Cristina pour qu'elle renonçât à devenir religieuse.

> « J'en suis également venue à penser que cet homme a pu être un castrat. Il me semble me souvenir qu'un castrat ne pouvait pas être prêtre. Le titre d'abbé était-il une manière de contourner cet obstacle (bien que ta hiérarchie…) ? Pourrais-tu me répondre autrement qu'à ton rythme habituel d'une désespérante lenteur ? Papa et maman vont bien et sont toujours aussi heureux de vivre. Clara et Cinzia vont bien, les enfants également. Claudia est sensationnelle et les choses paraissent aller mieux entre elle et Giorgio, mais qui sait combien cela va durer ? Comment se fait-il qu'elle n'ait pas hérité ce même gène du bonheur qu'apparemment nous avons tous ? Si seulement il y avait un moyen de… tu vois ce que je veux dire, mais je ne sais pas quoi faire. Je vais bien, le travail paraît intéressant, et… »

Elle s'interrompit ici, se demandant si elle devait parler de l'avocat Moretti, mais son bon sens prévalut. Ils avaient été déjeuner ensemble, nom d'une pipe, rien de plus.

> « … il va me faire rester ici pendant un bon bout de temps, après quoi j'espère que j'aurai l'un des autres postes pour lesquels j'ai postulé. J'espère que tu es heureuse et occupée et que tu médites longuement sur le chemin parfaitement absurde que tu as choisi de suivre dans ta vie. Bises, Cati. »

Cristina, la seule des autres filles de la famille qui, comme elle, avait choisi de mener une vie professionnelle, avait toujours été sa sœur préférée. Proximité qui explique le choc et même l'horreur qu'avait éprouvés Caterina lorsque Cristina lui avait dit vouloir entrer au couvent, mais qui autorisait aussi le ton irrévérencieux qu'elle employait à chaque fois qu'elle communiquait avec la professoressa dottoressa suora.

Elle était sur le point de mettre l'ordinateur en veille lorsqu'elle se rendit compte qu'elle n'avait donné aucune information sur le contexte à Cristina. Elle écrivit un deuxième et bref courriel :

> « Ses dates sont 1654-1728, si cela peut t'aider. »

Elle referma l'ordinateur et le repoussa d'un côté de la table, hors de portée. Puis elle reprit son carnet de notes et se remit à lire.

Au bout d'une heure et demie passée à prendre des notes sur les différents bénéfices ecclésiastiques accordés, demandés ou refusés, elle se leva et s'approcha d'une des fenêtres. Elle l'ouvrit et, prenant les barreaux à deux mains, en testa la résistance. Ils ne bougèrent pas et elle recommença l'opération à la deuxième fenêtre. N'était-ce pas un peu ce qu'avait vécu Steffani, se demanda-t-elle, prisonnier d'un corps auquel on avait imposé de sévères limites physiques ? C'était une prison, non ? Des limitations physiques, c'est-à-dire des restrictions pour quelqu'un à la liberté de faire ce qu'il veut. Mais les prisons sont en général temporaires, et les prisonniers ont au moins l'espoir de sortir un jour.

Tel était encore l'espoir qu'aurait pu avoir Cristina, si celle-ci n'avait pas considéré – à l'entendre – les choses sous un autre éclairage. Elle acceptait les limitations à sa liberté qui lui étaient imposées, prétendant que cela l'aidait à se concentrer sur ce qui était important dans la vie. Se pouvait-il que Steffani eût pensé de cette manière ? Mais Cristina, qu'elle ait eu tort ou raison, avait au moins pris elle-même la décision. D'accord, elle n'avait eu que dix-neuf ans, mais personne n'avait pris cette décision pour elle, personne ne l'avait forcée à la prendre. Tout au contraire. Et de plus, elle pouvait en changer quand elle voulait et revenir dans le siècle. D'autant que si elle quittait l'Église, elle garderait son doctorat et son poste – pas vrai ?

Mais Steffani ? Il ne pouvait pas changer d'avis sur ce qu'on lui avait fait, si ce que pensait Caterina était vrai. Pas plus qu'il n'aurait pu quitter l'Église qui non seulement lui donnait sa définition, mais un poste et de l'importance, alors que cette même Église avait été complice, lorsqu'on avait fait de lui ce qu'il était. Son génie musical lui aurait sans doute valu du travail et la célébrité. Lui aurait-il cependant procuré la respectabilité que lui avait sans doute procurée l'Église ? Et son génie ne se serait-il pas dissimulé dans les plis violets de sa robe d'évêque, le gardant caché et à l'abri des plaisanteries et du mépris des hommes ?

Pour quelque raison que ce fût, il avait choisi de rester. Les pensées de Caterina revinrent à la lettre. Ne s'agissait-il pas d'un message caché de la part d'un homme qui avait souffert et survécu ? Elle revint en arrière dans les feuillets, jusqu'à ce qu'elle eût retrouvé la lettre de l'abbé Battipaglia.

> *Non durano l'ire* / La colère ne dure pas
> *E passa il martir* / Et la souffrance passe
> *Amor sa ferire,* / L'amour sait blesser,
> *Ma poi sa guarir* / Mais sait aussi guérir.
> *Vera fortuna severa* / Sévère fortune
> *A'i nostri contenti* / À notre paix d'esprit
> *D'un alma che spera* / À une âme qui espère
> *Consola il desir* / Apporte la consolation

Une fois de plus, Caterina se retrouva en train de citer les Écritures. « Jésus pleure. »

15

Le reste de l'après-midi se déroula sans le moindre évènement : elle lut, prit des notes, transcrivit quelques passages qui tous concernaient des proches du musicien : Agostino Steffani n'avait qu'un autre frère et une sœur parvenus à l'âge adulte, et eux non plus n'avaient pas eu d'enfants. Le terme « cousin » apparaissait souvent en début de lettre, mais Caterina était suffisamment italienne pour savoir qu'il avait une application autre que légale assez large. Pour ce qui était des instructions testamentaires, elle aurait tout aussi bien pu chercher des slogans publicitaires pour l'automobile. Elle ne trouva pas une seule fois cités les noms de Scapinelli et Stievani, ni rien d'écrit par un signataire portant ces patronymes, même en tenant compte des graphies variables des deux noms.

Parmi les amis et les correspondants de Steffani, la personne à qui il paraissait le plus attaché était Sophie-Charlotte, l'Électrice de Brandebourg. Caterina trouva de nombreuses références à Sophie-Charlotte dans des lettres adressées à Steffani : « votre amie l'Électrice », ou bien « l'Électrice dont vous parlez si chaleureusement », ou encore « Son Altesse l'Électrice, qui vous honore tellement de son amitié ». La correspondance de Steffani avec Sophie-Charlotte montrait une grande sympathie mutuelle et une franchise exceptionnelle, si l'on tient compte de leur différence de statut.

Elle lui avait écrit pour lui dire qu'elle apprenait le contrepoint, avec l'idée de mieux se préparer à composer de la musique ; qu'elle aurait aimé que ses duos fussent aussi naturels et tendres que ceux qu'il écrivait. Il avait réagi par une plaisanterie, disant qu'il espérait qu'elle échouerait dans son entreprise, car si jamais elle se mettait à composer, « le pauvre abbé tomberait dans l'oubli ».

Elle se leva à cinq heures pour mettre la lumière, mais résista à la tentation de sortir prendre un café, avant tout parce qu'elle n'avait aucune envie de tout remettre sous clef pour tout ressortir à son retour. À six heures, elle alla échanger les paquets de documents dans le placard blindé ; celui qu'elle prit était particulièrement épais et occupait l'essentiel de la partie gauche de la malle. La première lettre lui parut prometteuse, car elle était envoyée par un certain Marc'Antonio Terzago, lequel s'adressait à Steffani en l'appelant « mon neveu ». Il remerciait Agostino pour son aide (il avait trouvé une place dans un séminaire de Padoue pour un neveu plus jeune) et pour sa « loyauté familiale [qui] n'avait pas été diminuée par la grande distance qui séparait Hanovre de Padoue ».

Elle prit note du nom de ce parent. Ventura, le frère de Steffani, avait été recueilli par un oncle dont il porte le nom, Terzago. Il y avait donc ici une famille tout à fait différente des « cousins ». Leur lignée s'était-elle éteinte, ou étaient-ils les ancêtres de Scapinelli et de Stievani ? Dessous, elle trouva une lettre de l'écriture plus malhabile du jeune garçon, Paolo Terzago ; elle remerciait son « cher cousin » qui, par ses efforts, lui avait permis de trouver une place dans un séminaire, où il se disait être « très heureux et au chaud ». La lettre portait la date de février 1726. Février dans le nord de l'Italie : pas étonnant que le jeune homme eût fait un commentaire sur la température du séminaire.

À sept heures et demie, ayant l'impression de n'avoir guère progressé dans la connaissance de l'homme Steffani, et n'ayant trouvé que peu d'informations sur ses parents, elle se leva, mit les documents à l'envers sur les autres, ficela soigneusement le paquet et l'enferma dans le placard.

Avant de partir, elle eut l'idée de vérifier si par hasard Cristina – dont la lenteur de réaction était bien connue – n'aurait pas répondu à sa demande de renseignement. Elle vit avec satisfaction qu'il y avait bien, dans sa boîte de réception, un courriel de sa sœur, expédié de son adresse personnelle.

> « Ma très chère Cati, ton abbé Steffani est un peu une énigme. »

Caterina était sûre de ne pas avoir écrit le nom du compositeur, mais alla tout de même vérifier dans le courriel qu'elle avait envoyé : et en effet, elle avait seulement utilisé son titre d'abbé.

> « … Je te vois déjà vérifier dans ton courriel que tu ne m'avais bien donné que son titre. Pour t'éviter de souffrir ou de croire que je me suis vendue au Diable afin de bénéficier de pouvoirs occultes, je te rappelle que tu m'avais donné ses dates et dit qu'il était compositeur, probablement italien (et qu'il était castrat – ou du moins, tu le soupçonnais – et c'était d'Italie qu'ils provenaient tous, hélas !) et qu'il était mort en Allemagne.
> Avec ces éléments que tu m'avais donnés et ma formation de chercheuse, faite aux dépens de notre très

sainte mère l'Église, sans parler des milliers d'heures passées à pratiquer ce que j'avais appris au point d'affûter mon esprit jusqu'à lui donner le fil d'un rasoir, je disposais de toutes les aptitudes nécessaires pour injecter ces trois informations dans Google. Un seul nom est sorti du chapeau. L'Église, me diras-tu, aurait peut-être pu épargner l'argent qu'elle a dépensé pour moi et le distribuer aux pauvres.

En effet, "abbé", à l'époque où ton compositeur vivait, relevait beaucoup du titre de courtoisie, et si les documents que nous avons sont contradictoires (je t'épargne les détails), on peut affirmer sans craindre de se tromper qu'on pouvait être abbé sans être nécessairement prêtre. Certains l'étaient, beaucoup, non. Il y a également une sous-catégorie, celle des évêques qui n'étaient pas prêtres ; et comme ton compositeur est devenu plus tard évêque, je dirai simplement que pour porter la mitre, il n'était pas obligatoire d'avoir été ordonné. Si tu veux en savoir davantage sur ce sujet, va voir du côté de son protecteur, Ernst-August, lequel – bien que marié, père et jamais ordonné – était prince-évêque d'Osnabrück. Ernst-August était bien entendu protestant (hou, le vilain) mais il semble qu'ils aient eu les mêmes règles tortueuses que les catholiques, règles qui permettaient aux hommes (bien sûr) de devenir évêques, voire de nommer d'autres évêques sans se soucier d'avoir été eux-mêmes ordonnés. Ce qui peut faire penser à la fabrication des yaourts : avec un seul, tu peux en faire cent. »

Caterina s'émerveilla, une fois de plus, devant le manque de sérieux avec lequel Cristina parlait souvent de l'organisation à laquelle elle avait pourtant voué sa personne et son âme.

« Quant à l'injonction interdisant à un castrat de devenir prêtre, ta mémoire, comme presque toujours ma chère Cati, ne t'a pas trompée. La loi canonique 1041, § 5, dit explicitement que quiconque s'est gravement et brutalement mutilé soi-même ou a tenté de se suicider ne peut être ordonné. C'est également une règle de base que l'incapacité à se marier rend un homme inadéquat à la prêtrise – sans aucun doute un moyen détourné de parler de castration et de dysfonctionnement sexuel.

Le pape Sixte V, le 27 juin 1587 (tu as beau ne pas nous aimer, ma chère, tu reconnaîtras tout de même que nous sommes très forts en matière d'archives), a très clairement défini la position de l'Église dans son bref "Cum frequenter", en déclarant que les castrats n'avaient pas le droit de se marier.

Te voilà donc renseignée, sœurette, et je ne peux pas t'en dire davantage tant que les deux personnes à qui j'ai demandé un complément d'information ne m'auront pas répondu, ce qui ne saurait tarder. Ici, tout va très bien. J'ai un autre livre en préparation ; cette fois, sur la politique étrangère du Vatican au XIXe siècle. Je vais probablement me faire révoquer de l'Église ou être envoyée en Sicile faire la classe en maternelle. À moins que tu ne m'engages comme documentaliste à plein-temps ? Prends soin de toi, Cati ; garde un œil pour moi sur la famille, en particulier sur notre pauvre et triste Claudia, qui aurait mieux fait d'épouser ce sympathique électricien de Castello, au lieu de ce sinistre avocat. Vous me manquez tous terriblement ; il y a des moments où j'ai tellement le mal du pays que je suis prise d'une envie presque insurmontable de franchir la porte et de partir en stop en direction du sud. Oui, cela me rappelle l'époque où nous avons fait du stop en France en disant à maman et papa que nous prenions le train. Rouler dans Paris avec cet homme au volant – un comptable, je crois ? – restera l'un des moments les plus forts de ma vie. Obtenir mon doctorat et avoir été nommée professeur titulaire n'ont rien été à côté.

Vous avez tous mon amour et ma tendresse, et je te charge de l'exprimer à chacun en fonction du besoin qu'ils en ont. Bises, Tina-Lina. »

En tant que chercheuse et documentaliste, Caterina avait appris à lire entre les lignes. Habitude comparable à celle d'un vétérinaire qui ne peut s'empêcher de vérifier si le chien d'un ami n'a pas la gale, ou à celle d'un professeur de chant qui détecte les premiers signes d'un vibrato excessif. Le courriel de sa sœur l'avait laissée mal à l'aise, avant tout parce qu'il lui révélait l'état d'esprit de Cristina, mais aussi par la satisfaction initiale qu'il lui avait procurée. « E.T., téléphone maison », dit-elle doucement.

Elle passa de l'humeur du courriel à son contenu. Ce qui avait commencé comme une conjecture folle de sa part devenait à présent une possibilité sérieuse, et même davantage. Elle pensa aux longs doigts, à ce visage bouffi et imberbe, totalement dénué des angles et des rides séduisantes d'un visage masculin, même à soixante ans, âge qu'avait Steffani quand le portrait avait été exécuté.

Elle éteignit l'ordinateur, prit son sac et descendit, non sans avoir auparavant vérifié que le placard blindé et la porte de la pièce étaient bien fermés. Roseanna était partie. Tandis qu'elle refermait la porte extérieure, elle remarqua une affichette disant que la bibliothèque serait fermée jusqu'à la fin du mois. Il faisait un temps agréable, dehors, si bien que ceux qui utilisaient d'ordinaire la salle de lecture comme refuge contre le froid n'en pâtiraient pas. Il était cependant possible qu'ils aient tout simplement besoin d'un endroit où passer la journée.

C'est en pensant à cela et à d'autres choses qu'elle prit le chemin de son domicile – non pas de son appartement, mais de celui de ses parents, près de La Madonna dell'Orto, quartier de la ville qui resterait toujours synonyme de foyer pour elle.

Elle aurait pu prendre un vaporetto en retournant à l'arrêt Celestia, mais c'était une partie de la ville qu'elle n'aimait pas beaucoup, aussi bien éclairée qu'elle fût, et elle préféra passer par Santa Maria Formosa et la Strada Nuova, itinéraire qu'elle prenait autrefois quand elle rentrait de l'école.

Elle était si profondément plongée dans ses pensées – elles tournaient autour de la vie de Steffani – qu'elle ne remarqua pas tout de suite l'homme qui arriva à sa hauteur, comme pour la dépasser, mais qui aligna son pas sur le sien. Elle lui jeta un coup d'œil et, voyant quelqu'un qu'elle ne connaissait pas, ralentit pour le laisser passer devant elle. Mais l'homme ralentit aussi le pas pour rester à sa hauteur. Ils débouchèrent ensemble sur le Campo, mal éclairé à cette heure. Le dallage du sol était recouvert d'une fine couche d'humidité qui se dissipait et reflétait les lumières. À quelques mètres du pont, là où de l'éclairage filtrait aussi par les devantures des boutiques, à droite, elle s'arrêta. Elle ne prit pas la peine de faire semblant de chercher quelque chose dans son sac et se contenta de rester immobile, attendant de voir ce que l'homme allait faire. Il ne bougea pas.

Le marchand de légumes avait fermé boutique et quitté les lieux, mais le Campo était loin d'être désert et il y avait au moins trois ou quatre personnes à portée de voix. Elle se demanda pourquoi elle pensait à cela.

« Vous voulez quelque chose ? » dit-elle tout d'un coup, se surprenant mais ne surprenant apparemment pas l'individu.

Il se tourna et la regarda ; il ne lui plut pas. Juste comme ça : quelque chose d'instinctif, de viscéral, de tout à fait irrationnel, mais de puissant. Cet homme était mauvais, lui disait son instinct, et le fait qu'il était planté là à la regarder sans rien dire n'était pas bon non plus. Elle n'avait absolument pas peur – ils étaient au milieu d'une place et des gens circulaient autour d'eux. Mais elle se sentait mal à l'aise, et plus le silence de l'homme s'éternisait, plus son malaise croissait. Le personnage était par ailleurs parfaitement ordinaire. Il devait avoir à peu près l'âge de Caterina : cheveux courts, pas de barbe, un nez moyen, des yeux clairs, rien de particulier.

« Vous voulez quelque chose ? » répéta-t-elle. Il ne répondit pas plus que la première fois. Immobile, il la regardait. Il étudia son visage, ses épaules, le reste de son corps, revint à son visage – à croire qu'il essayait de mémoriser tous les traits de la femme qu'il avait devant lui.

Elle fut submergée par l'envie de s'enfuir, ou de se jeter sur lui et de le frapper avant de s'esquiver, si bien qu'elle dut faire un effort pour se maîtriser et rester immobile. Une minute s'écoula. De quelque part à sa droite, une église sonna huit heures et demie. Elle était déjà en retard pour le dîner.

Elle repartit vers le pont, de l'autre côté du Campo. Elle ne regarda pas derrière elle, mais elle entendit les pas de l'homme. Ça bourdonnait dans sa tête, et elle ne se rappelait pas si elle les avait entendus avant. Au moment où elle atteignait le pont, son désir, son besoin de se retourner devint plus puissant que jamais mais elle y résista, franchit le pont et s'engagea dans une des ruelles les plus étroites de Venise. Elle pria avec ferveur pour que quelqu'un approche de l'autre bout. Il n'y avait personne. L'envie de se tourner la faisait trembler, mais elle continua à marcher jusqu'au prochain pont, à la sortie de la *calle*.

Elle arriva sur le Campo Santa Marina, où elle devait décider de la suite de son itinéraire. Tourner à droite et gagner quelques minutes, ce qui l'obligeait à emprunter la Calle dei Miracoli, étroite et peu passante, ou bien continuer tout droit, sortir à côté de San Giovanni Crisostomo et se fondre au milieu de la foule la plus dense de la ville pour se diriger vers la Strada Nuova et la maison. Elle continua tout droit.

16

Elle ne parla pas de l'homme pendant le dîner, ne voulant pas inquiéter ses parents – ni s'inquiéter elle-même. Il n'avait pas eu de gestes menaçants, il ne lui avait même pas adressé la parole, mais il l'avait déstabilisée et, dut-elle admettre tout en s'efforçant d'écouter ce que racontait sa mère, il lui avait fait peur. Venise était un îlot de paix dans un monde qui donnait l'impression de tourner de moins en moins sur son axe ; il suffisait de lire les journaux pour apprendre l'existence de quelque nouvelle plaie ne demandant qu'à s'infecter. Elle reporta son attention sur les propos que tenait sa mère ainsi que sur ce qu'elle avait dans son assiette. Une polenta faite maison avec un grain qu'envoyait un ami de son père, un paysan qui faisait toujours pousser son maïs dans le Frioul. Le lapin venait de Bisiol, où sa mère les achetait depuis vingt ans. Les artichauts provenaient de Sant'Erasmo : sa mère s'était récemment inscrite dans une AMAP et recevait deux paniers de légumes par semaine. L'acheteur n'avait pas le choix : il n'y avait que des produits de saison, entièrement bio.

Sa mère s'était plainte de n'avoir jamais mangé autant de pommes de sa vie, mais lorsque Caterina en goûta une, cuite dans le vin rouge et couverte de crème fouettée, elle pria pour que sa mère maintînt longtemps son abonnement. Ils parlèrent de toutes sortes de choses : du travail de son père, des amies de sa mère, du mariage de ses sœurs, de ses nièces et de ses neveux. Caterina se demanda s'il se pourrait qu'elle eût un jour des biens à léguer, si elle serait heureuse de les léguer – au cas où elle n'aurait ni mari ni enfants – à ses neveux et nièces ? Pour l'instant, ce n'était que des enfants : comment savoir ce qu'ils seraient, une fois adultes ?

Tandis que ses parents continuaient à parler et qu'elle les écoutait d'une oreille distraite, elle pensa à Steffani. Il avait passé l'essentiel de sa vie en Allemagne, ne revenant que rarement en Italie et en général pour de courtes périodes. Avait-il bien connu ses proches et leurs enfants ? Avait-il eu seulement l'occasion de les voir, de passer un peu de temps avec eux, de jouer avec les plus petits, de leur chanter une de ses chansons ? Et les cousins, ces hommes qui descendaient des enfants des cousins de Steffani, de quel droit se déclaraient-il héritiers de ses papiers et de ses biens, et d'où leur venait cette idée d'un « trésor » ? Personne ne lui avait expliqué. La seule référence qu'elle avait trouvée jusqu'ici à sa succession mentionnait qu'une fois payés tous ses créanciers, il était resté « 2 209 florins, quelques papiers, des reliques, des médailles et de la musique ». C'était ce dernier point qui lui avait fait battre le cœur. Enlevez ça et voici un homme qui avait vécu soixante-quatorze ans et laissait des papiers, un peu d'argent, quelques reliques et quelques médailles. Un trésor ?

« D'où nous vient cette histoire que ton arrière-grand-père aurait tout perdu au casino ? » demanda-t-elle soudain à son père, le prenant de court. Ses deux parents la regardèrent, ouvrant de grands yeux, mais aucun des deux ne prit la peine de lui demander si elle avait suivi leur conversation, tant il était évident qu'elle avait eu la tête ailleurs.

Son père se passa les mains dans les cheveux, qu'il avait toujours épais, geste machinal qu'il faisait quand il voulait réfléchir. Sa mère, comme toujours quand les choses prenaient un tour imprévu, réapprovisionna les assiettes. Tout le monde dans la famille, à l'exception de sa mère et de Cinzia, dévorait comme des loups sans jamais prendre un gramme. « Je n'ai qu'à regarder une carotte, répétait sa mère, et j'ai pris un kilo le lendemain. »

« Je ne sais pas, dit son père, non pas à propos de la carotte qui intervenait si fréquemment dans la conversation de sa femme, mais en réponse à la question de Caterina. C'est une légende familiale. Les adultes en parlaient quand nous étions enfants, et j'en ai parlé avec Giustino et Rinaldo.

– Pourquoi ? » demanda Caterina.

Il étudia la question quelques instants et sourit. « Sans doute parce qu'elle est tellement vénitienne et tellement romantique – un palazzo perdu aux cartes, un homme qui joue la fortune de sa famille…

– D'après toi, qu'est-ce qui s'est vraiment passé ? »

Il haussa les épaules. « Le truc habituel, je suppose. Mon arrière-grand-père n'était pas doué pour les affaires, il n'écoutait pas sa femme et il a tout perdu. »

Sa mère intervint alors. « C'est comme ça que nous aimons nous voir.

– Qui, *nous* ?

– Les *Veneziani*. En grands seigneurs, expliqua-t-elle, citant un dicton populaire supposé définir les Vénitiens.

– Sauf que ?

– Voyons, Cati, ce n'est pas parce que tu es partie quelques années que tu as oublié, répondit sa mère. Nous adorons faire des affaires et rouler notre monde.

– Mais tu ne le fais pas et papa non plus », observa-t-elle, sachant qu'elle disait la vérité.

Ses parents gardèrent le silence et ce fut elle, finalement, qui le rompit après avoir reposé sa fourchette. « Bon, d'accord, d'accord. Pas vous, mais la majorité des gens le font.

– Toi aussi ? demanda sa mère comme si Caterina venait de manifester de la sympathie pour la prostitution enfantine ou le projet MOSE*.

– Non, je ne crois pas. »

Avant que les choses ne deviennent trop compliquées, sa mère lui rappela qu'il ne lui restait que douze minutes si elle voulait prendre le vaporetto à San Marcuola. Elle n'avait ni consulté sa montre, ni demandé l'heure : elle le *savait*.

Elle embrassa rapidement ses parents, promit de les appeler le lendemain et tous les jours suivants, devant subir une fois de plus la tirade de sa mère, qu'il était ridicule d'habiter au diable, à Castello, alors qu'elle avait ici un domicile convenant parfaitement bien – puis elle fut dehors et se mit en route pour l'arrêt du bateau.

Ses pieds connaissaient le chemin. Tourner à droite, longer le canal, franchir le pont à gauche. Neuf minutes plus tard, elle débouchait devant l'église San Marcuola – où, se rappela-t-elle, la tombe de Hasse était difficile à trouver – et se dirigeait vers l'arrêt. Elle prit sa carte

---

* Système de vannes mobiles prévues pour fermer la lagune de Venise en cas de marée exceptionnelle, en cours de construction.

d'abonnement, l'appuya sur le capteur, entendit le bip lui donnant le feu vert et s'avança dans l'éclairage de l'embarcadère.

Il était là. L'homme qui l'avait déjà suivie depuis la Fondation. Assis sur le banc de gauche, jambes tendues devant lui, chevilles l'une sur l'autre. Il se tenait bras croisés, et avait tout à fait l'air de quelqu'un qui attend simplement le vaporetto. Il lui jeta un coup d'œil, mais rien dans son attitude n'indiqua qu'il la reconnaissait ; son expression fut aussi neutre que lorsqu'il l'avait regardée dans la rue, quelques heures plus tôt.

Elle ouvrit son sac, rangea sa carte d'abonnement dans une poche intérieure, passa devant lui pour aller jusqu'au bout du quai, se tourna vers la droite et regarda le Grand Canal. Le bateau était à une centaine de mètres, parfaitement visible sur le canal éclairé a giorno, et se dirigeait vers l'embarcadère. Que ferait-elle s'il montait sur le bateau avec elle ? Allait-elle l'ignorer, descendre Via Garibaldi et rentrer tranquillement chez elle ? Il y aurait certainement des gens dans la rue, mais peut-être pas dans l'étroite ruelle de son appartement. Elle pouvait appeler la police, mais que ferait-elle s'il ne descendait pas du bateau en même temps qu'elle ? Le vaporetto arriva, elle monta à bord et alla s'asseoir sur le siège de l'allée du côté gauche, d'où elle pouvait voir qui montait après elle. Il resta sur le quai.

Au moment où le matelot détachait l'amarre, elle s'attendit à voir l'homme se lever brusquement et sauter sur le pont à la dernière seconde, mais il n'en fit rien. Le bateau repartit. Elle se tourna et vit l'homme toujours assis au même endroit, jambes confortablement tendues devant lui, bras croisés. Quand elle passa devant lui, il la regarda une fois de plus, l'expression toujours aussi neutre.

Elle regarda alors vers l'avant du vaporetto. Elle sentit quelque chose lui piquer l'œil et lorsqu'elle y porta la main, sentit la transpiration qui avait coulé de ses cheveux sur son front. Il fallait environ une demi-heure pour arriver Via Garibaldi, et Caterina s'en réjouit car cela lui laissait le temps de se convaincre de se calmer.

Le bateau se rangea le long du débarcadère ; le marin jeta son amarre et l'enroula autour de la bitte, tandis que cinq ou six personnes s'alignaient pour descendre. Elle se plaça au milieu du groupe, ajustant son pas sur le leur. Prenant bien soin de rester derrière un couple âgé qui marchait à petits pas devant elle, elle le suivit ainsi le long de la Via Garibaldi jusqu'à ce qu'elle arrivât à hauteur de la rue où elle habitait, Calle Schiavona. Elle fit un bref arrêt à l'angle. Elle tenait la clef de la porte d'entrée à la main depuis que le bateau avait commencé à ralentir avant l'arrêt.

La maison était sur la gauche. Elle atteignit la porte, mit la clef dans la serrure et se glissa précipitamment à l'intérieur. Elle mit l'éclairage, monta jusqu'au dernier étage, entra dans son appartement. Elle le parcourut en entier, allumant les lumières au fur et à mesure. Quand elle eut la certitude d'être seule chez elle, elle se rendit dans la salle de bains et vomit tripes et boyaux dans les toilettes. Après quoi elle se passa de l'eau sur le visage et se rinça la bouche, puis alla dans la cuisine se préparer une camomille qu'elle ramena dans le séjour.

Elle savait qu'il lui serait impossible de dormir. Elle s'installa sur le canapé et prit le deuxième des deux

livres sur Steffani qu'elle avait sortis de la bibliothèque.

Elle fut bientôt tellement captivée par sa lecture
qu'elle oublia rapidement qu'elle avait été malade ;
elle but sa camomille, alla s'en préparer une autre et
reprit son livre. Elle en lut quelques pages, puis se
leva à nouveau pour aller dans la cuisine où elle grignota quelques biscuits, les accompagnant toujours de
camomille. Finalement, elle reprit le fil de la biographie de Steffani.

En 1694, le comte Philipp Christoph Königsmarck
– beau comme une star de cinéma, description anachro-
nique qui amusa Caterina – disparut du jour au lendemain du château d'Ernst-August, duc de Hanovre et
protecteur de Steffani. Il s'évanouit « comme un fan-
tôme ».

Une rumeur ne tarda pas à courir : on l'avait tué sur
l'ordre de quelqu'un et si la version officielle, selon
laquelle on ignorait tout de cette disparition, ne varia
jamais, rien ne put empêcher l'affaire de devenir le
plus grand scandale de son époque. Il y eut plusieurs
candidats pour le rôle du tueur, ou du commanditaire, à
commencer par le duc Ernst-August lui-même – scan-
dalisé par la liaison tapageuse de Königsmarck avec sa
belle-fille, la beauté du siècle, la princesse Sophie-
Dorothée.

Avec l'entrée en scène d'une autre Sophie-Quelque-
Chose, Caterina dut revenir à l'arbre généalogique au
début du livre. La Sophie-Charlotte avec laquelle Steffani correspondait et dont l'amitié le remplissait de
fierté était la belle-sœur de cette autre Sophie. Le mari
trahi était Georg-Ludwig, le futur George Ier d'Angleterre ; son épouse adultère, Sophie-Dorothée, était

aussi sa cousine au premier degré. Elle avait constitué un parti exceptionnel, du fait de sa grande beauté et de son charme, mais aussi, ça tombait bien, de ses 100 000 thalers annuels de rente.

La nausée passée, l'appétit revint à Caterina. Elle alla dans la cuisine se préparer du riz. En retournant dans le séjour, elle passa devant le miroir placé à côté de la porte d'entrée et se demanda à voix haute : « Tu n'as pas un peu trop regardé la télé ? » Étant donné qu'elle n'avait jamais eu d'appareil de télévision et qu'elle ne la regardait pratiquement jamais, cette question rhétorique se réduisait en fait à un commentaire sur les aspects mélodramatiques de l'histoire qu'elle lisait.

Cette union, c'est le moins qu'on puisse dire, n'avait pas été heureuse. À la vérité, Georg-Ludwig et Sophie se détestaient. Le livre rapportait un incident au cours duquel une dispute s'envenima tellement entre eux qu'il fallut littéralement les séparer. Georg-Ludwig avait eu de son côté de nombreuses maîtresses et d'ailleurs, lorsqu'il partit en Angleterre pour monter sur le trône, il en amena deux avec lui – que les Anglais ne tardèrent pas à surnommer le Mât de Mai et l'Éléphant. Sophie-Dorothée semblait s'être limitée à un amant et, d'après tout ce que put trouver Caterina, son erreur ne fut pas tant la liaison en elle-même que son incapacité à la garder secrète.

Ne serait-ce que pour se justifier de continuer à lire cette scabreuse histoire digne d'une revue à scandale, Caterina dut se rappeler que Steffani y était impliqué dans la mesure où les deux amants, Sophie-Dorothée et le comte Philipp, s'étaient envoyé des centaines de lettres d'amour dans lesquelles ils tentaient de déguiser leurs sentiments en citant des paroles tirées des opéras du compositeur. Dans une lettre, pour montrer son empressement, Königsmarck mentionne le duo enlevé *Volate momenti* dans lequel l'amant supplie le temps et le soleil de hâter leurs pas pour abréger la séparation des amoureux. Si ce qu'elle avait lu à la Marciana était vrai, cette correspondance avait été interceptée et lue par la comtesse von Platen, sans doute l'ancienne maîtresse de Königsmarck et certainement l'ancienne maîtresse d'Ernst-August, le beau-père de Sophie-Dorothée.

Caterina regarda en l'air. «Voyons voir si j'ai bien compris, dit-elle à voix haute. Ces deux innocents s'envoyaient des lettres d'amour via des paroles d'opéra, mais une maîtresse délaissée par Königs-marck – qui se trouvait aussi avoir été la maîtresse du beau-père de la maîtresse de son ex-amant – a lu ces lettres et tiré le signal d'alarme. Elle résista à l'envie d'aller de nouveau se regarder dans la glace pour véri-fier qu'elle n'avait pas deux têtes.

À l'odeur, elle sentit que le riz était cuit et alla cou-per le gaz. Elle s'en prépara un bol, ajouta un peu de sel, et ramena le tout dans le séjour.

Cela devenait intéressant. Presque tout de suite après la disparition de Königsmarck, un certain Nicolò Mon-talbano, un Vénitien qui hantait la cour de Hanovre depuis presque vingt ans et qui écrivait de temps en temps un livret d'opéra, aurait reçu, des mains d'un inconnu, la somme faramineuse de 150 000 thalers – après quoi l'homme disparut rapidement à son tour.

Georg-Ludwig demanda le divorce en accusant faussement la pauvre Sophie-Dorothée d'avoir déserté le lit conjugal, après quoi il l'envoya moisir pendant trente ans dans un château perdu où il lui était inter-dit de voir ses enfants. L'auteur citait une légende séduisante, mais sans doute apocryphe, selon laquelle elle aurait maudit Georg-Ludwig sur son lit de mort – sur quoi, bien entendu, le roi d'Angleterre s'était éteint un an plus tard. Sophie-Dorothée ne put pas avoir la satisfaction d'apprendre que sa malédiction avait opéré, étant morte elle-même avant Georg-Ludwig, si bien qu'elle ne vit jamais son fils devenir roi d'Angleterre sous le nom de George II – lequel, se souvint Caterina, ne valait guère mieux que son père. Voilà qui permettait de mieux comprendre la famille royale actuelle, pensa-t-elle.

Elle se redressa sur sa chaise, puis se leva et alla s'étendre sur le canapé, le bol de riz sur l'estomac. Elle le fit tourner avec sa fourchette pour le refroidir. Ernst-August avait dépensé une fortune et multiplié les prouesses diplomatiques pour se faire choisir comme Électeur, titre important que ne portaient qu'une douzaine d'aristocrates, lesquels élisaient à leur tour l'empereur du Saint-Empire romain germanique. Une très grosse affaire. Il dut cependant attendre environ deux ans avant d'être couronné, ou oint, ou quoi que ce fût qui le rendait officiellement Électeur. En attendant ce jour glorieux, il devait bien se comporter et veiller à ce que sa famille ne le déshonorât pas d'une manière ou d'une autre, ce qui lui aurait fait perdre la possibilité de devenir Électeur de plein droit.

« Tiens donc, monsieur Poirot, dit-elle en agitant sa fourchette en direction du personnage râblé qui ne se tenait pas près de la porte, vous avez là votre premier suspect. » Sur quoi elle ajouta aussitôt : « Et son fils, Georg-Ludwig est le second. » Et Steffani ? se demanda-t-elle. Qu'est-ce qu'il avait su de tout cela, au juste ? Il était musicien de cour et diplomate ; les emprunts à ses livrets d'opéra servaient de messages d'amour. La liaison était un secret de polichinelle. Il ne pouvait pas ne pas avoir été au courant.

Elle mangea un peu de riz, mâchant lentement. À un moment donné, l'image de l'homme qui l'avait suivie lui revint à l'esprit et sa gorge se serra un instant. « Je ne laisserai pas ça m'arriver », dit-elle, parlant une fois de plus à voix haute, sans définir ce que « ça » signifiait. Au bout d'un moment, son riz fini, elle alla se coucher et s'endormit.

17

Le lendemain, alors que la journée s'annonçait sans nuages et lumineuse, Caterina se réveilla, après une bonne nuit de sommeil, en ayant retrouvé toute son énergie et sa bonne humeur habituelle. Ce ne fut qu'une fois sortie de chez elle pour aller prendre un café dans un bar voisin qu'elle repensa à l'homme qui l'avait suivie. Le barman la reconnut et lui apporta une brioche avec son café sans qu'elle l'ait demandée. Elle se rappela avoir pensé, la veille, que pour sa sécurité elle aurait pu demander à l'un des hommes du bar de la raccompagner chez elle. Dans la lumière éclatante d'un matin d'avril, cette seule idée lui parut ridicule.

Elle s'était réveillée tard et n'avait pas pris le temps de lire ses courriels avant de quitter l'appartement. Arrivée à la Fondation, elle alla saluer Roseanna qui lui dit espérer que son affichette lui permettrait de travailler en toute tranquillité le temps de dépouiller les documents.

Elle monta au premier et brancha l'ordinateur. À une époque, quand elle habitait à l'étranger, elle consultait la presse italienne en ligne tous les matins, mais elle avait abandonné cette habitude depuis un an ou deux. Rien que du temps gaspillé, estimait-elle. La fréquence avec laquelle certaines têtes apparaissaient en première page variait, mais aucune ne disparaissait jamais. Seule la mort venait à bout des hommes qui se consacraient à la politique. Le vol, les liens douteux avec la Mafia, le recours à des prostituées trans-sexuelles, la corruption, les millions envolés – rien de cela ne semblait les ébranler. Même condamnés par la justice, ils étaient toujours là. Ils changeaient de parti politique comme de chemise, s'inventaient un nou-veau personnage, se faisaient teindre les cheveux ou trouvaient Jésus – ou encore venaient pleurer à la télé pour supplier leur femme de leur pardonner, mais ils étaient toujours là. Inamovibles. Oui, seule la mort en venait à bout – et même lorsqu'ils mouraient, ils reve-naient parfois vous hanter dans les rues ou les places qui prenaient leur nom.

Mieux valait lire ses courriels. Il y en avait trois, mais le premier qu'elle ouvrit provenait de Cristina.

« Chère Cati, Destructrice de mon Emploi du Temps minuté – car c'est exactement ce que tu as fait, et pas pour la première fois ! J'étais bien tranquille, toute à mon chapitre sur le pape Pie XII (ce que les gens dans ton genre appellent un sacré faux cul, j'en ai peur) (et opinion que j'en viens à partager) (ce que je ne devrais jamais dire) (mais que je dis) et ses différentes déro-bades, ses prévarications – bien tranquille, donc, lorsque arrive ta requête et que, tel un chien qui vient de trouver un os à ronger, je tombe sur Clément VIII, sans parler de la question des castrats, du titre d'abbé et des différentes tromperies auxquelles les hommes de pouvoir ont tendance à se livrer. Juste un point d'histoire qui risque de t'intéresser : Pie X a banni les castrats de la chapelle Sixtine en... 1903. Tu veux de l'hypocrisie ? Je te donne de l'hypocrisie.

Comme tu peux le constater, j'ai travaillé pour toi. J'ai trouvé – non sans difficulté – un *breve*, un bref apostolique, de Clément VIII déclarant la castration acceptable du moment que c'était pour chanter "à la gloire de Dieu". Et ici je te demande, Cati – très sérieusement – de ne faire aucun commentaire ni d'essayer de me provoquer là-dessus : l'existence de ce bref est déjà bien assez une provocation en soi.

Il existe aussi une chose appelée dispense, que le pape peut accorder à peu près pour n'importe quoi. Tout fait ventre, comme disent les Français.

Oui, mon ton trahit à quel point je suis lassée par mes travaux actuels – non pas par les recherches elles-mêmes, qui sont fascinantes, mais par ce qu'elles me conduisent à conclure et à ressentir. Si bien que j'ai sauté avec plaisir sur l'occasion de remonter dans le temps et de me renseigner sur ces personnages morts depuis belle lurette. Tu m'as propulsée dans les archives et tu as provoqué chez moi une curiosité qui m'a fait renouer avec plusieurs collègues que je n'avais pas contactés depuis des années ; à ma grande surprise, ils se sont tous enflammés pour ta cause et les informations pleuvent sur moi. À moins que nous ne soyons tous fatigués de nos propres recherches ?

Un de mes anciens camarades de classe, aujourd'hui enseignant à l'Université de Constance, suggère que tu ailles regarder de plus près l'Affaire Königsmarck : il affirme avoir eu connaissance d'un manuscrit prétendant que ton musicien y a joué un rôle. Il peut te faire parvenir davantage d'informations, si tu le souhaites, mais je pense qu'il me les enverra de toute façon, même si tu n'en veux pas, parce que la moindre rumeur, même datant de deux siècles, fait dresser les oreilles à tout chercheur digne de ce nom. Je ne connais l'Affaire Königsmarck que très superficielle-ment, mais j'ai très envie de lire ce qu'il en dit et je le ferai si ses infos passent par moi. S'il me demande de te les faire suivre, cependant, c'est ce que je ferai et je ne m'en occuperai plus. Ah, comme maman serait fière de savoir que le tabou qu'elle nous a inculqué sur la vie privée en même temps que nous buvions son lait se porte aussi vaillamment à Tübingen. Ville d'où je t'envoie mille baisers, ma très chère Cati, de même qu'une offre de continuer mes recherches pour ton compte. Ça me tient à l'écart de mes propres travaux, et c'est tout ce que je demande. Bisous, Tina-Lina. »

Oh, mon Dieu, mon Dieu, pensa Caterina, on dirait bien que Cristina arrive au bout du rouleau *religion*. Elle avait toujours été intriguée par le fait que ce fût Cristina qui avait été piquée par la mouche religion, et non pas Cinzia, ou Clara ou Claudia, qui n'avaient jamais poursuivi d'études et n'étaient guère portées à s'interroger sur le monde dans lequel elles vivaient. Toutes les trois étaient des tièdes en matière de religion ; Cinzia et Clara avaient fait baptiser leurs enfants, leur avaient fait faire leur première communion, et allaient même de temps en temps à l'église. Elles disaient à leur marmaille que Dieu les aimait et qu'il était mal de mentir et de faire du tort aux gens. Toutes, cependant, éprouvaient du respect pour les prêtres, haïssaient le Vatican comme seuls les Italiens peuvent le haïr, et pensaient que l'Église devrait s'interdire de faire des commentaires politiques.

« Arrête ça », se dit-elle, parlant une fois de plus à voix haute. Elle ouvrit les autres courriels. L'un d'eux provenait d'un de ses camarades de classe au lycée : il avait appris que Caterina était de retour à Venise, et est-ce qu'elle aimerait venir dîner quelque part avec lui ? « Seulement si tu amènes ta femme et tes gosses, Renato », dit-elle en effaçant le courriel.

Le troisième était du dottor Moretti. Il l'informait que les deux cousins lui avaient téléphoné la veille pour lui demander pour quelle raison elle ne les avait pas tenus au courant des progrès de ses recherches. Rien de plus.

Elle lui répondit tout de suite, expliquant qu'elle n'avait pas terminé la lecture des documents du premier coffre et n'avait encore rien découvert concernant de près ou de loin les éventuelles dispositions testamentaires prises par l'abbé Steffani. Elle estimait nécessaire d'élargir le champ de ses recherches – s'il préférait se montrer collet monté dans ses courriels, elle pouvait en faire autant –, ce qui l'obligeait à consulter d'autres sources. Elle serait donc absente de la Fondation pour le reste de la journée pendant qu'elle poursuivrait les recherches en question.

« Et pan ! Dottor Moretti », marmonna-t-elle en appuyant sur *envoyer*. Parler de l'aria qu'elle avait trouvée pouvait attendre.

Elle ouvrit son portable et vit qu'elle avait un message. Elle reconnut tout de suite la voix du Roumain, son italien coulant, les mots sur lesquels il achoppait parfois. L'appel était arrivé à trois heures et demie du matin, et elle se félicita d'avoir coupé l'appareil avant d'aller se coucher.

On avait offert au Roumain – ce qui la surprit au premier abord, puis elle se rappela quel brillant enseignant il était – la présidence d'un département de musicologie – il ne précisait pas où – et il se demandait s'il n'allait pas accepter, à la fois déprimé et inspiré par son exemple, elle qui avait eu le courage de quitter Manchester, l'abandonnant « aux petites misères de l'ennui ». Puis sa voix devenait pâteuse et il s'était arrêté au milieu d'une phrase. Elle referma le téléphone et le posa sur son bureau.

Elle fut soudain prise d'une crise de mauvaise conscience, à l'idée que les cousins la payaient pour qu'elle trouve quelque chose dans ces papiers ; le moins qu'elle pouvait faire était de les étudier et de vérifier s'ils ne contenaient pas d'allusions à l'Affaire Königsmarck. Elle ouvrit le placard blindé et en retira le paquet épais sur lequel elle avait travaillé la veille. De retour à sa table, elle défit la ficelle, s'émerveillant une fois de plus que celle-ci eût aussi bien défié les siècles, et prit le premier document. Se rendant compte qu'elle l'avait déjà lu, elle se tança pour n'avoir pas respecté, en bonne chercheuse professionnelle, sa procédure habituelle consistant à placer les feuillets lus à l'envers sur la pile avant de la ranger.

Avait-elle vraiment oublié ? Elle essaya de se le rappeler, mais les évènements de la soirée précédente avaient fait disparaître tout souvenir de ce qu'elle avait fait juste avant de quitter la Fondation. Ce trou de mémoire mit Caterina mal à l'aise. Elle parcourut les feuillets jusqu'à ce qu'elle ait trouvé où elle avait arrêté sa lecture et la reprit au document suivant. Pour aller plus vite, elle se contenta de lire les dates, les salutations, les deux premiers paragraphes et la signature. Elle avança rapidement dans ce qui restait de la pile mais ne trouva rien qui parût avoir, de près ou de loin, un rapport avec la famille de Steffani, aucune allusion aux sentiments qu'il nourrissait pour elle, ou à ses biens et à son testament.

Elle referma le paquet, le rapporta jusqu'au placard blindé, le posa à l'envers sur la plus grande des deux malles et tira un paquet presque aussi épais que le précédent. En dessous il n'y avait plus rien, sinon le plancher du coffre.

Elle ouvrit ce nouveau paquet, laissant la ficelle à côté. Elle parcourut les documents aussi rapidement qu'elle put, les prenant un à un avec le soin qu'y mettent tous ceux qui ont l'habitude de travailler sur des papiers vieux de plusieurs siècles. Elle les tenait par le milieu, une main de chaque côté, et les dégageait lentement de la feuille suivante. Au premier signe de résistance, elle déplaçait légèrement la feuille sur son axe ; jusqu'ici, toutes s'étaient libérées sans trop de mal.

Elle avait parcouru ainsi les dix premiers documents lorsqu'elle se rendit compte qu'elle perdait son temps : la seule manière de garantir qu'elle puisse tout comprendre était de lire soigneusement chaque document du début à la fin.

Cette décision prise, elle remit les papiers en ordre, ficela le paquet et le rangea dans le placard blindé. Pour ne pas faire une pile trop haute sur le second coffre, elle remit tout dans le premier, puis referma le placard à double tour.

Elle se brancha sur Internet et tapa l'adresse de Cristina.

« Chère Tina-Lina, bien entendu, tu peux lire tout ce qui me sera destiné, et je suis des plus curieuses de savoir ce que cet homme de Constance a à me dire sur Steffani. J'ai fait quelques lectures, de mon côté, et il semblerait que les deux amants aient utilisé des passages de ses opéras dans leurs lettres. Étant donné que tu crois au Saint-Esprit, tu ne devrais pas avoir de mal à ajouter ça à ta liste des choses incroyables mais vraies. Toujours est-il, ma chère sœur, que je n'ai rien trouvé d'autre, jusqu'ici, qui puisse laisser penser que l'abbé Steffani aurait été impliqué d'une manière ou d'une autre dans l'affaire, et c'est même pousser les choses un peu loin que de parler d'implication parce que des tirades de ses opéras se sont retrouvées dans cet échange de lettres.

Écoute-moi, Tina-Lina : tous nous t'aimons et te respectons, et tous nous continuerons à t'aimer et à te respecter, quoi que tu fasses et avec qui que ce soit que tu le fasses. Je suis de nouveau dans la recherche et je n'arrête pas de lire entre les lignes des textes, les tiens y compris. Porte-toi bien, sache que tu es aimée, mange tes épinards et n'oublie pas tes prières. Je t'aime. Cati. »

Elle cliqua sur *envoyer*.

Elle quitta la pièce, referma la porte à clef, fit jouer la poignée pour être bien sûre que la porte était close, fit de même avec la porte en bas de l'escalier et alla jusqu'au bureau de Roseanna, avec l'espoir que celle-ci avait entendu les manifestations sonores de son activité et de ses précautions. Mais la directrice par intérim n'était pas là.

Elle s'arrêta prendre un cappuccino dans un bar, mangea un sandwich au thon et but un verre d'eau. Sa nouvelle carte lui permit de rentrer sans problème et sans fouille de sac à la Marciana, où elle retrouva son chemin jusqu'à la salle de lecture du premier étage avec la vue sur le palais des Doges, se disant qu'elle devait sans doute utiliser le même système de guidage que les pigeons voyageurs, c'est-à-dire les ondes électro-magnétiques des différents lieux par lesquels elle passait. Elle posa son sac, prit son carnet de notes et le posa sur le meuble du catalogue. Avant d'ouvrir le tiroir à la lettre K, elle tapota le plateau de bois comme elle aurait fait avec le chien ou le chat d'un vieil ami.

Non seulement le catalogue lui fournit les titres de onze livres sur l'Affaire Königsmarck, en trois langues différentes, mais il contenait une série de fiches écrites à la main, d'une écriture qu'on aurait pu qualifier de « pointue » qui la dirigea vers d'autres livres et collections pouvant contenir des documents pertinents ; dans deux des cas, ces textes figuraient dans la collection des manuscrits.

Elle nota les titres, les auteurs, et les références des deux derniers et redescendit au bureau principal. La bibliothécaire lui donna à remplir les formulaires permettant de faire sortir les manuscrits des réserves et, lorsqu'elle les lui rendit, la femme les prit sans manifester le moindre intérêt ou enthousiasme, si bien que Caterina se demanda si elle n'allait pas attendre ses livres jusqu'à la fin des temps ; sur quoi elle se mit à parler en vénitien et mentionna qu'elle était une amie d'Ezio.

« Ah bon, dit alors la bibliothécaire avec un sourire, dans ce cas, je vais aller les chercher tout de suite et je vous les apporterai. » Elle regarda les formulaires, étudiant les références. « J'en aurai pour une demi-heure », ajouta-t-elle avec un nouveau sourire.

Caterina la remercia et retourna à son alcôve, prenant au passage les ouvrages sur Königsmarck. L'un d'eux était un roman français situé au début du XXᵉ siècle. Elle haussa les épaules et le posa sans l'ouvrir sur l'étagère devant elle.

Une demi-heure plus tard, effectivement, la bibliothécaire la trouva penchée sur sa table avec à côté d'elle son carnet ouvert rempli de notes au crayon. Caterina n'était pas plus capable d'utiliser un stylo dans une bibliothèque qu'elle l'aurait été de faire un trou dans un bateau de sauvetage gonflable. Lorsque la bibliothécaire posa les deux gros manuscrits sur la table, Caterina sursauta, comme si la femme lui avait donné un léger coup. La bibliothécaire fit comme si elle n'avait rien remarqué et se contenta de dire qu'elle avait mis les ouvrages au nom d'Ezio, si bien qu'elle pouvait les garder aussi longtemps qu'elle le souhait.

La femme partie, Caterina se frotta le visage avec ses mains, puis repoussa ses cheveux en arrière. Elle se rendit alors brusquement compte qu'elle avait faim, qu'elle était même désespérément affamée. Elle ouvrit son sac, fouilla dans le fond et trouva la moitié d'un Toblerone poussiéreux qu'elle avait entamé dans le train de Manchester – il y avait un siècle, lui semblait-il. Elle regarda autour d'elle d'un air coupable et ne vit que les dos de deux hommes installés dans des alcôves, à l'autre bout de la salle. Elle se leva, s'éloigna de deux pas de sa table, des livres et des manuscrits. Tenant l'emballage au creux de sa main pour étouffer le bruit, elle détacha un premier triangle de chocolat. Se pencha en avant et le glissa dans sa bouche, où elle le laissa fondre, puis croqua la partie nougat, goûtant la manière dont il restait collé à ses dents et prolongeait ainsi la sensation.

Voyant qu'elle était encore dangereusement proche des volumes qu'elle avait pris en lecture, elle s'avança jusqu'à la fenêtre, près de laquelle elle termina la confiserie. Puis elle replia l'emballage et le glissa dans son sac, brossa le devant de ses vêtements et s'essuya les mains dans un mouchoir en coton avant de revenir s'asseoir dans son alcôve.

Elle étudia ses notes. Königsmarck avait disparu au cours de la nuit du 1er juillet 1694, après avoir été vu en train de pénétrer dans le palais et de se diriger vers les appartements de Sophie-Dorothée. D'après la thèse généralement admise, il avait été assassiné par quatre courtisans dont les noms, à en croire l'ambassadeur du Danemark à Hanovre, étaient parfaitement connus à l'époque. Son cadavre lesté de pierres aurait été enveloppé dans un sac et jeté dans la Leine. On ne l'avait jamais retrouvé.

Au bout de moins d'un mois, l'envoyé anglais auprès du duché de Hanovre, George Stepney, faisait savoir à l'un de ses collègues qu'un meurtre politique avait eu lieu dans la maison de Hanovre. « Un meurtre politique… » murmura Caterina en relisant ses notes. L'idée la fit se lever de nouveau et elle retourna à la fenêtre étudier la façade du palais des Doges.

« Un meurtre politique, répéta-t-elle. Politique… » Pas un meurtre pour sauver l'honneur, pas un meurtre par amour – même si celui-là était la conséquence de celui-ci. Politique. L'implication de la famille de Hanovre dans cette affaire n'aurait fait qu'affaiblir la position du postulant au titre d'Électeur ; elle aurait peut-être même détruit ses chances d'être officiellement nommé. Sans parler des prétentions des Hanovre au trône d'Angleterre, qu'ils convoitaient si désespérément. Il était évident que les Anglais eux-mêmes renâcleraient à l'idée d'inviter un meurtrier ou le fils d'un meurtrier à monter sur le trône de leur pays.

L'histoire politique ne relevait pas de son domaine, mais le siècle où ces évènements s'étaient déroulés, si. Caterina disposait déjà de beaucoup d'informations sur leur contexte. Les femmes de l'aristocratie avaient toute liberté de prendre un amant, à condition d'avoir déjà donné un héritier (et un deuxième de rechange) à leur époux et de se montrer discrètes dans leur choix. Ne pas faire courir de risque au lien du sang ; ne pas mettre en péril la transmission du patrimoine du père au fils. Les hommes pouvaient légitimer leurs bâtards, pas les femmes.

Caterina se souvint d'une conversation qu'elle avait eue avec le Roumain, des années auparavant, au début de son séjour à Manchester. C'était la première fois qu'elle dînait à la cafétéria de l'université. Il était ivre. Il avait tiré une chaise auprès d'elle, lui demandant s'il pouvait s'asseoir, et avait simplement posé devant lui un verre et une bouteille de vin rouge. Il n'avait pas lâché un mot pendant qu'elle mangeait sa salade, puis un morceau d'espadon trop cuit et recouvert d'une sauce qui lui donnait un goût bizarre – elle s'en souvenait encore.

« Nous ne savons jamais de qui sont nos enfants, avait-il dit en se tournant vers elle. N'est-ce pas ?

– Qui ça, *nous* ? » Telles étaient les premières paroles qu'ils avaient échangées.

« Les hommes.

– Vous ne le savez jamais ?

– Non », répondit tristement le Roumain. Il secoua la tête, prit une longue rasade de son verre, le remplit à nouveau, secoua encore la tête. « Nous pensons le savoir, nous le croyons, mais nous ne le savons jamais. Pas vrai ?

– Et s'ils vous ressemblent ?

– Les hommes ont des frères. Des oncles. Cette fois il ne prit qu'une courte gorgée.

– Mais ? demanda-t-elle, certaine qu'il voulait en venir quelque part.

– Mais les femmes le *savent*, elles. » Il avait lourdement souligné *savent*. « Elles le *savent*. »

Caterina avait pensé qu'il aurait été incorrect de rappeler l'existence des tests ADN à un homme avec lequel elle parlait pour la première fois ; qui plus est, cet homme était un collègue et sa langue maternelle n'était pas l'anglais. C'est pourquoi elle se contenta de dire : « Encore une preuve de notre supériorité », et prit une gorgée dans son propre verre de vin blanc.

Le Roumain la regarda, sourit, lui prit la main et l'embrassa ; puis il récupéra sa bouteille et son verre, se leva et s'éloigna. Au bout de trois pas, il se retourna. « Vous n'avez pas besoin de preuves, ma chère. »

18

Le souvenir s'estompa et Caterina retourna au livre qu'elle lisait, se plongeant dans la vie de Steffani à l'époque où il était diplomate, tout d'abord à Hanovre, puis à Düsseldorf où il s'était installé en 1703. Il travaillait à l'élaboration de traités et aux tractations de mariages princiers, apparemment avec assez peu de succès : il n'empêcha pas son ancien mécène, l'Électeur de Bavière Maximilien-Emmanuel, de se laisser entraîner dans une guerre contre l'Angleterre et l'Allemagne qu'il n'avait aucune chance de gagner ; il ne put pas davantage faire aboutir un projet de mariage entre ce même Maximilien-Emmanuel et Sophie-Charlotte, laquelle refusa, prit du galon et se retrouva reine de Prusse. La malheureuse ne jouit de son titre que quelques années, car elle mourut à trente-six ans. Elle avait tout de même trouvé le temps, pendant ce règne bref, de se lier d'amitié avec Leibniz. Caterina se rappelait les nombreuses références dont Sophie-Charlotte était l'objet dans les lettres trouvées dans la première malle – cette reine qui avait tant « honoré » Steffani de son amitié. Andrea Moretti, se demanda-t-elle, se sentait-il autant honoré de l'amitié de Caterina Pellegrini ?

Elle continua la lecture des affaires, aussi nombreuses qu'embrouillées, de cette époque dans laquelle avait vécu et travaillé Steffani, lorsque les monarques protestants et catholiques luttaient pour gagner les âmes (et accaparer les revenus) de nations entières. Elle eut l'impression que Steffani était chargé de la propagande – le terme étant d'elle. Les politiciens s'appuyaient souvent sur l'enthousiasme religieux pour dissimuler leur appétit de pouvoir, mais il était possible que Steffani eût sincèrement voulu rallier les âmes à la Seule Église Véritable. Il y avait tant de Seules Églises Véritables... Plutôt que de prêcher les masses, ou d'administrer les sacrements à des groupes grands ou petits, l'abbé s'était donné pour tâche de ramener les princes et les puissants dans le giron de l'Église catholique, ou de les convertir quand ils étaient nés protestants. Pour autant qu'elle comprenait son activité, celle-ci n'avait en fait que peu à voir avec la religion : il s'agissait de stratégies politiques se fondant sur des possibilités d'alliance ou de mariage. Si le pouvoir glissait des mains d'un roi ou de l'empereur, d'un Électeur ou d'un comte, une manière d'assurer sa survie consistait à abjurer la religion du futur déchu pour s'engager du côté des vainqueurs, puis d'attendre de voir si un mouvement inverse ne deviendrait pas nécessaire. Ce qui lui fit penser à un camarade de classe du Haut-Adige dont la famille habitait la même maison depuis plusieurs siècles, ce qui n'avait pas empêché son grand-père d'être né en Italie, son père en Autriche et lui-même en Italie, en fonction des changements de frontières dus à des caprices politiques ou aux dommages de guerre.

Elle se demanda quelle croyance, aujourd'hui, présentait autant de force pour la majorité des Européens. Une manière de le déterminer était d'essayer de répondre à une question simple : pour quelles causes les gens étaient-ils prêts à mourir ? Pour la transsubstantiation ? Pour la Sainte-Trinité ? Certainement pas. Pour sauver leur famille ? Pour sauver une personne aimée ? Oui, sans doute. Mais en dehors de ça et peut-être pour sauver ses biens, Caterina ne voyait rien d'autre. Au cours de dîners en ville, elle avait entendu certaines personnes déclarer – surtout des hommes et surtout en Angleterre – qu'elles donneraient leur vie pour garder la liberté de dire et d'écrire ce qu'elles voulaient, mais elle n'y croyait pas, pas plus qu'elle ne l'avait jamais cru pour elle-même.

Elle pensa à toutes ces légendes qu'on lui avait apprises à l'école, à toutes ces histoires de résistance héroïque et de sacrifice : Giordano Bruno, Mateotti, Maria Goretti, l'interminable liste des saints martyrs. Comme cela était loin et combien nous étions différents de ces gens…

Elle n'avait aucune idée des dangers que Steffani et ses coreligionnaires catholiques avaient pu courir, pendant cette période où ils essayaient de changer le cours de l'histoire, mais elle avait l'impression, connaissant l'époque, qu'ils avaient été très réels. Il n'avait peut-être pas risqué sa vie pour la défense de ce en quoi il croyait, mais plus elle lisait sur lui, plus elle en venait à croire qu'il avait sincèrement vécu pour sa foi. Il avait fait son travail consciencieusement, semblait-il ; il avait parcouru des dizaines de milliers de kilomètres entre l'Allemagne, l'Autriche, la Belgique et les Pays-Bas, sans parler de plusieurs allers-retours jusqu'à Rome. Ce qui rappela à Caterina les récits qu'elle avait pu lire sur la traversée des Alpes au XVIIIe siècle : en voiture attelée, à cheval ou à pied, les innombrables lacets d'une route pleine de pièges et d'ornières, des cols presque impossible à franchir, sans parler de la boue, de la neige et des avalanches. On ne savait jamais quand on allait arriver – ni même si on allait arriver. Voilà qui était avoir la foi chevillée au corps.

Si ce qu'elle soupçonnait était vrai et qu'il eût bien été un castrat, c'était parce qu'on l'avait destiné à chanter dans les chœurs d'église. Et cependant, cependant, il était resté toute sa vie fidèle à l'Église. Il avait consacré toute son énergie à la propagation de la foi, avait mis tout son talent et toute sa conviction à tenter de convertir ou de ramener les princes à cette foi, et donc d'y ramener aussi, par la même occasion, les peuples sur lesquels régnaient ces princes, étendant ainsi la puissance de l'Église.

Elle trouva, sur Steffani, des jugements qui étaient contemporains du musicien et elle les lut avidement, curieuse de savoir ce qu'en pensaient des personnes l'ayant connu. « La métamorphose d'un simple saltimbanque en évêque est aussi grotesque que la scène, chez Lucain, où l'on fait un philosophe d'un courtisan. » Elle fut envahie d'une colère froide. « Il était bien plus qu'un saltimbanque, espèce de prétentieux salopard ! » Elle avait écouté sa musique et elle savait de quoi elle parlait. Puis elle en lut un deuxième, qui commentait la manière dont Steffani avait accepté les louanges que l'on faisait de l'un de ses opéras : « Cette attitude hautaine m'a paru davantage convenir au théâtre qu'à l'humilité ecclésiastique. » Pourquoi n'aurait-il pas été fier de sa musique ? Et d'où venait donc cette absurdité sur « l'humilité ecclésiastique » ?

Avait-on jamais vu des princes de l'Église faire preuve d'humilité ?

Elle se leva, alla se poster devant la fenêtre mais ne vit rien. Était-ce la raison pour laquelle Steffani avait autant eu besoin de l'Église ? Pour acquérir un certain degré de respectabilité, pour se protéger des affronts ouverts ? Ces commentaires malintentionnés montraient cependant qu'il n'avait pu y échapper. Ils pouvaient certes critiquer ses « cheveux noirs et courts mêlés d'un peu de gris sous sa calotte de satin, une grande croix pectorale incrustée de diamant et un gros saphir au doigt », mais tant que cette croix serait une croix d'évêque, ils ne pourraient pas se gausser de son absence de virilité.

Elle pensa un moment à ce qu'elle avait appris de son apparente prodigalité : il avait gagné et dépensé de vastes sommes, collectionné livres, reliques et peintures, il avait bien mangé et bien bu, et voyagé souvent et en grand équipage. S'agissait-il simplement de faire accroire qu'il faisait partie des vrais élus ? Elle évoqua ce visage rond et triste, retourna à son bureau et prit le roman français intitulé *Königsmark** ; au moins une histoire de désir, d'adultère et de jalousie, voilà qui était compréhensible.

Elle ouvrit le livre et son regard tomba sur un ex-libris, une gravure élaborée qui montrait une femme pratiquement nue allongée sur un sofa ; une de ses mains tenait un livre, l'autre était posé sur sa poitrine dénudée. On pouvait lire le titre de l'ouvrage que ne lisait pas la femme : *La Città morta*, de Gabriele d'Annunzio – avec dessous : *Principe di Montenevoso*

---

* Livre fictif inventé par Donna Leon n'ayant rien à voir avec l'ouvrage de Pierre Benoît.

et *Presidente dell'Academia Reale d'Italia*. Ne sachant pas quoi en penser, Caterina entreprit de le lire.

« Le beau et courageux comte Philipp Königsmarck ne se doutait guère de la destinée qui l'attendait, lorsqu'à l'âge tendre de quinze ans, ses yeux se posèrent pour la première fois sur la resplendissante princesse Sophie-Dorothée. Or le destin l'avait choisie pour qu'elle devînt son amour, sa joie, l'étoile vivante de sa passion, et à la fin la cause de la catastrophe d'ampleur ferroviaire qui devait le conduire à la mort et à une vie de misère, de souffrance, d'abandon et de honte. »

Ce même destin qui avait doté le comte de tout cela avait doté Caterina d'un sens aigu de la précision et de la vérité, et levant la tête, elle murmura : « Il avait seize ans, et elle n'était pas princesse. » Le livre était écrit en français et même si elle avait une bonne connaissance de cette langue, elle n'avait pas eu la réaction d'une personne dont le français aurait été la langue maternelle. Il lui fallut donc quelques fractions de secondes avant que la prétentieuse absurdité de cette « catastrophe d'ampleur ferroviaire » lui sautât aux yeux et que cet anachronisme la fît pouffer.

Au bout de dix pages, Caterina se trouva plongée dans un univers d'intempérance verbale, où les « profonds soupirs » étaient suivis de « torrents de larmes », tout cela à cause d'une « passion déchaînée », entraînant de « violents éclairs de rage ». Sophie-Dorothée, apprit-elle, était tour à tour « l'épouse d'une brute », une « mère aimante », « une femme blessée », ou une « délicieuse chipie ».

Quant à Königsmarck, c'était « un habile dévoyé », un homme « ambitieux et travailleur », l'une des « grandes fines lames de son époque », qui s'était montré « infidèle à toutes les femmes jusqu'à ce que son cœur se donne, à la vie et à la mort, à la belle Sophie-Dorothée ».

Au bout de quarante minutes, elle repoussa le livre à bout de bras et se dit qu'il valait mieux arrêter tout de suite cette lecture. D'Annunzio y avait peut-être trouvé son bonheur, mais elle-même n'avait rien à en tirer. Ce n'est que maintenant qu'elle prenait conscience de ce que les religieuses avaient voulu dire, lorsqu'elles les avaient mises en garde, elle et ses camarades de classe, sur le fait qu'un livre pouvait être « une occasion de péché », même si la nature précise du péché commis n'était pas très claire dans son esprit. La religion disait-elle que c'était un péché que de faire perdre son temps aux autres ou de se montrer involontairement ridicule ?

Elle alla de nouveau faire un tour jusqu'à la fenêtre, ouvrit son sac et en sortit une barre chocolatée – le genre de produit considéré en général par les gens comme réservé à ceux qui se lancent à l'assaut de l'Everest. Elle jeta un coup d'œil aux dos immobiles des deux autres lecteurs qui semblaient n'avoir pas bougé depuis la dernière fois qu'elle les avait regardés, ouvrit sa confiserie en évitant le plus possible de faire du bruit et la dévora en quatre bouchées. Elle avait pris bien soin de ne toucher qu'à l'emballage, mais elle s'essuya néanmoins les mains dans un mouchoir avec lequel elle chassa ensuite les miettes invisibles sur son chemisier, avant de reprendre sa lecture.

Elle avait parcouru cent cinquante pages et alla voir combien il en restait : exactement quarante. La vie n'est jamais sans sentiment de culpabilité, se dit-elle, et c'était peut-être bon pour elle, au fond. Les clichés se succédaient : « jalousie infernale, rage violente, torture insupportable » l'assaillaient, mais compensées par des

« moments d'extase, de joies comme elle n'en avait jamais connus », sans oublier « les deux âmes réunies en une seule ». Quand ils apparaissaient, les méchants se dissimulaient sous des « capes sombres », et le pire de tous, Nicolò Montalbano, était celui qui commettait « l'acte ignoble ». Non pas par intérêt pour cette prose ou par curiosité pour le sort des protagonistes, mais simplement parce qu'elle avait de plus en plus faim, Caterina accéléra sa lecture ; un quart d'heure plus tard, elle en avait terminé. Elle referma le livre et le jeta sur la table – geste inhabituel chez elle.

Pour quelle raison les récits historiques, plus ou moins prisonniers des faits tels qu'ils avaient été rapportés, l'avaient-ils autant fascinée ? Pour quelle raison éprouvait-elle autant de sympathie pour ces deux fous insouciants à la lecture de ces comptes-rendus, alors qu'à celle d'un roman tiré de cette même histoire, supposé mettre leur âme à nu et leur attribuer les émotions les plus paroxystiques tout en jouant avec celles du lecteur, elle était au contraire soulagée d'être enfin débarrassée de ces deux benêts égoïstes ?

La barre chocolatée n'avait pas suffi. Elle finit par céder sous les attaques répétées de la faim. Après avoir refermé et mit dans son sac les trois livres, elle quitta la bibliothèque sans qu'on lui demandât quoi que ce fût, traversa la Piazzetta et partit en direction de Castello, tout au plaisir de marcher au bord de l'eau. Au bas du premier pont, elle tourna à gauche et s'engagea dans une ruelle qui rejoignait le Bacino. Quelque part à droite, comme s'en souvenaient son estomac et ses pieds, se trouvait un bar d'une taille ridiculement exiguë, où l'on servait des pizzas minuscules surmontées d'un seul anchois. Il était toujours là, de même que son eau minérale ; et après trois des premières et deux verres de la seconde, elle se sentit prête à retourner à la Fondation et à explorer patiemment les documents qui restaient dans la première malle.

Ils traitaient de l'attribution à Steffani d'un bénéfice et d'un établissement à Seltz, ville, apprit-elle, qui se trouvait au bord du Rhin, dans le Palatinat – et objet d'une partie de ping-pong entre catholiques et protestants. La réforme en faisait un temps une ville protestante et lorsque les Français revenaient elle devenait catholique. Les Jésuites aussi avaient fait leur entrée en scène, et Caterina, bouffeuse de curés s'il en était et bien arrêtée dans ses convictions, eut le pressentiment que les choses allaient se gâter pour tout le monde et que bien des poches, des bourses et des goussets allaient se vider. Elle se souvint de la note ajoutée par cette écriture penchée en arrière à la liste des biens laissés aux Jésuites : « Le fou. »

Le récit était compliqué, car il tentait d'expliquer par des raisons historiques et en termes juridiques ce qui se réduisait, pour dire les choses crûment, à une querelle pour de l'argent. La prébende qui aurait dû revenir à Steffani en tant que prévôt de Seltz lui était refusée à cause d'engagements antérieurs et des réclamations des Jésuites : ces sommes leur revenaient de droit, affirmaient-ils. L'affaire traîna devant les tribunaux ecclésiastiques pendant des années, tandis que le pape louvoyait pour ne pas avoir à prendre de décision.

En 1713, Steffani, qui tenait mordicus à sa prébende, ne reçut que 713 thalers sur une somme qui aurait dû s'élever à 6 000 thalers. Steffani eut ses défenseurs, il y eut plusieurs appels portés jusqu'à Rome, mais le contentieux resta ouvert. « Les Jésuites », marmonna-t-elle seulement alors que d'autres, moins bien élevés, auraient lâché quelque grossièreté.

D'après certains documents, on pouvait penser que les finances de Steffani devaient beaucoup pâtir de ce manque d'argent. Étant donné que les procès se déroulèrent pendant les dix dernières années de sa vie et que les réclamations de Steffani faisaient toujours état de sa difficile situation pécuniaire, Caterina se demanda où tout cet argent était allé. Il devait prendre sa retraite peu après ses tentatives infructueuses pour toucher sa prébende de Seltz ; d'après certains documents, il eut aussi de très sérieuses difficultés à obtenir son bénéfice de Carrare. Elle se souvint que la vente des indulgences était l'un des grands reproches adressés par Luther à la papauté, quand il avait placardé ses quatre-vingt-quinze thèses sur les portes de l'église de Wittenberg : ces trafics de bénéfices et de prébendes n'étaient-ils pas aussi un scandale ?

La querelle se poursuivant, la situation financière de Steffani ne fit qu'empirer. Il envoya de multiples pétitions au pape, aux Jésuites et à diverses autorités civiles pour réclamer son dû. Ce qui surprit Caterina fut le nom des personnes auxquelles, se sentant sans doute assez à l'aise, il s'autorisait à écrire : au roi d'Angleterre, à l'Électeur de Mayence, à l'ambassadeur anglais à La Haye, et même à l'empereur lui-même : « J'ai demandé à l'empereur, si par charité ou par gentillesse, il ne pourrait pas m'acheter mes tableaux, afin que je puisse survivre un petit peu plus longtemps. [...] Mes lamentations n'ont d'égales que celles de Jérémie. Je vais finir par demander l'aumône. Le roi d'Angleterre m'invite plus vivement que les gens de Rome à rester à Hanovre. C'est le monde à l'envers. » En même temps qu'il s'adressait à ces hautes autorités, il écrivait à d'autres pour leur dire qu'il en était réduit à demander l'aumône. « Je n'ai à présent plus rien à vendre pour subsister. [...] J'ai vendu tous mes biens, même mon petit calice en argent. De ce fait, je ne peux même plus me procurer ces choses que les gens jugent nécessaires. » Toutes ces lettres, tous ces documents impliquaient que, réduit à vendre tout ce qu'il possédait pour survivre pendant les dernières années de sa vie, la croyance des cousins en un « trésor » était encore plus ridicule.

Elle retourna à son ordinateur et décida d'aller fouiller dans les archives contenant des documents sur Steffani, à Munich, à Hanovre et à Rome. Elle ouvrit le site du *Fondo Spiga* de Rome, qui devait son nom au bénéfice de Steffani, et commença à parcourir ce qu'il contenait. Et là, elle retrouva les cousins. Pas les cousins actuels, mais ceux qui avaient été leurs ancêtres et donc les héritiers directs des biens de Steffani. En 1724, l'abbé avait écrit à Giacomo Antonio Stievani et à l'archiprêtre de Castelfranco, Antonio Scapinelli, pour s'enquérir des actes notariés concernant plusieurs maisons du quartier San Marcuola de Venise dont ils avaient tous les trois hérité conjointement et qui avaient été usurpées par la famille Labia. Steffani suggérait une rencontre entre eux trois pour arriver à un accord sur les démarches à faire afin de récupérer leur bien, puis sur la manière de le répartir entre eux. Les archives ne contenaient pas de réponse à cette requête.

Un cohéritier écrit à ses cousins pour leur demander comment ils pourraient diviser une propriété dont ils ont hérité en commun, et les cousins ne répondent pas, ne serait-ce que pour prendre acte de la demande, ce qui sans aucun doute avait pour but d'empêcher de vendre ou de diviser le bien, et de lui en verser sa part de profit. Caterina se souvint à quel point sa mère l'agaçait, quand elle était plus jeune, lorsqu'elle parlait de la méfiance qu'elle éprouvait vis-à-vis de quiconque appartenait à « une famille de rapaces ». Elle avait tenté de raisonner son insensée de mère, victime de l'antique croyance en l'hérédité des caractères familiaux. Ah, ils ont des yeux et ils ne voient pas...

Ses incursions dans les archives l'occupèrent le reste de l'après-midi ; mais lorsqu'elle s'arrêta, alors qu'elle en avait beaucoup appris sur les difficultés financières qui avaient assailli Steffani à la fin de sa vie, elle n'avait pas une vue plus précise de l'homme.

À sept heures, pensant à l'impatience des cousins et répugnant à se faire admonester pour ne pas avoir fait ce pourquoi elle était payée – ils étaient sans doute capables de le dire en ces termes –, elle tapa l'adresse de l'avocat et écrivit :

> « Cher dottor Moretti, comme convenu entre nous, j'ai poursuivi mes lectures : si je veux me faire une idée claire du contexte personnel et historique du personnage, j'estime nécessaire de poursuivre ces recherches sur son environnement, sans lesquelles de nombreuses références, manquant de contexte, risquent de n'avoir que peu ou pas de sens. Je ne voudrais pas que les prétentions du signor Stievani et du signor Scapinelli pâtissent d'une manière ou d'une autre de mon éventuelle incapacité à comprendre une référence qui pourrait favoriser l'un ou l'autre et il est donc nécessaire... »

Elle réfléchit et effaça ce dernier mot.

> « ... impératif que je poursuive mes recherches à la Marciana, où je travaille actuellement sur des ouvrages écrits en italien, en français, en allemand, en anglais et en latin. Autant pour vous que pour les

cousins. Certains font référence à la situation familiale de Steffani, et me font dire que l'abbé avait le
sens des responsabilités familiales et des intérêts
mutuels des uns et des autres. »

Puis elle rédigea un autre paragraphe qui décrivait
ses recherches en archives et transcrivait les lettres de
Steffani à ses cousins, se contentant de dire qu'elles
étaient restées sans réponse.

« J'ai de bonnes raisons de croire qu'une connaissance
plus approfondie de ces informations me sera des plus
utiles pour la compréhension et l'interprétation des
dispositions testamentaires de Steffani. »

Elle conclut sur une formule de politesse banale, et
signa de ses nom et prénom, sans mettre son titre. Elle
se sentit également fière que sa lettre ne s'adresse
pas directement à lui avec des formules familières ou
réservées.

Envoyer.

Lorsqu'elle regarda sa table et se rendit compte
qu'en cinq heures, elle n'avait dépouillé que quatre
documents, elle ne put s'empêcher de penser aux
paroles qu'adressa à Dante une Francesca en pleurs,
lorsqu'elle lui expliqua comment elle et Paolo, son
amant qui se tenait à ses côtés en Enfer et mêlait ses
larmes à celles de sa bien-aimée, avaient passé leurs
journées à lire jusqu'à ce jour où « ils n'avaient rien lu
de plus ». Des lectures qui les avaient conduits à la
luxure, au péché et finalement à la mort et à l'Enfer.
Mais les lectures de Caterina allaient la conduire à se
préparer des pâtes avec des tomates, des olives et des
câpres, le tout accompagné d'une demi-bouteille de
Refosco. Comme elle aurait préféré la luxure et le
péché…

19

Elle quitta la Fondation et, esclave de son amour du beau, emprunta le trajet le plus long pour rejoindre la Riva. Une fois l'eau en vue, elle se tourna vers la basilique pour voir la lumière disparaître derrière ses dômes clairs. Elle finit par se détourner de ce spectacle pour prendre la direction de Castello, remarquant à quel point les vestiges de la lumière déclinante illuminaient les visages, dans tous les sens du terme. À l'approche de Pâques, l'afflux de touristes était important, et leurs vagues successives venaient les unes après les autres engloutir les Vénitiens distraits, les laissant ensuite flotter au jusant, tandis que de vastes assemblages de débris flottants refluaient autour d'eux. Les choses avaient évolué, au cours de ses années d'absence, et la population indigène ne pouvait plus se déplacer rapidement, au milieu de ces violents courants, que quelques mois par an. Elle se consola en se disant que son sort était de toute façon meilleur que celui des saumons remontant leur rivière.

Elle avait glissé son téléphone portable dans une poche extérieure de son sac, se disant qu'elle allait peut-être se décider à appeler une amie et lui proposer de dîner quelque part ; ou que sa mère l'appellerait peut-être ; ou encore qu'une ancienne camarade de classe, ayant appris son retour, voudrait reprendre contact avec elle et lui suggérerait de la retrouver dans une pizzeria ou pour une séance de cinéma. « À moins que le Paradis ne prenne feu, Caterina, et que tu sois obligée d'appeler les pompiers », dit-elle à voix haute. Une petite femme boulotte, qui marchait près d'elle en s'appuyant sur une canne, lui jeta un coup d'œil inquiet avant de détourner rapidement son regard, comme pour chercher où se mettre à l'abri de cette folle.

Caterina l'ignora, prit son téléphone, le remit dans son sac et referma celui-ci. L'appareil ne sonna pas, et elle eut à la fois le temps et le bon sens de s'arrêter dans une épicerie du coin où elle acheta des olives, des câpres et des tomates avant de monter chez elle se préparer des pâtes qu'elle mangea en les accompagnant de son reste de Refosco.

Ce n'est qu'une fois son repas fini qu'elle brancha son ordinateur pour lire son courrier. Il y avait un courriel de Tina.

« Chère Cati, tu trouveras ci-joint le courriel que m'a envoyé mon ami de Constance. Il m'était adressé et je l'ai donc lu. Je préfère que tu le lises toi aussi avant d'en faire un commentaire :
"Chère sœur Cristina, c'est avec plaisir que je vous fais parvenir toutes les informations qui pourraient aider votre sœur dans ses recherches. Mais même après cela, je vous serai encore redevable pour votre générosité quand vous m'avez aidé à avoir accès à la bibliothèque épiscopale de Trente.
Il est évident que votre sœur est au courant des tenants et aboutissants de l'Affaire, et je ne lui ferai pas perdre son temps en la lui résumant. Le manuscrit sur lequel je suis tombé, lors d'une recherche sur les taxes ecclésiastiques d'après la Réforme, appartient à la famille

Schönborn et semble bien être celui des mémoires de la comtesse von Platen, l'une des anciennes maîtresses du comte Philipp Christoph Königsmarck, décrite unanimement par ses contemporains comme ayant été passionnément jalouse de lui. Elle avait été également la maîtresse de l'Électeur Ernst-August, de qui elle avait eu deux enfants illégitimes. (J'ignore comment introduire une note de bas de page dans un courriel, et suis donc forcé d'utiliser des parenthèses. Clara-Elisabeth von Platen a également essayé de convaincre son amant, Königsmarck, d'épouser l'une des filles illégitimes qu'elle avait eue d'Ernst-August, fait que vous êtes libre de rappeler, si jamais un de vos collègues tente de faire croire que seuls les Italiens avaient des mœurs particulièrement dissolues à l'époque. Et pour satisfaire votre curiosité quant au sort de cette fille, sachez qu'elle passe pour avoir été la maîtresse de Georg-Ludwig, autrement dit de son demi-frère, lequel n'allait pas tarder à devenir roi d'Angleterre, pays dans lequel elle l'accompagna ; elle y devint la comtesse Darlington, et dut partager les faveurs du roi avec la duchesse de Kendall, Melusine von Schulenburg.)

Comment ce manuscrit a-t-il pu échouer dans les archives d'une famille qui possède également une importante collection de musique manuscrite – dont beaucoup d'œuvres du compositeur qui intéresse votre sœur –, voilà ce que je ne saurais vous dire. Toujours est-il que les lettres de la comtesse von Platen qui se trouvent dans la Graf von Schönborn'sche Hauptverwaltung, à Würzburg, confirment l'écriture.

Dans ce manuscrit, qui commence par expliquer qu'il est écrit par son auteur alors qu'elle est à l'article de la mort, la comtesse von Platen affirme vouloir confesser la vérité à Dieu avant de mourir. Je déchiffre les manuscrits, pas les âmes, et je n'ai donc aucune idée sur la valeur de cette pétition de principe. Car elle oublie assez rapidement son désir de faire la paix sous l'œil de Dieu en ne manquant aucune occasion de dire du mal de toutes les personnes dont elle parle, même celles mortes des décennies auparavant.

Pour ce qui est de l'assassinat de Königsmarck, après avoir rapporté que seuls quatre hommes étaient impliqués, dont un seul porta le coup fatal de derrière, elle dit qu'elle espère que 'son esprit a trouvé la paix', mais qu'elle n'a pas été surprise qu'il fût mort de cette façon, 'des mains de ceux qu'il avait blessés', ce qui implique, peut-on penser, la famille de l'Électeur – même si un simple coup d'œil à la courte biographie du comte suffit à augmenter la liste des candidats.

Après quelques brèves remarques de morale de pure forme sur 'le pécheur et séducteur de femmes justement frappé par la main de Dieu', elle ajoute : 'Même si c'est la main de Dieu qui l'a frappé, c'est l'abbé qui a bénéficié du coup fatal qui l'a envoyé retrouver son Créateur.'

Ensuite, comme pour apporter des preuves à cette dernière affirmation, elle ajoute : 'N'a-t-il pas, comme Judas, rendu possible le crime tout en en profitant ? L'argent du sang lui a permis d'acheter les Joyaux du Paradis, mais rien n'aurait pu lui permettre de racheter sa virilité, son honneur et sa beauté.'

Ensuite, non pas à la ligne, mais en début de paragraphe, il n'y a qu'un seul mot, 'Philipp', suivi de rien. Les mémoires reprennent à la page suivante, mais elle n'en dit pas davantage sur Königsmarck." »

Le correspondant de Cristina exprimait ensuite l'espoir que sa sœur puisse tirer quelque chose de ces informations, puis il prenait poliment congé et proposait de faciliter l'accès au manuscrit, si sa sœur désirait le consulter.

« Et voilà, ma chère sœur, continuait Cristina. Je n'ai aucune idée de ce que la comtesse a voulu dire. Elle ne prétend pas avoir été présente, elle ne prétend pas que c'est ton abbé qui l'a tué, seulement qu'il a rendu ce crime possible. Comme mon ami, je ne déchiffre pas les âmes, seulement les textes.

Revenons cependant un instant sur cette idée de déchiffrer les âmes, si je puis dire et si tu veux bien. La mienne est très fatiguée et sans doute du coup indéchiffrable. Je travaille comme une forcenée sur ma recherche, mais plus je lis de choses, plus je suis frappée par l'inanité de tout cela. La politique étrangère du Vatican au cours du XXe siècle ? Quelle personne de bon sens pourrait ne pas voir qu'elle se réduit à des manœuvres avec le seul pouvoir pour objectif ? Sur le mur en face de moi, j'ai punaisé une photo du pape donnant la communion à Pinochet – voilà qui devrait suffire à me faire tout larguer pour rejoindre les adorateurs de Zoroastre, non ? Mais les Zoroastriens, eux, ne permettent pas qu'on se convertisse à leur foi, et y a-t-il attitude plus noble, en matière de religion ?

Oui, Kitti-Cati, j'envisage de sauter du bateau, de leur dire qu'ils peuvent récupérer mon voile – même si je n'en ai jamais porté et si je ne l'aurais jamais fait. Je suis profondément fatiguée de tout cela, profondément fatiguée d'avoir à fermer ici un œil, là l'autre – et j'en fermerais encore un troisième si j'en avais un, tant je suis choquée par ce que je lis sur ce qui a été pratiqué et se pratique encore.

Ils sont ivres de pouvoir, ces hommes au sommet de la hiérarchie. Et je t'en prie, ne me rappelle pas que tu me l'avais dit. Ce ne sont pas les articles de la foi qui me tracassent. J'y crois encore : je crois que le Christ a vécu et est mort pour nous sauver et pour que "ça" soit mieux – quelque nom que tu donnes à "ça". Mais pas avec ces clowns aux manettes, ces vieux fous qui ont arrêté de penser depuis un siècle (je suis généreuse et n'ajouterai donc pas un zéro à ce chiffre).

S'il te plaît, n'en parle pas à la maison, et ne m'en veux pas de te le demander, même si je sais que je peux te faire confiance. Je sais qu'ils n'y croient pas beaucoup, mais je ne voudrais pas qu'ils s'inquiètent pour moi, me sachant très croyante et sachant aussi combien cela me coûterait de retourner à la vie civile. C'est curieux, n'est-ce pas, la manière dont les choses s'inversent à un certain âge : voilà que nous commençons à nous inquiéter pour eux, à tenter de leur épargner des souffrances… Tu crois que c'est un signe que nous sommes devenues adultes ?

Je vais probablement me réveiller demain matin avec la migraine pour t'avoir raconté tout ça, mais tu es la seule à qui je peux en parler. Certes, il y a bien quelqu'un d'autre ici, mais il refuse d'entendre ce genre de choses, quand elles viennent de ma part. Ou pour être plus précise, ce qu'il voudrait, ce serait que j'arrête d'hésiter comme l'âne de Buridan, que j'arrête de m'angoisser sur la question et que je me décide une bonne fois pour toutes à le faire. Oui, Kitti-Cati, ce quelqu'un est un "il", juste pour te tranquilliser, après toutes ces années. Non, ce n'est pas te rendre justice : d'une manière ou d'une autre, tu ne te formaliserais pas. Et c'est un célibataire très gentil, pas compliqué pour deux sous, très intelligent, qui me laisse tranquille quand je veux qu'on me laisse tranquille – et vice versa – et on les compte sur les doigts de la main les hommes comme ça, aujourd'hui, non ? Bon, c'est encore un peu trop tôt pour t'en dire davantage, mais ne t'inquiète pas, Cati : c'est quelqu'un de bien.

Retourne à tes recherches, moi je ne retournerai pas aux miennes. Je m'en désintéresse complètement à l'heure actuelle, et je me connais assez bien pour savoir que c'est irréversible. Je trouve ton abbé et son histoire bien plus passionnants, probablement parce qu'il est aussi éloigné dans le temps ; si bien que si tu es d'accord, je continuerai à travailler comme ton assistante. Et sinon, crois-tu que Tonton Rinaldo me prendrait comme apprenti-plombier si je reviens à Venise ? Je t'aime, Tina-Lina. »

Pour la première fois de sa vie, Caterina fut prise d'une crise de conscience. Elle croyait si fort en la foi de sa sœur qu'elle avait arrêté, depuis des années, d'avoir des mots sur ce sujet avec elle, réduisant ses commentaires à quelques sarcasmes impulsifs. Son envie d'en découdre avec elle s'était évaporée devant ce qu'elle pensait être le bonheur de Tina. Celle-ci avait trouvé sa raison de vivre et sa place dans le monde, faisait un travail qu'elle aimait, persuadée que cela changeait quelque chose aux yeux du Dieu qu'elle adorait.

Et voilà que Tina vidait son sac et que s'effondrait l'image pieuse que Caterina s'était forgée. Elle n'avait aucune idée de ce qu'il advenait d'une ancienne religieuse ou des formalités qu'avait à remplir une femme voulant quitter le voile. Devait-elle demander la permission à quelqu'un, ou lui suffisait-il de faire sa valise et de s'en aller ?

Oui, elle avait tellement cru en la foi de sa sœur qu'elle n'avait jamais envisagé sérieusement que Cristina revienne à la vie civile. On ne pouvait rompre un mariage juste comme ça, car il s'agissait, fondamentalement, d'un contrat entre deux personnes ; ce contrat devait être dissous avant que chacun pût reprendre sa liberté. Mais avec qui une religieuse signait-elle un contrat ? Avec l'ordre dans lequel elle était entrée, avec le Dieu qu'elle avait décidé de servir – et dans ce cas, à qui ce Dieu avait-il délégué un pouvoir ?

Sensible à l'ironie de la situation, Caterina se sentit tiraillée entre deux forces auxquelles elle avait toujours eu du mal à résister. Depuis toujours, leur mère leur disait qu'il fallait réfléchir un an avant d'évaluer l'importance d'une situation, quelle qu'elle fût, mais Caterina s'était constamment trouvée prisonnière du moment présent. La souffrance que vivait Tina – car c'était de la souffrance que trahissait son courriel –, c'était maintenant qu'elle l'éprouvait : comment attendre un an ? Quand on découvrait que l'homme dont on avait partagé la vie pendant vingt ans n'était pas celui que l'on croyait, que sa vertu était un masque et son honneur une pure illusion, que faisait-on ?

Caterina alla fermer sa fenêtre et entreprit de répondre au courriel de Cristina.

« Tina-Lina, ma très, très chère sœur, tu as un métier, une famille qui t'aime au-delà du raisonnable (moi y compris, aussi écervelée que les autres), tu es en bonne santé, tu as l'intelligence, l'esprit, la grâce. Et toujours ton Petit Jésus, bien sage dans sa crèche. Si jamais tu sautais du bateau, tu aurais un havre sûr et chaud où te réfugier, même si je suis certaine qu'ils voudront te garder à ton poste – tu viens juste de passer de catholique à protestante, et tu as été fichtrement habile en te faisant engager dans une université religieusement ambidextre.

Si tu décides de rentrer à la maison, personne ne te demandera de comptes, et maman va jubiler à l'idée de te mitonner à nouveau ses petits plats – et elle t'aimera encore plus si tu lui amènes ton petit ami, à savoir une bouche de plus à nourrir. De toute façon, tu as une telle réputation que toutes les universités vont se battre pour t'avoir.

Je ne devrais pas le dire, mais je vais le faire tout de même : en fin de compte, est-ce si important que ton

Dieu existe ou non ? Et n'est-ce pas de la présomption et se donner une importance que nous n'avons pas en prétendant pouvoir parler de lui ou le définir ? Comme disait grand-mère, ça ferait rire les poules.

Et pour mettre un terme à tes pires incertitudes existentielles, je te promets d'appeler Tonton Rinaldo dès demain pour lui demander s'il n'a pas besoin d'un apprenti. Je t'aime, Kitti-Cati. »

20

Au lieu de rester assise à ruminer sur l'effondrement de la vie de sa sœur préférée, Caterina se mit au travail. Aiguillonnée par le courriel du professeur de Constance, elle s'intéressa à la comtesse von Platen et à la situation semi-officielle qu'elle occupait en tant que maîtresse d'Ernst-August.

Une chose la frappa : rien n'avait changé sous le soleil depuis cette époque. Les rois de jadis donnaient à leurs maîtresses des titres de comtesse de Ceci ou de duchesse de Cela ; aujourd'hui, les premiers ministres les nommaient chefs de cabinet ou ambassadrices quelque part. Et le monde continuait de tourner ainsi.

Caterina vérifia les dates et constata que la comtesse se trouvait à Hanovre lors de la disparition de Königsmarck. Grâce à de très nombreux témoignages contemporains, on savait que Königsmarck avait été l'un de ses amants et qu'elle avait été violemment jalouse de cet homme plus jeune qu'elle. Elle trouva aussi, dans une revue datée de 1836, un article sur les mémoires attribués à la comtesse von Platen, disant qu'elle avait prétendu avoir été témoin du meurtre. On la désignait souvent comme étant celle qui avait révélé la liaison de Königsmarck et Sophie-Dorothée à l'Électeur Ernst-August, même si, d'après ce qu'elle comprenait, seuls les sourds profonds et les aveugles, voire les estropiés, n'avaient pas été au courant.

Si seulement elle avait eu l'intelligence de respecter les règles, se prit à penser Caterina. Si seulement cette idiote de Sophie-Dorothée n'avait pas été autant entichée de Königsmarck et était restée un peu plus discrète sur leur liaison, les choses auraient pu continuer sans problème : Georg aurait eu sa maîtresse, elle aurait eu son amant et elle se serait retrouvée reine d'Angleterre, et non pas assignée à résidence dans un château perdu, avec interdiction de voir ses enfants, et ne recevant qu'une visite, celle d'une mère qu'elle n'aimait pas particulièrement.

Caterina avait lu toute la journée et se sentait fatiguée, mais elle se dit qu'elle n'était pas obligée de pointer demain à neuf heures à la Fondation et qu'elle pouvait donc continuer à lire autant qu'elle voudrait. Sans compter que le comportement de toutes ces personnes lui paraissait étrangement familier : il suffisait de changer leur coiffure, leurs vêtements et de leur faire parler une autre langue et ils auraient été parfaitement à l'aise à Rome ou à Milan – ou à Londres, où quelques-uns des protagonistes mineurs de l'affaire s'étaient retrouvés et avaient prospéré.

Cela dit, le comportement adultérin de la cour de Hanovre n'était pas une nouveauté pour Caterina ni pour tous ceux, en Europe, qui savaient d'où venaient les Saxe-Cobourg-Gotha et les Windsor. Non pas, d'ailleurs, se dit-elle, que leur parentèle sur le continent se fût distinguée par la sobriété de son attitude.

Elle était passée par le site habituel JSTOR pour avoir accès aux revues érudites et, un peu fatiguée du ton sérieux de ce qu'elle venait de lire, elle se mit à rechercher des sources grand public. Elle ne fut pas troublée en découvrant, sur une annonce rôdant au bas de la page, qu'une jeune fille thaïlandaise recherchait un mari prévenant « âge et physique sans importance ». En fait, elle était tellement habituée à voir des publicités pour des voitures, des restaurants, des maisons de crédit ou des vitamines qu'elle n'y prêtait plus vraiment attention. Sur les neuf pages d'articles consacrés à Steffani, elle trouva une référence la renvoyant à *L'Encyclopédie catholique* et décida d'aller y jeter un coup d'œil, un peu comme un joueur de poker essaie de voir les cartes que détient un adversaire.

C'est vers le milieu de l'article qu'il commençait à être question de la carrière ecclésiastique de Steffani : on relevait que l'Église l'avait nommé « protonotaire apostolique » (c'était quoi, au juste ?) pour l'Allemagne du Nord, vraisemblablement « en récompense pour ses services rendus à la cause catholique à Hanovre ». Ses services ? La formulation de l'article n'était pas très claire ; la date la plus proche utilisée en relation avec cette nomination était 1680, mais Steffani aurait eu alors vingt-six ans.

Cette anomalie l'envoya fouiller dans d'autres sources ; là, elle découvrit qu'il était protonotaire apostolique en 1695. L'année ayant suivi celle du meurtre de Königsmarck.

Elle entendit un bruit, un vague bourdonnement bas, et de manière inconsciente elle pensa à l'homme qu'elle avait vu dans la rue et qu'elle avait retrouvé assis à l'arrêt du vaporetto. Une bouffée de panique la fit bondir jusqu'à la porte, mais le bruit diminua lorsqu'elle s'éloigna de la table. Quand elle comprit que c'était seulement son portable qui sonnait au fond de son sac, elle sentit ses genoux sur le point de la trahir et une rougeur soudaine envahit son visage. Elle retourna à la table, ouvrit son sac et prit le téléphone.

« *Pronto ?* » dit-elle d'un ton qu'elle s'efforça de rendre neutre, ne manifestant qu'un intérêt poli.

« Caterina ? » fit une voix d'homme.

Se rendant compte à quel point la main qui tenait le téléphone était moite, elle le transféra à son autre oreille et s'essuya au revers de son chandail. « *Si.* » Comme n'importe quelle femme occupée dérangée par un coup de téléphone, n'importe quelle personne dérangée à presque dix heures du soir et qui avait certainement des choses plus intéressantes à faire.

« *Ciao.* C'est Andrea. Je ne te dérange pas, si ? »

Elle tira une chaise et s'assit, puis reprit le téléphone dans sa main sèche. « Non, bien sûr que non. Je ne savais plus où était mon téléphone. » Elle rit, trouva soudain la situation très drôle et rit à nouveau.

« Je suis content que tu l'aies trouvé. Je voulais te parler des cousins.

– Ah, oui, les cousins. Ils ne sont pas contents ?

– Non, pas très *contents*, dit-il en soulignant le dernier mot. En fait, le signor Scapinelli t'accuse de passer ton temps à te promener partout en ville et à boire des cafés.

– Mais ? demanda-t-elle, refrénant son envie de rétorquer que c'était mieux que de se promener en ville en buvant de la grappa.

– Mais je leur ai expliqué que tu étais simplement consciencieuse et voulais être sûre de ne pas manquer un détail qui permettrait d'attribuer le supposé héritage à l'un ou à l'autre de ceux qui le réclamaient. » Diable, songea-t-elle, de l'avocat dans le texte.

« Merci. » Ce fut tout ce qu'elle trouva à dire.

« Il n'y a aucune raison de me remercier, puisque c'est la vérité. Si tu ne rassembles pas toutes les informations pertinentes, tu risques de ne pas comprendre le contexte de ce que tu lis dans les documents. Et dans ce cas, soit tu prendras une mauvaise décision, soit tu ne seras même pas capable d'en prendre une.

– C'est possible », répondit-elle avec l'indulgence d'une chercheuse confirmée. Sur quoi elle revint à la seconde de ses deux hypothèses. « Et qu'est-ce qui se passera si, en fin de compte, je ne peux pas aboutir à une décision ?

– Ah, dit-il, faisant traîner son exclamation. Dans ce cas, tout document ayant quelque valeur sera vendu, et ils se partageront ce qui en serait tiré. » Il se tut pour la laisser parler, mais elle n'en fit rien. « Jusqu'ici, tu n'as rien trouvé ayant un peu de valeur, n'est-ce pas ?

– Non, pour autant que je sache.

– Dans ce cas, comme je viens de le dire, ils vendront tout à n'importe quel prix et se partageront l'argent.

– Mais ? demanda-t-elle, sensible à la note d'incertitude dans la voix de l'avocat.

– Ils m'ont dit qu'il existait une légende passée de génération en génération des deux côtés de la famille, selon laquelle le prêtre qui est leur ancêtre indirect aurait laissé une fortune cachée. » Le fait d'entendre cette histoire de la bouche d'Andrea, pensa-t-elle, ne la rendait pas plus crédible que quand elle l'avait entendue de celle de Roseanna.

« Il y a des légendes en pagaille, répondit-elle, ajoutant un peu sèchement : mais presque jamais de trésors.

– Je sais, je sais, mais la famille de Stievani est persuadée qu'il en avait un à sa mort. Une tante de leurs ancêtres – ça remonte au XIXe siècle – aurait détenu un document dans lequel il déclarait avoir laissé les Joyaux du Paradis à son neveu Giacomo Antonio Stievani, arrière-grand-père de la tante en question. »

L'utilisation de la formule que la comtesse von Platen avait employée dans sa condamnation de Steffani avait marqué Caterina. D'une voix qu'elle s'efforça de rendre neutre et purement technique elle demanda : « Et où est passé ce document ? »

C'est lui qui se mit à rire, ce coup-ci. « Si jamais tu te fatigues de la musique, tu pourras toujours entrer dans la police. »

Elle éclata de rire. « J'ai bien peur de ne pas être taillée pour ce genre de boulot.

– Mais tu poses des questions comme si tu étais de la police.

– Non, comme une chercheuse-documentaliste, le corrigea-t-elle.

– Tu peux m'expliquer la différence ? »

Elle se rendit compte qu'elle prenait plaisir à poursuivre cette joute verbale avec lui. « Nous n'avons pas la capacité d'arrêter les gens et de les envoyer en prison.

– Très juste », admit-il en riant.

Une question sortie de nulle part vint à l'esprit de Caterina. « Tu crois cette histoire à propos de la tante, toi ? » Il était leur avocat, bon sang, quelle réponse pouvait-il lui faire ?

Il garda si longtemps le silence qu'elle craignit de l'avoir offensé par l'impertinence de sa question. Alors qu'elle se demandait s'il n'avait pas raccroché, il dit soudain : « C'est sans importance. Sur un plan légal, ça ne vaut rien.

– Et si ce document avait été miraculeusement préservé ? demanda-t-elle, passant de l'impertinence à la provocation.

– Un bout de papier n'est qu'un bout de papier.

– Et un fragment de la Vraie Croix n'est qu'un simple bout de bois ? »

Il y eut un long silence avant qu'il demande à son tour, d'un ton faussement détaché : « Pourquoi dis-tu ça ? »

Elle avait cru la comparaison suffisamment claire, mais décida de l'expliquer. « Si assez de gens choisissent de croire qu'une chose est bien ce que disent les autres, cela devient une vérité pour eux.

– Tu as des exemples ? demanda-t-il d'un ton aimable.

– Celui que je viens juste de te donner. On peut aussi citer le Livre des Mormons, le Suaire de Turin, où dans un rocher l'empreinte du pied d'un prophète ayant bondi jusqu'au ciel. C'est pareil.

– Intéressant, dit-il, paraissant dubitatif.

– Quoi donc ?

– Que tous tes exemples soient religieux.

– Je crois que je les ai pris là parce que c'est un domaine où on est sûr que ce sont autant d'absurdités.

– En est-on sûr ? »

Elle eut la bonne grâce de rire. « En tout cas, des gens comme moi en sont sûrs, oui.

– Et les autres ?

– Un morceau de papier n'est qu'un morceau de papier, je suppose. Tout dépend de ce dont tu as envie de croire. »

Il resta à nouveau silencieux si longtemps qu'elle fut certaine, cette fois, d'avoir été trop loin et de l'avoir offensé dans ses convictions ou sa sensibilité – il allait lui dire bonsoir et raccrocher.

« Tu serais libre pour dîner, demain soir ? » demanda-t-il, la prenant par surprise.

À l'époque où elle et ses amies avaient commencé à sortir avec des garçons, le consensus général était qu'on n'acceptait jamais la première offre de ce genre : c'était un mauvais mouvement tactique, disaient-elles toutes avec la sagesse bien connue des adolescentes.

Sauf que cela faisait un moment qu'elle n'était plus adolescente, non ? « Oui. »

21

À l'issue de cette conversation téléphonique, Caterina avait le choix entre aller se coucher ou continuer à travailler. Elle reprit l'article de *L'Encyclopédie catholique*. Elle tomba sur une remarque qui, à la lumière de tout ce qu'elle avait appris sur Steffani, méritait d'être étudiée de près. « On lui confia en 1696 une mission délicate auprès de diverses cours allemandes et une autre à la cour de Bruxelles, en 1698, pour laquelle ses manières douces et prudentes convenaient tout particulièrement bien. »

Se pouvait-il que cette « mission délicate » auprès des cours d'Allemagne ait eu un rapport avec l'assassinat de Königsmarck ? Dans tout ce qu'elle avait lu sur le sujet, on faisait toujours plus ou moins ouvertement allusion à cet épisode comme étant l'« Affaire Königsmarck », un vrai cas d'école dans l'art et la manière de ne pas nommer une chose. Était-ce pour elle que Steffani avait si particulièrement bien convenu du fait de ses « manières douces et prudentes » ? On associe rarement les hommes « doux et prudents » aux individus qui se mettent à la solde de personnages commanditant un meurtre, non ? Elle abandonna *L'Encyclopédie catholique* pour se mettre à la recherche de sources plus fiables.

Pendant des années, le duc Ernst-August avait rêvé d'ajouter à ses multiples titres celui d'Électeur, avec les pouvoirs que celui-ci conférait. Titre qui lui fut finalement accordé par l'empereur en 1692. Peu après, l'amant quelque peu voyant de sa belle-fille disparaissait sans laisser la moindre trace, sinon dans les mémoires et les commérages des membres de sa cour et parmi l'aristocratie de l'Allemagne du Nord. Cette disparition fut rebaptisée « l'Affaire » et la personne qui en tira le plus de profit n'en fut à aucun moment éclaboussée.

Elle se plongea alors dans le catalogue de l'Université de Vienne, dans les eaux duquel elle avait nagé quelques années, et découvrit rapidement ce qu'étaient les honneurs et les pouvoirs précis que conférait ce titre d'Électeur. Outre leur rôle dans l'élection de l'empereur à la tête du Saint Empire romain germanique, ils pouvaient se faire appeler princes. « La belle affaire », marmonna Caterina qui tenait cette expression d'un ami français. Beaucoup plus intéressant était le monopole que les Électeurs détenaient sur toutes les ressources minérales de leur territoire, et ceci à une époque où la monnaie s'appuyait presque exclusivement sur deux métaux, l'argent et l'or. Ils pouvaient de plus taxer les Juifs et battre monnaie. Si bien que le titre d'Électeur, outre d'être un honneur susceptible de satisfaire les plus vaniteux, assouvissait également l'appât du gain. Qui aurait pu résister à une telle combinaison ?

Mais voilà : si votre écervelée de belle-fille mettait votre bonne réputation en danger par sa liaison quasi publique avec un viveur notoire, vous risquiez de ne pas être pris au sérieux par tous ceux qui comptaient, les riches et les titrés, et le peuple lui-même aurait pu s'en offusquer. Les autres Électeurs n'auraient peut-être pas envie de voter en faveur de votre adhésion au club – prérequis dont Caterina venait d'apprendre l'existence par ses lectures. Elle ne put s'empêcher de penser à la mort tragique, trois siècles plus tard, d'une autre belle princesse dont on disait qu'elle avait pris un amant, même si elle était déjà divorcée de l'héritier du trône. Lors de sa disparition très publique en compagnie de son amant, on avait assisté à une explosion planétaire d'hypothèses plus folles les unes que les autres sur la cause « réelle » de leur mort. Les choses se seraient-elles passées autrement, si la mort de Königsmarck avait été une affaire publique ? Les informations officielles sont toujours distillées avec une glaciale et lente majesté, tandis que les commérages voyagent à la vitesse de la lumière. En douceur, donc, en douceur et à la faveur de la nuit : bien mieux valait une disparition discrète, ne laissant derrière elle qu'une « Affaire », qu'un cadavre au bord du chemin.

Elle ouvrit le livre sur Steffani et étudia de nouveau le portrait qui aurait été exécuté en 1714. Il suffisait de lui enlever vingt ans de graisse et son double menton et, en lui ajoutant quelques cheveux, on avait un personnage tout à fait capable de planter un couteau dans le dos de quelqu'un d'autre. Beaucoup de témoignages parlaient à son propos d'un caractère doux et paisible ; il était d'ailleurs en Allemagne en tant que diplomate, catégorie d'hommes guère connue pour provoquer des rixes dans des bars afin de régler leurs différends. Sa mission était néanmoins la reconversion de l'Allemagne au catholicisme, et quoi de mieux que de commencer par le duc protestant de Hanovre, quoi de mieux, pour gagner ses faveurs, que de lui rendre un service éminent en éliminant un proche plus qu'encombrant, capable de rendre ridicules ses prétentions au titre d'Électeur ? Comme Staline le déclara plus tard : « Pas d'homme, pas de problème. »

Steffani n'avait peut-être pas reconverti l'Allemagne du Nord à la « vraie » religion, mais il avait contribué à établir la tolérance religieuse et obtenu la construction d'une nouvelle église pour les catholiques de Hanovre ; quant à ses maîtres du Vatican, ils avaient peut-être estimé qu'il n'était pas exagéré de payer ces avancées de la vie d'un homme, lequel, après tout, n'était qu'un protestant. Puis Caterina tomba sur une autre allusion à Nicolò Montalbano et aux 150 000 thalers. Elle ne savait pas très bien quelle était la valeur du thaler en 1694, mais se rendait très bien compte que la somme était importante.

L'année suivante, on pouvait trouver, dans le dernier opéra écrit par Steffani, *I trionfo del fato*, l'idée que les êtres humains ne sont pas entièrement responsables de leurs émotions, et donc pas entièrement responsables non plus de leurs actes. Quoi de mieux que ce chef-d'œuvre de la casuistique, pour apaiser les eaux agitées de commérages à la cour de l'Électeur ? Cela avait-il fait partie de la « mission délicate » de Steffani ?

Il était minuit passé ; elle estima qu'elle en avait assez de spéculer, de se poser des questions et de tenter d'aborder les évènements selon une perspective qui leur donnait un éclairage différent et les montrait sous un nouveau jour.

Elle alla dans la cuisine, but un peu d'eau et passa dans la salle de bains pour se débarbouiller et se brosser les dents. Dans le miroir, elle vit une femme d'un peu plus de trente ans au nez droit et dont les yeux paraissaient verts dans cette lumière. Elle rinça sa brosse à dents, la mit dans le verre posé sur le lavabo, prit un peu d'eau dans le creux de ses mains et se rinça la bouche. Quand elle se redressa, elle regarda de nouveau son reflet et l'interpella : « Ta sœur est historienne. Elle devrait savoir comment trouver ce Nicolò Montalbano. Sans compter qu'elle habite en Allemagne, là où les faits se sont déroulés. » Acquiesçant à sa propre sagacité, elle retourna à sa table et relança son ordinateur.

« Tina-Lina, je suis désolée de t'abandonner en pleine crise existentielle, mais je voudrais te demander un service. Il s'agirait de faire une recherche sur un certain Nicolò Montalbano, Vénitien ayant habité à la cour d'Ernst-August à l'époque de l'assassinat de Königsmarck, et qui s'est retrouvé avec un joli pactole peu de temps après. Son nom m'est déjà familier, mais à cause de son rôle de librettiste et non parce qu'il serait impliqué dans une histoire de meurtre et de chantage. Je te serais très reconnaissante d'essayer de le retrouver dans d'autres contextes. Je suis déjà tombée sur lui dans un roman racoleur à propos de l'Affaire – bel euphémisme ! – dont je pourrais t'envoyer les références, si tu souhaitais le consulter. Si Tonton Rinaldo ne peut pas te prendre comme apprentie, tu pourrais peut-être te lancer dans une carrière littéraire : pense à l'usage que tu pourrais faire de tes années d'études historiques ; pense aux scènes passionnées dont tu pourrais émailler un roman sur le concile de Worms ou la guerre de la Succession d'Espagne ; et je suis certaine que tu pourrais transformer une course à l'investiture de l'évêché de Maienfeld en quelque chose d'équivalent à *Autant en emporte le vent*.

Il est tard, je suis fatiguée et je vais demain soir au restaurant avec un homme très séduisant que j'ai rencontré ici. J'espère presque qu'il n'en sortira rien, parce qu'il est avocat et que je détesterais revoir mon opinion sur eux comme autant d'opportunistes suceurs de sang.

Il y a une chambre inutilisée dans l'appartement qu'on m'a attribué, juste au cas où tu envisagerais de revenir ici et où tu n'aurais pas envie de retourner habiter chez papa et maman. Je t'aime, Cati. »

Le courriel à peine envoyé, elle se rendit compte qu'elle aurait mieux fait de ne pas y ajouter ce dernier paragraphe. C'est l'ennui, avec les courriels : on les écrit à la hâte et il suffit de cliquer une fois pour qu'ils partent – pas d'enveloppe, pas de timbre, pas de recherche d'une boîte à lettres qui vous donneraient le temps d'y réfléchir à deux fois.

Elle arrêta l'ordinateur et, laissant les livres ouverts sur la table, alla se coucher.

En se réveillant, le lendemain matin, elle se trouva en proie à une fébrilité inhabituelle et fut incapable, pendant quelques instants, d'en localiser l'origine. Puis elle se souvint de son rendez-vous du soir avec l'opportuniste suceur de sang, éclata de rire et sortit de son lit.

Andrea devait venir la retrouver à la Fondation à sept heures et demie ; cela lui laissait la possibilité de passer une bonne partie de son temps à la Marciana, après quoi elle irait à la Fondation pour rédiger le rapport sur ses lectures du jour. Elle se sentit prise d'une jubilation de conspiratrice à l'idée qu'elle enverrait ce courriel au dottor Moretti depuis la Fondation pour qu'il le fasse suivre aux deux cousins – puis qu'elle sortirait ensuite dîner avec l'avocat.

Dès qu'elle eut mis le nez dehors, elle se rendit compte que le temps avait changé et que le printemps avait décidé de s'installer définitivement. Après quelques années passées à Manchester, se rappela-t-elle, elle avait pourtant appris à ne pas faire confiance à ce genre d'impression. Toutefois, elle ne vit pas la nécessité de remonter quatre étages pour prendre une veste plus chaude ou un foulard. Une fois sur la Riva et obligée d'affronter le vent venu du large, elle pressa cependant le pas pour gagner l'arrêt de l'Arsenal, décidée à prendre le vaporetto, même si c'était pour descendre à l'arrêt suivant. Un numéro 1 arriva dans son dos, la minute suivante, mais un calcul rapide lui fit conclure qu'elle n'aurait pas le temps de l'attraper, même si elle courait, ce que de toute façon elle refusait de faire. Elle le regarda passer et continua à marcher, passant par Bragoa pour n'être plus exposée au vent.

Une fois à la Fondation, elle se rendit jusqu'au bureau de Roseanna. La porte était ouverte et elle vit Roseanna assise à son bureau, le téléphone portable à l'oreille. La directrice par intérim lui sourit, lui fit signe d'entrer et, après une formule de politesse, mit fin à sa conversation. Elle posa le téléphone et se leva pour venir faire la bise à Caterina. « Tu avances ? » lui demanda-t-elle avec curiosité mais sans le moindre reproche dans la voix.

« J'ai fait un certain nombre de lectures à la Marciana pour situer le contexte », expliqua Caterina. Roseanna s'appuya des fesses à son bureau, mains posées à plat derrière elle, prête à écouter. « Et j'ai trouvé une lettre qu'il a écrite à deux hommes, un certain Stievani et un certain Scapinelli

– Vraiment ? dit Roseanna, piquée par la curiosité.

– Oui, les deux cousins d'origine. » Caterina eut le plaisir de voir Roseanna répondre par un sourire.

« Et qu'est-ce qu'il leur dit ?

– Steffani et ses deux cousins étaient les cohéritiers de plusieurs maisons, près de San Marcuolo, qui avaient été illégalement occupées par la famille Labia. Il voulait les rencontrer pour discuter de ce qu'il fallait faire pour reprendre possession de ces maisons et les vendre. Il donne l'impression d'avoir été à court d'argent. Ils n'ont pas répondu, ajouta Caterina en voyant que Roseanna attendait la suite.

– Qu'est-ce qui s'est passé ?

– Aucune idée. Les archives ne contiennent pas d'autre document à propos de cette histoire.

– Quelle impression fait-il ? demanda Roseanna d'un ton pensif, comme si elle parlait d'une personne que Caterina venait juste de rencontrer.

– Que veux-tu dire ?

– Steffani. Quelle impression te fait-il, d'après ses lettres ?

– L'impression de quelqu'un de poli, répondit-elle après quelques instants de réflexion, se rendant compte que c'était une question qu'elle ne s'était pas posée en lisant la lettre. Et de faible, ajouta-t-elle, se surprenant encore un peu plus. C'est tout juste s'il ne les supplie pas d'entrer en contact avec lui et il ne cesse de souligner que sa seule motivation est le bien de la famille, comme s'il pensait que ses cousins auraient pu avoir des raisons d'en douter. » Elle réfléchit encore à la lettre avant de reprendre. « Cela m'a mise… disons, mal à l'aise.

– Pourquoi ?

– À cause de l'humilité du ton. À l'époque, on écrivait en y mettant davantage les formes qu'aujourd'hui et on employait une langue plus élaborée, pleine de toutes sortes de formules de courtoisie. Mais celle-ci est vraiment trop humble, et je suppose que son attitude me laisse perplexe, tant cela paraît déplacé de la part d'un homme qui n'était pas n'importe qui.

– En tant que musicien ?

– Oui. Et il était en plus évêque, pour l'amour du ciel. Si bien que l'entendre utiliser ce ton avec deux cousins d'un patelin de province comme Castelfranco, tout ça pour essayer de les convaincre de l'aider à récupérer un peu d'argent… ça me serrait le cœur de le lire. » Il lui vint alors à l'esprit que s'il y avait des personnes au courant du fait que Steffani était un castrat, ce serait des membres de sa famille ; voilà qui expliquait peut-être cette désagréable déférence.

« Cela veut-il dire que tu commences à bien l'aimer, Steffani ? »

Quelle étrange question de la part de Roseanna : jamais Caterina n'avait pensé au musicien-évêque en ces termes. Sa vie l'intriguait, mais elle s'était elle-même persuadée qu'elle cherchait avant tout à en apprendre suffisamment sur lui pour pouvoir faire son travail. Elle eut un geste des mains exprimant l'hésitation. « J'ignore si je l'aime bien ou pas. »

Elle fut elle-même surprise par sa réponse. Elle aimait bien ses activités, la manière énergique dont il menait ses affaires, mais il s'agissait de qualités, pas d'une personne complète. « Je dois continuer à chercher.

– Là-haut ? demanda Roseanna avec un coup de menton vers le plafond

– Non, à la Marciana. Il me reste quelques textes à consulter.

– Bonne chance. »

Caterina la remercia d'un sourire et, se sentant soudain meilleur moral, prit le chemin de la bibliothèque.

Elle retrouva son alcôve telle qu'elle l'avait laissée la veille. Elle s'était arrêtée en chemin pour refaire le plein de barres chocolatées, même si, en chercheuse consciencieuse, elle se sentait mal à l'aise de l'avoir fait. Avant d'attaquer un nouveau texte, elle se tint un moment devant la fenêtre, évaluant les lectures qu'elle avait faites au cours de ces quelques derniers jours. Tout ce qu'elle avait découvert, aussi bien dans les documents de la Fondation que dans les livres de la Marciana, avait soulevé plus de questions que donné de réponses.

Elle s'assit, ouvrit son carnet de notes, l'aplatit, puis ouvrit un nouveau livre. Celui-ci comportait deux parties, l'une biographique, l'autre consacrée à sa musique. Elle l'avait en fait commencé deux jours auparavant, mais avait été arrêtée par la teneur de « l'Affaire ». Eh bien, cela suffisait. Elle devait se mettre au travail.

Elle lut avec attention, retrouva tous les détails sur le début de sa vie qui lui était maintenant familiers, jusqu'à ce qu'il aille à Hanovre en 1688 en tant que musicien de cour, puis consacre l'essentiel de son énergie à aider le Vatican dans ses tentatives pour reconvertir le nord de l'Allemagne au catholicisme. Comme à chaque fois, elle fut frappée par l'idée que cette combinaison de deux activités avait dû paraître fort bizarre à l'époque.

Vivaldi avait été prêtre tout autant que musicien, mais il s'était servi de sa situation dans l'Église pour faire connaître et jouer sa musique, laquelle était le véritable centre de sa vie. Il avait vécu et travaillé comme musicien et composé jusqu'à sa mort, probablement entre les bras de sa compagne, Anna Girò. À part cela, Caterina connaissait fort mal sa biographie, mais elle savait en revanche qu'en dehors de la musique sacrée, tout ce qui relevait du sacerdoce n'avait joué aucun rôle dans sa vie et qu'il n'avait jamais aspiré à un rang plus élevé dans le clergé.

Ce qui n'était pas le cas, indiscutablement, avec Steffani, qui avait reçu titres et bénéfices. L'objectif cardinal de sa vie, objectif pour lequel il avait même abandonné la musique, apparemment, était le retour de l'Allemagne du Nord dans le giron de l'Église, mais sa tentative s'était soldée par un fiasco retentissant. Elle trouva des comptes-rendus de ses efforts dans deux histoires de l'Église dans l'Allemagne du Nord, écrites l'une en latin, l'autre en allemand. Dans les deux cas, on louait son entreprise et le dévouement dont il avait fait preuve pour sa cause, et on décrivait ce qu'il avait obtenu à Hanovre et à Düsseldorf. Le texte en allemand ne consacrait que cinq pages à son œuvre de musicien.

Lorsqu'elle referma ce dernier livre, la faim lui fit quitter la bibliothèque et se réfugier dans le bar le plus proche, où elle mangea deux sandwichs et but un verre d'eau avant de retourner – sans qu'on lui pose la moindre question ou qu'on examine le contenu de son sac – à sa place dans l'alcôve.

Le livre suivant était une édition de 1905 de la correspondance entre Sophie-Charlotte et Steffani, écrite dans un français que l'un comme l'autre maniaient avec facilité et grâce. Dans l'une de ses lettres, Steffani apparaît démoralisé. « Les chagrins amers que j'ai endurés du fait des affaires du monde ; mes souffrances de voir tant de personnes que je respecte faisant vœu de se détruire elles-mêmes… » Il parlait de la vie comme d'un « veritable fardeau » et de son « hypocondrie infinie ». Il décrit une existence dans laquelle sa seule amie et sa seule consolation étaient sa harpe. Caterina eut l'impression qu'après avoir dit tout cela il avait soudain pris conscience qu'il devait essayer de plaisanter pour atténuer ce qu'il venait de révéler, mais son ton ne sonnait plus aussi juste aux oreilles de Caterina. Ce qui en revanche sonnait juste était l'aisance avec laquelle il s'adressait à sa correspondante : il disait espérer que la reine serait indulgente avec lui, davantage à cause de ses dons musicaux que de sa position dans le clergé. Ou était-ce une manière implicite de reconnaître qu'il était un castrat et qu'à ce titre, les libertés qu'il prenait étaient inoffensives ?

Elle poursuivit la lecture des lettres, s'efforçant d'y voir le numéro de quelqu'un qui s'était élevé de plusieurs barreaux sur l'échelle sociale mais qui restait conscient, aussi haut qu'il montât, de ce que sa position avait de précaire. À cette lumière, un nouveau ton était discernable dans sa prose ; elle releva les manifestations excessives de gratitude dont il inondait Sophie-Charlotte pour la moindre faveur, un ton de flatterie qui devenait parfois insupportable : « Étant donné que vous avez pouvoir sur tout » ; « Les grâces que Votre Majesté a daigné m'accorder » ; « La lettre par laquelle Votre Majesté m'a honoré » ; « Votre Majesté ne saurait rien faire qui ne fût un sommet de perfection » ; « J'ai le plaisir de servir Votre Majesté ».

À ce stade, Caterina fut obligée de se dire que Steffani correspondait avec la reine de Prusse, une femme célèbre dans toute l'Europe pour l'étendue de ses connaissances. Elle se rappela qu'une place de Berlin portait son nom et qu'elle avait apporté à un nombre incalculable de musiciens un soutien exceptionnel et passionné. Cette pensée suffit à lui faire comprendre et admettre les raisons de la déférence avec laquelle Steffani s'adressait à elle. « Arrête ton politiquement correct », murmura-t-elle.

Mais néanmoins, elle se sentait prise du désir d'agripper Steffani par le revers de son aube et de le secouer pour lui dire, avec un retard de trois siècles, que Sophie-Charlotte n'était plus qu'une note de bas de page dans des histoires sur la Prusse lues par quelques centaines de personnes, alors qu'on jouait et admirait encore sa musique aujourd'hui. « Snob à l'esprit étroit », ajouta-t-elle pour son autocritique.

22

« Toutes les choses étrangères qui arrivent à présent aux personnes estimables, toutes les vicissitudes de ce siècle, l'égarement où sont ceux qui ont tant de mérite ne me font plus tant de peine et je m'en sens consolée, puisque cela vous fait reprendre la musique à la main. Jetez-vous-y à corps perdu, je vous prie. C'est une amie fidèle qui ne vous abandonnera pas, qui ne vous trompera pas, qui n'est pas traîtresse et qui ne vous a jamais été cruelle, car vous en avez tiré tous les charmes et les ravissements des cieux, au lieu que les amis sont tièdes ou fourbes et les maîtresses ingrates. »

Telle fut la réponse que Steffani reçut de la reine en réaction à la lettre où il exprimait ses angoisses. Réponse dans laquelle, s'élevant au-dessus du langage conventionnel de la cour, elle révélait son cœur. Caterina sentit le sien battre plus fort à l'idée qu'il avait pu bénéficier de ce soutien généreux et plein de grâce de la part d'une femme qu'il admirait autant.

Quelques mois plus tard, pourtant, cette correspondance s'interrompit brutalement. Steffani, sollicité par un cardinal Médicis, implora la reine de revenir sur sa décision de ne pas autoriser son musicien de cour préféré à retourner à son monastère, en Italie. Mais Sophie-Charlotte y vit sans doute un acte de lèse-majesté et ne trouva pas cela drôle. Leurs échanges en restèrent donc là, mais non sans que Leibniz, le plus savoureux des philosophes, n'ait eu le temps de faire observer à un ami qu'il comprenait la colère de la reine. « Après tout, lui dit-il, si un duc n'a qu'un cheval pour chasser et que quelqu'un lui demande d'y renoncer, comment voudriez-vous que le duc ne réagisse pas par de la colère ? »

Eh bien, se dit Caterina, ce bon vieux Leibniz ne se faisait guère d'illusion en ce qui concernait l'ordre de préséance dans les cours royales. Et il les avait suffisamment fréquentées pour être tout aussi dépourvu d'illusions sur la place exacte des musiciens, même quand on leur tressait des couronnes. Son statut d'évêque n'avait en rien protégé Steffani lorsqu'il avait franchi la ligne invisible. Vous êtes un génie et la beauté de votre musique m'ensorcelle, mais n'oubliez pas pour autant de rester à votre place et ne vous imaginez pas un seul instant que vous pourriez remettre en question une décision de la reine de Prusse.

Elle consulta sa montre. Six heures passées, ce qui lui donnait tout juste le temps de retourner à la Fondation et d'écrire son rapport pour le dottor Moretti. Sachant qu'elle devait sortir ensuite, elle ne prit aucun livre avec elle et les laissa où ils étaient, prévoyant de revenir le lendemain pour poursuivre ses recherches sur le contexte.

Elle arriva au bureau avant sept heures, mais Roseanna s'était déjà éclipsée. Elle monta dans ce qui était devenu son bureau, mais n'ouvrit pas le placard blindé. Au lieu de quoi, elle brancha l'ordinateur et donna son nom et son mot de passe. Trois courriels l'attendaient, mais sans même consulter le nom des expéditeurs, elle cliqua sur *nouveau*, tapa l'adresse d'Andrea et, évoquant les cousins par leur nom de famille, elle fit un compte-rendu rapide des derniers résultats de ses recherches. Sans même prendre le temps de se relire, elle cliqua sur *envoyer* et revint à sa boîte aux lettres.

Le premier courriel, en provenance d'une banque dont elle n'avait jamais entendu parler, lui proposait de lui prêter de l'argent.

Le deuxième émanait d'une jeune Russe de vingt-quatre ans, titulaire d'un doctorat d'ingénieur en électricité, qui aurait aimé entamer une correspondance de qualité avec un Italien ayant fait des études supérieures et bien élevé. Résistant à la tentation de réexpédier cette demande au dottor Moretti, elle l'effaça.

Le dernier était de Cristina, qui l'avait envoyé en début d'après-midi.

« Tu as fait du droit, Cati, et ce n'est pas si vieux que ça ; tu te souviens très certainement de ce que les juristes appellent dans leur jargon un statut de limitation sur les testaments. Tout héritage non réclamé qu'aurait pu vouloir transmettre Steffani est tombé en déshérence depuis des siècles : s'il se trouve quelque chose de précieux dans ce fatras, il n'appartient en aucun cas à tes deux fripouilles, mais, hélas, à un État encore plus fripon.

Je me demande à qui tu as affaire dans cette histoire : tes deux non-héritiers ne paraissent guère recommandables, du moins aux yeux de quelqu'un qui a quitté Venise depuis de nombreuses années et n'est donc pas exposé chaque jour aux discours d'hommes dans leur genre. L'avocat ne peut pas ignorer ce principe légal de base et je me demande ce qu'il mijote. Je ne souhaite pas dire quoi que ce soit de désagréable à son sujet, car c'est peut-être avec lui que tu dois sortir, mais même si c'est lui, je ne vois vraiment pas comment il pourrait ne pas savoir quelque chose d'aussi élémentaire.

Si tu n'as pas de chance avec lui, et si tu veux bien me dire où exactement se trouvaient les malles à Rome – le bureau ou le service qui les détenait –, je pourrais faire quelques incursions dans la fange pour ton compte et découvrir comment il se fait qu'ils s'en soient débarrassés. J'ai encore quelques amis là-bas qui considèrent que la découverte de la vérité doit partir d'un compte-rendu précis d'évènements vérifiables, et non pas être un cheminement tortueux vers quelque vérité définie d'avance. Sans compter que ma curiosité a été éveillée.

Merci pour ta proposition. Si je décide de tout larguer, ton appartement est le premier endroit où je me réfugierai, crois-moi.

Je t'aime, Tina-Lina. »

L'horloge, au bas de l'écran, indiquait sept heures quinze et du coup, sans savoir ce qu'elle allait dire, Caterina cliqua sur *répondre*.

« Chère Tina,
Les malles étaient en la possession, ou confiée à la garde de la *Propaganda Fide*, les tiens ayant trouvé pour baptiser cet organisme un nom presque aussi sinistre à mes yeux que des acronymes comme KGB ou CIA. Quelqu'un qui faisait un inventaire serait tombé sur ces malles. Il a probablement découvert le nom des cousins d'origine et cherché des gens ayant le même patronyme dans le secteur de Castelfranco, après quoi il est entré en contact avec eux : c'est en tout cas ce que j'aurais fait, comme n'importe quel

chercheur, mais ce n'est qu'une hypothèse, pas une certitude.

Quand je les ai ouvertes, j'ai eu l'impression que personne ne l'avait fait depuis le jour où on y avait apposé les scellés, mais je suis bien tranquille que la technique de l'effraction qui ne laisse pas de traces est l'un des arts mineurs pratiqués par la PF.

Oui, l'avocat de ce soir est l'avocat des cousins. Je vais le faire boire plus que de raison et essayer de lui tirer les vers du nez pour qu'il m'explique comment ses clients ont mis la main sur ces malles. Sinon, je ne vois que la possibilité de l'appâter avec mes charmes, et quel est l'homme normal qui pourrait y résister ?

Merci pour l'information sur le statut de limitation – j'ai honte de ne pas y avoir pensé moi-même. Je le savais, évidemment, mais je crains bien que l'Avvocato Moretti m'ait fait oublier tout ce que j'ai pu apprendre en droit, sans même parler de mon bon sens. Ou plus simplement, peut-être, je voulais garder ce boulot parce qu'il est intéressant et qu'il m'a permis de retourner à Venise.

Bisous, Cati. »

Dix minutes après avoir cliqué sur *envoyer*, son portable sonna. Elle pensa tout d'abord que c'était ses parents qui l'appelaient pour l'inviter à dîner, si elle était libre – toujours prêts à nourrir leur petite dernière et à lui épargner une soirée solitaire.

Elle répondit par son nom.

« *Ciao*, Caterina dit Andrea. Je suis en bas, dans la rue. Tu n'as qu'à descendre si tu as fini.

– Tu n'as pas une clef ? dit-elle étourdiment.

– Si, mais je ne suis pas ici à titre officiel, ce soir, répondit-il avec un rire. Écoute, tu connais sans doute le bar, Via Garibaldi, le premier à gauche. Je t'attendrai là, d'accord ? »

Elle resta quelques instants sans rien trouver à dire, entre surprise et embarras. « J'y serai dans deux minutes. Commande-moi un spritz, tu veux bien ? Avec Aperol.

– C'est comme si c'était fait. » Il raccrocha.

Caterina n'aimait guère employer la tactique consistant à tenir la dragée haute à quelqu'un, non pas parce qu'elle n'était pas efficace – elle avait vu ses amies l'utiliser avec un réel succès – mais parce qu'elle la trouvait trop évidente. Elle avait en horreur qu'on la fasse attendre, et peu de choses la gênaient autant que de faire poireauter inutilement quelqu'un. Elle éteignit l'ordinateur, mit son téléphone dans son sac, alla vérifier que les portes du placard blindé étaient bien fermées, donna deux tours de clef à son bureau et descendit.

Elle le retrouva debout devant le bar, l'édition du jour du *Gazzettino* ouverte devant lui, tandis qu'il sirotait un verre de vin blanc. Un spritz convenablement coloré en orange attendait sur le comptoir, à gauche du journal.

Il l'entendit entrer, leva les yeux et sourit. Il referma le journal et le repoussa un peu plus loin sur le comptoir. « Je ne t'ai pas dérangée en plein travail, j'espère ? » demanda-t-il. Un instant, Caterina fut intriguée par le changement qu'elle voyait. La figure de l'avocat et sa taille étaient la même, et il avait toujours ses lunettes cerclées d'or et ses chaussures parfaitement cirées. En revanche, il portait un léger veston en tweed. Il avait bien entendu une cravate et une chemise blanche, mais pas un costume. Était-ce un honneur pour elle, ou une insulte ?

« Non, pas du tout. Je finissais d'envoyer un courriel. » Elle montra le *Gazzettino* d'un signe de tête.

«Quoi de neuf ? Cela fait des jours que je n'ai pas ouvert un journal.

– La même chose que d'habitude. Un mari jaloux tue sa femme, la Corée du Nord menace la Corée du Sud, un politicien touche un pot-de-vin d'un entrepreneur, une femme a accouché à soixante-deux ans. »

Andrea, jugeant évidemment que ce n'était pas la bonne manière de commencer la soirée, lui tendit son spritz, fit tinter son verre contre celui de Caterina. « Tchin-tchin, dit-il.

– On dirait que je n'ai que de bonnes raisons de rester dans le XVIIIe siècle », observa-t-elle en prenant une première gorgée. Le spritz était parfait, doux et vif en même temps, et aujourd'hui était la première journée où on pouvait avoir envie d'une boisson fraîche.

« Toujours en train de piocher ? demanda-t-il, mais avec nonchalance, comme par politesse.

– Non, j'ai arrêté. » Devant son air légèrement perplexe, elle ajouta : « C'est-à-dire, j'ai arrêté de piocher dans les choses qui ne me concernent pas. »

Il la regarda longuement, paraissant peser le pour et le contre de quelque chose. « C'est bien la première fois que j'entends une femme dire ça. » Son regard et son sourire enlevèrent à sa remarque tout ce qu'elle aurait pu avoir de désobligeant.

« Ha-ha », dit-elle en prenant la voix d'un personnage de dessin animé, avant de se mettre à rire vraiment, parvenant ainsi à désapprouver l'observation tout en se montrant amusée.

« Et dans quoi donc ne pioches-tu plus ? » demanda-t-il en prenant une autre gorgée de vin. Ne lui laissant pas le temps de répondre, il se tourna vers le barman et lui demanda des cacahuètes. « J'ai sauté le déjeuner, aujourd'hui », expliqua-t-il.

Caterina était sur le point de demander pourquoi, mais après une nouvelle gorgée de vin, il ajouta : « Une réunion… Parle-moi de ce sur quoi tu ne pioches plus. »

Il paraissait sincèrement curieux, et elle lui parla donc du contexte de l'Affaire Königsmarck. Avec son esprit délié d'avocat habitué à entendre de nombreux noms, il parut très bien suivre ses explications. Quand Caterina en arriva au passage des mémoires de la comtesse von Platen consacré à Königsmarck, il lui demanda si la comtesse n'était pas son ancienne maîtresse, l'impressionnant par sa mémoire et sa capacité de concentration.

« Elle n'est pas un témoin fiable », ajouta-t-il avant qu'elle ne reprenne son récit. Elle eut un regard étonné et il ajouta : « Je veux dire, d'un point de vue légal, en termes théoriques.

– Pourquoi ? » demanda-t-elle, même si la réponse était évidente. Elle voulait savoir s'il n'aurait pas une autre raison, par exemple juridique, de juger ainsi la comtesse.

« Ce qui est évident, c'est qu'elle avait de bonnes raisons de le détester, en particulier s'il avait mis fin à leur liaison. Rien que cela rendait peu probable qu'elle prenne sa défense.

– Pour dire le minimum. Quoi d'autre ?

– Cela signifie, aussi, qu'elle tentait peut-être de cacher qui était le véritable auteur du crime.

– Tout ça simplement parce qu'il l'avait laissée tomber ? demanda Caterina, incapable de dissimuler son étonnement.

– Une telle réaction est tout à votre honneur, dottoressa. » Il tendit son verre vers elle puis le vida, avant
de le reposer sur le comptoir. « Et la réponse est oui,
pour l'avoir laissée tomber. Je ne pratique pas le droit
criminel, ajouta-t-il sans lui laisser le temps de protester, mais j'ai des collègues criminalistes et certaines
des histoires qu'ils racontent te feraient dresser les cheveux sur la tête. »

Il vit qu'il avait toute l'attention de Caterina. « Il y
a une expression que tu as certainement dû lire dans
les journaux : *pour un motif futile*. Tu n'imagines pas
le nombre de motifs futiles qui ont coûté la vie à des
gens : une bagarre pour une place de parking, le refus
de donner une cigarette, une radio ou une télévision
trop bruyantes, un simple accrochage entre deux voitures. » Il leva la main en direction du barman pour
réclamer l'addition.

« Autrement dit, continua-t-il, garder le silence sur
le meurtre de quelqu'un qui vous a dit qu'il ne vous
aimait plus, en particulier s'il n'y a pas mis les
formes… cela tient parfaitement debout, à mon avis.
Comme de dire quoi que ce soit qui pourrait protéger
l'identité du véritable assassin.

– Si bien que tu doutes de sa version des faits ?
Celle qui laisse entendre que c'est Steffani qui l'a tué ?

– C'est ce qu'elle dit ? Qu'elle l'a vu le faire ? »

Caterina dut réfléchir et faire appel à sa mémoire :
quels étaient les mots précis employés par l'ami de
Tina dans son courriel ? « Elle écrit qu'il aurait reçu
l'argent du sang, quelque chose comme ça.

– Ce n'est pas tout à fait la même chose que si elle
avait dit qu'elle l'avait vu commettre le meurtre. » Sur
quoi Andrea ajouta, alors qu'elle était sur le point de

faire la même suggestion : « Nous pourrions peut-être parler d'autre chose, non ? »

Quel soulagement ! Il paya la note, alla jusqu'à la porte et la tint ouverte pour elle.

Il l'emmena dans une petite trattoria derrière la Pietà, un établissement qui ne comptait pas plus d'une douzaine de tables du genre à gros pieds solides, comme celles qu'elle avait connues dans son enfance, aux plateaux rayés et couturés de cicatrices, aux bords creusés et noircis par d'innombrables cigarettes oubliées. Des bouteilles s'alignaient sur leurs étagères, devant un miroir, derrière le bar recouvert de zinc. Un passe-plat communiquait avec la cuisine.

Deux des tables étaient déjà occupées. Le serveur reconnut Moretti et les conduisit jusqu'à une table du fond, leur tendit les menus puis disparut entre deux portes battantes.

« J'espère que tu n'as rien contre l'idée de manger dans un endroit sans prétention, dit-il.

– Je préfère ça. Mes parents n'arrêtent pas de me dire qu'il est devenu difficile de trouver un restaurant où on mange bien sans avoir à faire un emprunt pour payer la note.

– Ce n'est pas le cas ici, répondit-il en riant. Je veux dire, on y mange très bien, même si ce n'est pas donné. » Gêné par ce qu'il venait de dire, il ajouta : « C'est pour cette raison que j'y viens, la nourriture y est excellente. » Se rendant compte qu'il s'empêtrait dans ses propos, il haussa les épaules et ouvrit son menu.

Au cours de leur conversation, ils abordèrent de nombreux sujets : la famille, les études, les voyages, la lecture, la musique. Ses éléments biographiques, pour l'essentiel, concordaient parfaitement avec le personnage qu'il paraissait être : un père avocat, une mère au foyer ; deux frères, le chirurgien auquel il avait déjà fait allusion, l'autre étant notaire ; l'école, la fac, un premier travail, l'entrée comme associé dans un cabinet d'avocats. Puis vinrent les choses moins classiques : une encéphalite, sept ans plus tôt, qui l'avait laissé au lit pendant six mois durant lesquels il avait lu les Pères de l'Église – en latin. Quand elle voulut raccorder ces faits avec l'image qu'elle essayait de se donner de l'homme, tout lui parut décalé, pendant un instant. Il avait frôlé la mort. Elle ne savait pas grand-chose de l'encéphalite, sinon que c'était grave, souvent fatal, et que tout aussi souvent on en restait gaga. C'était peut-être ce dernier détail qui expliquait les Pères de l'Église, songea la Caterina cynique, mais elle se contenta de dire : « Une encéphalite ? »

Il croqua une crevette avant de répondre. « J'étais parti en randonnée dans la montagne, au-dessus de Belluno. Deux jours plus tard, j'ai découvert une tique dans l'un des mes creux poplités – l'arrière des genoux – et une semaine plus tard, j'étais à l'hôpital avec une fièvre de quarante degrés.

– Près de Belluno ? » Ce n'était qu'à deux heures de Venise, le genre de jolie petite ville où il ne se passe jamais rien.

« Ce n'est pas si rare. Et il y a davantage de cas chaque année », répondit-il avec un sourire. Puis il ajouta : « Preuve supplémentaire qu'il est plus prudent de vivre en ville. »

Elle décida de ne pas poser de questions sur les Pères de l'Église. La conversation resta générale et amicale pendant le reste de la soirée. L'absence de toute allusion à Steffani et à Königsmarck fut un grand soulagement pour Caterina. Comme il était agréable de passer quelques heures dans ce siècle, dans cette ville et, ajouta-t-elle pour elle-même, en une telle compagnie.

Ils partagèrent un branzino en croûte de sel, vidèrent pratiquement une bouteille de Ribolla Gialla, et l'un comme l'autre refusèrent la proposition d'un dessert. Au moment du café, Andrea prit une mine soudain sérieuse et déclara, de but en blanc : « J'ai bien peur de devoir t'avouer que je ne t'ai pas dit toute la vérité. »

Ne voyant pas ce qu'elle pouvait répondre, Caterina resta silencieuse.

« À propos des cousins. »

C'était mieux qu'à propos de lui, songea-t-elle, mais elle ne lui dit rien, et surtout pas cela. S'il devait lui avouer qu'il avait menti, elle n'avait aucune raison de lui faciliter la tâche, et elle continua donc à garder le silence ; pour se donner une contenance, elle versa du sucre dans son café et se mit à le tourner.

« C'est à propos de la manière dont les malles sont arrivées ici », reprit-il. Il fit un poing de sa main et le posa sur la table.

« Ah, s'autorisa-t-elle à dire.

– Ce n'est pas eux qui les ont cherchées et retrouvées. Les deux malles sont apparues lors d'un inventaire. Comme le nom de Steffani figurait dessus, la personne chargée de ce travail a fait une recherche et trouvé des descendants. »

Il se tut et regarda Caterina, l'expression incertaine, mais elle resta impassible. « Ses descendants, reprit-il. Pas ses héritiers. »

Elle refréna sa curiosité et but son café. Sans doute comprit-il qu'elle n'allait pas l'aider en le bombardant de questions, et c'est d'un ton où se mêlaient pédantisme et culpabilité qu'il enchaîna : « Ils n'ont aucun droit de propriété dessus. Tu as fait du droit, et tu le sais probablement : ces malles appartiennent à l'État. »

Caterina ne leva pas les yeux de sa tasse. Tout au contraire, elle prit sa petite cuillère et la fit tourner plusieurs fois dans le fond. Puis elle récupéra soigneusement le mélange de sucre et de mousse et lécha la cuillère avant de la reposer dans la soucoupe.

Elle leva alors les yeux et le regarda, de l'autre côté de la table, avec sa veste chic et hors de prix, sa cravate sans originalité. Il soutint son regard et dit : « Je te présente mes excuses.

– Mais pourquoi m'avoir donné une autre version des faits ? demanda-t-elle, évitant soigneusement d'utiliser le terme *mensonge*.

– C'est eux qui me l'ont demandé.

– Pour quelle raison ? »

Il contempla sa propre tasse vide mais ne toucha pas à sa petite cuillère. Les yeux toujours baissés, il répondit : « Ils m'ont dit qu'ils ne voulaient pas donner d'explications sur la manière dont les malles s'étaient retrouvées ici. La vraie manière, je veux dire. Ou je suppose, plutôt. » Même dans ses explications, relevat-elle, il cherchait à être clair.

S'efforçant de parler d'un ton modéré, elle demanda : « Pour quelle raison tenaient-ils tant à ce que personne ne le sache ? »

Il esquissa un haussement d'épaules qu'il n'acheva pas, restant une épaule plus haute que l'autre. « À mon avis, ils ont soudoyé quelqu'un pour faire venir les malles ici. »

Devant l'absence d'expression de Caterina qui ne le quittait pas des yeux, il rougit – vraiment – et dit :

« En fait, il n'y a que comme ça que les choses ont pu se passer.

– Le responsable de l'inventaire ? » demanda-t-elle, sachant que c'était exclu. L'homme n'avait aucune autorité pour disposer des malles.

Andrea sourit à sa question. « Peu vraisemblable.

– Dans ce cas, qui ? demanda-t-elle, faisant de son mieux pour avoir l'air perplexe.

– Un responsable de la *Propaganda Fide*, j'imagine. Ou quelqu'un de l'entrepôt.

– Et pourquoi moi ?

– Qu'est-ce que tu veux dire ?

– Pourquoi moi ? Pourquoi dépenser de l'argent pour faire ces recherches, alors qu'il leur suffisait d'ouvrir les malles et d'y jeter eux-mêmes un coup d'œil ?

– Mais non, ils avaient besoin d'un spécialiste, observa Andrea, égrenant ses raisons en les comptant sur ses doigts. Un, il appartenait au clergé et travaillait en Allemagne et ils avaient donc besoin de quelqu'un maîtrisant le latin et l'allemand. Il redressa son index. Deux, cette personne devait aussi être capable de comprendre le contexte historique, et peut-être même musical de l'époque. » Il redressa son majeur.

« C'est absurde ! » le coupa sèchement Caterina, en ayant assez du rôle qu'elle avait commencé à jouer. « Je te le répète : ils n'avaient qu'à ouvrir les malles, prendre les partitions qui pouvaient s'y trouver, faire un minimum de recherches sur ce que pouvaient valoir des documents autographes de Steffani, et les vendre. Se partager l'argent, et à la rigueur engager un universitaire pour éplucher le reste des papiers. Tôt ou tard, ils auraient fini par apprendre s'il y avait ou non un trésor caché quelque part. »

Andrea essaya de sourire et tendit la main au-dessus de la table, comme s'il voulait lui toucher le bras, mais il interrompit son geste en voyant son expression.

Il prit sa tasse, mais elle était toujours aussi vide et il la reposa donc dans la soucoupe.

« Il y a eu… une entourloupe, si je peux employer ce terme.

– On les a volées ? »

Cette question directe le mit de toute évidence très mal à l'aise, et il dut réfléchir quelques secondes avant de répondre. « Oui, on pourrait le dire de cette façon. Sauf qu'une fois que les malles furent arrivées ici, ils se sont rendu compte qu'ils ne se faisaient mutuellement pas confiance.

– Et je suppose qu'ils ont commencé à faire leurs calculs, rétorqua Caterina d'un ton de colère.

– Je ne comprends pas, dit-il, ce dont Caterina douta.

– Ils auraient été obligés de payer un traducteur indépendant à la page ou à l'heure, alors qu'ils ignoraient ce qu'il y avait dans les malles ou ce que diraient les papiers – s'il y avait des papiers. Ou encore ce qu'ils vaudraient. » Pendant qu'il parlait, Caterina se souvint d'un conte dans lequel trois voleurs découvrent une sorte de trésor. L'un d'eux va à la ville chercher de quoi boire et manger pour qu'ils puissent tenir, le temps de décider ce que valait le trésor et comment le partager. Après son départ, les deux restés derrière décident de le tuer, ce qu'ils font dès son retour. Après quoi ils mangent et boivent pour célébrer ce haut fait, mais l'homme assassiné avait empoisonné le vin qu'il avait amené, si bien qu'eux aussi paient le prix des Joyaux du Paradis.

Elle regarda l'avocat, l'expression plus neutre que jamais, attendant qu'il reprît la parole.

« Stievani était certain que Scapinelli chercherait à l'avoir, et Scapinelli était certain que Stievani chercherait à l'avoir, dit-il finalement. Alors même qu'ils n'avaient aucune idée de ce qui se trouvait dans les malles, ils croyaient tous les deux que l'autre serait assez malin pour le dépouiller de sa part. Ou pour faire un partage inégal. » Il vit qu'il avait capté son intérêt et poursuivit. « Rien ne pouvait ébranler leur conviction sur l'existence d'un trésor.

– Tu as essayé ?

– Oui. » Il secoua la tête, pour montrer l'inanité de sa tentative.

« Ils sont donc tombés d'accord pour me payer mon salaire ? »

La question le mit de nouveau visiblement mal à l'aise.

« Qu'est-ce qu'il y a ?

– Pour le premier mois, oui.

– Quoi ?

– C'était dans le contrat. » Elle eut l'impression qu'il se sentait gêné, ce qui la surprit. Elle dut surmonter sa propre gêne de ne pas avoir pris la peine de lire son contrat.

« Tu m'as dit que je pourrais travailler jusqu'à ce que j'aie fini d'étudier tous les papiers, observa-t-elle d'un ton froid et ferme. J'ai quitté mon poste pour venir ici.

– Je le sais », admit-il, les yeux sur son assiette. Se pouvait-il qu'il eût honte du rôle qu'il avait joué dans l'affaire ? Car pour elle il n'y avait aucun doute qu'il en avait joué un.

Elle ne dit rien.

Obligé de continuer, Moretti dit finalement : « Au début, je croyais qu'ils continueraient à te payer jusqu'à ce que tu aies une réponse définitive à leur donner : oui, il y a un trésor, non, il n'y en a pas. » Sa main entama le même mouvement qu'une minute auparavant et, comme la première fois, il ne l'acheva pas. « Je pensais qu'ils étaient sérieux. C'est pour cette raison que je les ai convaincus que tu devais faire ces recherches, à la bibliothèque. » Elle estima plus sage de ne pas avouer qu'elle avait fini par comprendre la futilité des recherches en question.

« Ils ont changé d'avis, je suppose ?

– Stievani m'a appelé, cet après-midi. Un mois. C'est tout. S'ils n'ont pas leur réponse à la fin de ce mois, ils se débrouilleront tout seuls.

– Je souhaite bonne chance à ces deux crétins, ne put-elle s'empêcher de répliquer.

– Je suis d'accord. » Puis il ajouta, d'un ton plus calme : « Je peux essayer de les persuader. »

Elle sourit. « C'est gentil de ta part, Andrea. J'apprécierais, si tu le faisais. » Soudain, elle ne put retenir un énorme bâillement. « Désolée », dit-elle en regardant sa montre.

Il fit comme elle. « Il est onze heures passées, en effet. »

À la manière dont il dit cela, elle se demanda s'il devait rentrer chez lui avant minuit. Il adressa un geste au serveur. L'homme arriva tout de suite après, avec une vraie facture – de celles qui obligent le propriétaire à payer des taxes. « Tu le fais toujours ? demanda-t-elle avec un geste vers la facture sur laquelle il venait de poser quelques billets.

– Payer l'addition lorsque j'invite une femme ? demanda-t-il, mais avec un sourire narquois.

– Non. Je parle de demander un reçu fiscal à chaque fois que tu viens manger dans ce restaurant.

– Tu veux parler des taxes qu'ils auront à payer ?

– Oui.

– Nous devons tous payer nos impôts.

– Cela veut-il dire que tu paies les tiens ? *Tous* les tiens ?

– Oui », répondit-il simplement.

Elle le crut.

Ils se levèrent. Il tint la porte ouverte pour elle et, côte à côte, parlant d'autre chose que d'Agostino Steffani et des cousins, ils prirent la direction de l'appartement de Caterina. À la porte, il l'embrassa sur les deux joues, lui souhaita une bonne nuit et fit demi-tour.

Caterina monta les quatre étages. Une fois dans son appartement, elle consulta à nouveau sa montre et vit qu'il était presque minuit. Cristina n'avait pas de téléphone portable, ce qui signifiait qu'on ne pouvait lui laisser de SMS et lui demander de rappeler, si elle était réveillée. Il y avait un téléphone fixe dans l'appartement de Cristina. L'appeler par ce moyen en Allemagne reviendrait sans doute plus cher.

Elle sortit son portable et composa le numéro de sa sœur. Il sonna six fois avant qu'une voix ensommeillée lui réponde. « *Ja ?*

– *Ciao*, Tina. Désolée de te réveiller. »

Il y eut un silence prolongé. « Non, ça va, j'étais en train de lire.

– Mentir est toujours un péché, ma chère.

– Pas vraiment, si c'est pour la bonne cause.

– Tu réécris les Commandements, à présent ?

– Je suis réveillée, alors dis-moi ce qui te préoccupe – je l'entends dans ta voix – et j'attendrai demain matin pour réécrire les autres.

– Tu sais, l'avocat dont je t'ai parlé ?

– Oui.

– Eh bien, c'est un salopard sans cœur, comme les autres.

– Pourquoi dis-tu ça ?

– Parce qu'il a lu mes courriels. »

23

« Quels courriels ? demanda Cristina, maintenant bien réveillée.

– Ceux que je t'ai envoyés du bureau, depuis l'ordinateur qu'ils m'ont si généreusement attribué. Il a prétendu que son cabinet ne l'utilisait plus, qu'il avait donc demandé à son spécialiste en informatique de travailler dessus… » Elle dut s'arrêter et respirer à fond à plusieurs reprises avant de continuer. « Il l'a apporté ici et je m'en sers depuis. » Deux nouvelles profondes respirations. Ses genoux tremblaient ; elle s'assit sur le canapé.

« Comment as-tu compris qu'il les lisait, Cati ?

– Pendant le repas, ce soir, il m'a dit que je devais comprendre quelque chose parce que j'avais fait des études de droit.

– Eh bien, c'est vrai, non ? Pendant deux ans, si ma mémoire est correcte.

– Je ne lui ai jamais dit.

– Il l'a peut-être lu dans ton CV.

– Ça n'est pas mentionné, répondit Caterina avec une énergie agressive. Je n'en ai jamais parlé et ce n'est pas dans mon CV.

– Mais comment as-tu maquillé le trou de ces deux années ?

275

– J'ai ajouté un an à ce que je faisais avant et après. J'imaginais qu'ils ne vérifieraient pas – jamais personne ne le fait. Et comme ça n'y figurait pas, que je n'y fais jamais la moindre allusion, il n'a pu l'apprendre qu'en lisant ton courriel.

– Comment peux-tu en être sûre ?

– Je viens de le dire, Tina. » Entendant la colère dans sa voix, elle fit un effort pour parler plus normalement. « Il savait que j'avais fait du droit, et lire le courriel où tu le mentionnes était le seul moyen qu'il avait de l'apprendre. » Combien de fois allait-elle devoir le répéter à cette endormie de Cristina ?

« Mais pourquoi y a-t-il fait allusion ?

– Il m'expliquait que les biens d'une personne défunte retournaient à l'État au bout d'un certain temps, si aucun héritier ne se présentait, et je suppose qu'il y voyait un compliment, un moyen de m'inclure, de me faire sentir comme faisant partie de la meute. C'est pourquoi il a ajouté que je devais bien m'en douter, puisque j'avais étudié le droit.

– Tu as eu une réaction ?

– J'espère que non. Je me suis comportée comme si je n'avais rien remarqué. Sans doute doit-il penser qu'il l'a lu dans mon CV. Après tout, qui ne mentionnerait pas une chose pareille ?

– Toi, apparemment », répondit Cristina du tac au tac. Son éclat de rire rétablit la chaleur habituelle dans leur échange.

« Qu'est-ce qu'il peut bien mijoter ? demanda Caterina, prenant vaguement conscience qu'on avait déplacé ou manipulé les documents du placard blindé.

– Ce n'est pas la bonne question à poser.

– Quoi donc, alors ?

– Que faut-il faire ? S'il ne s'est pas rendu compte que tu savais qu'il les lisait, toi et moi pouvons continuer à correspondre. Nous devons même le faire. Si nous nous arrêtions brusquement, il soupçonnerait quelque chose.

– C'est du James Bond, Tina.

– Seulement si tu le veux, répondit calmement Cristina. Sinon, tu continues simplement à faire ton boulot, à lire les journaux et à me dire ce qu'ils racontent. Tu les laisses trouver leur trésor ou faire chou blanc, et toi, tu prends l'argent et tu files.

– Ce sont des conseils très terre à terre. »

Tina ne réagit pas à cette remarque, ce qui signifiait probablement qu'elle n'avait pas envie de s'avancer sur ce terrain à une heure pareille. « Je me demande si ce ne sont pas les cousins qui l'ont poussé à faire ça, dit-elle, pensant à voix haute.

– De toute façon, pour qui d'autre le ferait-il ? »

Il s'agissait de quelque chose que les cousins, eux, étaient tout à fait capables de faire, pour s'assurer qu'elle n'essayait pas de les arnaquer d'une manière ou d'une autre. La seule question qui lui importait était de savoir si le dottor Moretti avait pris part à ce complot. Le fait qu'elle l'en croyait capable l'attrista profondément.

Les deux sœurs gardèrent longtemps le silence. Caterina parcourut les souvenirs désordonnés qu'elle avait conservés de ses diverses conversations avec le dottor Moretti. Un moment, elle pensa à son encéphalite et aux effets que la maladie pouvait avoir sur le cerveau, mais elle rejeta aussitôt cette hypothèse. « Il a passé six mois en convalescence à la suite d'une encéphalite, et il en a profité pour lire les Pères de l'Église. En latin », dit-elle à voix haute. Entendant ce qu'elle venait de dire, elle demanda : « Ton ordinateur est-il branché ?

— De même que l'amour du Saint-Esprit, mon ordinateur est toujours en veille.

— Mets son nom et regarde ce que tu trouves.

— Préfères-tu que je te rappelle ?

— Non, j'attendrai », répondit vivement Caterina. Elle entendit un bruit de pas, le raclement d'une chaise sur le sol, puis il y eut un long silence.

« Quel est son nom complet ?

— Andrea Moretti.

— Quel âge ?

— Environ quarante-cinq ans.

— Il est né à Venise ?

— Ça en a tout l'air. »

Il y eut un nouveau long silence, pendant lequel Caterina se tint sur un pied, puis sur l'autre, exercice, lui avait-on dit, qui l'aiderait à mieux garder l'équilibre quand elle serait âgée.

« *Ach, du lieber Gott* », entendit-elle sa sœur s'exclamer. Elle se sentit choquée de l'entendre s'exprimer en allemand.

« Quoi ?

— Devine où il a fait ses études ?

— Je sais que ça ne va pas me plaire, alors dis-le tout de suite, répondit Caterina.

— À l'Université de Navarre.

— De Novare ? s'étonna Caterina, se demandant ce qu'il avait été faire dans le Piémont.

— Non, de *Navarra*, répéta Cristina, roulant les *r* comme s'il y en avait quatre ou cinq.

— *Vade retro, Satanas*, murmura Caterina. Fondée par ce cinglé qui est à l'origine de l'Opus Dei. » Trop tard pour se demander si ce n'était pas une manière un peu cavalière de parler des collègues de sa sœur qui avait prononcé ses vœux définitifs.

« Ce sont eux qui la dirigent. Leurs diplômés sont partout, répondit Cristina, ce qui laissait entendre que la remarque ne l'avait pas offensée.

– Je n'aurais jamais pensé… » Mais Caterina n'acheva pas, laissant sa pensée vagabonder. « Cela signifie que je ne peux rien croire de tout ce qu'il m'a dit.

– Probablement. »

Remettant à plus tard ses réflexions sur ce qui motivait le dottor Moretti, Caterina demanda : « Dans ce cas, qu'est-ce qu'il cherche ?

– Avec eux, le pouvoir est l'hypothèse la plus probable », répondit Tina, ce qui poussa Caterina, qui avait eu la même idée, à se demander si elle et sa sœur n'étaient pas victimes d'une crise de paranoïa de la pire sorte.

Mais bientôt, elle n'y tint plus. « Si tu penses de cette façon, Tina, pourquoi y restes-tu ? » Il y eut un long silence et ce fut finalement elle qui le rompit. « Désolée. Ça ne me regarde pas.

– Pas de problème, dit Cristina d'un ton tout à fait neutre.

– Non, vraiment, je suis désolée, Tina-Lina. »

Cristina garda le silence si longtemps que Caterina commença à se demander si elle n'avait pas été trop loin. Elle attendit, et quelque chose comme une prière lui vint à l'esprit – pourvu qu'elle n'ait pas posé la question de trop à sa sœur préférée…

« Très bien, dit finalement Cristina d'un ton à présent décidé. Donc, on continue à correspondre normalement et je te transmettrai toutes les informations que je trouverai ou que les uns ou les autres me communiqueront.

– Parfait, mais je me demande…

– Oui, je sais, je sais : si j'apprends quelque chose qu'il est préférable qu'il ignore, je te l'enverrai… où, au fait ? »

Caterina se trouva embarrassée : en quelle personne pouvait-elle avoir assez confiance pour qu'elle lui serve de boîte aux lettres ? Elle ne voulait pas impliquer sa famille, même pour des petits services. Son adresse courriel à l'Université de Manchester avait été fermée après son départ. Cela lui donna une idée. « Écoute, dit-elle, tu vas l'envoyer à l'adresse d'un ami. Il ne regarde pratiquement jamais son courrier et je possède son mot de passe. Je pourrais aller vérifier depuis un café Internet. » Cristina accepta et Caterina épela soigneusement l'adresse courriel du Roumain.

Après quoi, elles éclatèrent de rire toutes les deux, sans vraiment savoir pourquoi. Du coup, Caterina se sentit mieux ; elle dit au revoir à sa sœur et alla se coucher.

La première chose qu'elle fit, le lendemain matin, fut d'envoyer deux courriels au dottor Moretti, comme s'ils n'avaient pas dîné ensemble la veille. Le premier, rédigé sur un mode formel, décrivait, en donnant quelques détails, la correspondance que Steffani avait entretenue avec Sophie-Charlotte et expliquait que ses bonnes relations avec elle avaient dû améliorer son statut social et, directement ou indirectement, l'aider aussi dans sa carrière de compositeur. Elle déclarait ensuite que, sensible au désir bien compréhensible de ses employeurs de voir son travail aboutir à une conclusion, elle leur annonçait son intention de suspendre ses recherches en bibliothèque pendant quelques jours pour reprendre la lecture des documents à la Fondation.

Dans le second courriel, où elle s'adressait à lui par son prénom et reprenait le tutoiement, elle le remerciait pour l'agréable moment qu'elle avait passé avec lui la veille, la qualité de sa conversation, la découverte d'un bon restaurant.

Elle réfléchit longuement sur la formule de politesse à utiliser et se décida pour « *Cari saluti*, Caterina ». Formule passe-partout qui laissait cependant supposer que rien n'était changé pour elle.

Cela fait, elle prit une douche, avala un café dans un bar et arriva à la Fondation peu après neuf heures. Elle monta dans son bureau, ouvrit le placard blindé et en sortit la pile qu'elle avait déjà étudiée. Elle s'installa à sa table et entreprit de faire ce pour quoi elle était payée, au moins jusqu'à la fin du mois.

Elle tomba sur trois documents en allemand, tous des rapports de prêtres catholiques sur les succès de leur mission dans différentes parties de l'Allemagne où le protestantisme était la religion officielle. À un degré ou un autre, ils faisaient état de la foi profonde de leurs ouailles et de la nécessité de rester forts devant l'opposition politique à laquelle ils se heurtaient. Tous demandaient plus ou moins à Steffani d'intercéder auprès de Rome afin qu'on leur envoie des fonds pour les aider dans leur tâche, formule qu'employaient deux des correspondants de Steffani.

Il y avait aussi quelques lettres émanant de femmes portant des noms allemands qui n'apparaissaient nulle part dans les articles et les catalogues qu'elle consulta par Internet, lettres dans lesquelles elles faisaient l'éloge de sa musique. L'une d'elles lui demandait si elle ne pourrait pas avoir la copie de l'un de ses duos. Caterina ne trouva aucune copie de réponses à ces lettres.

Steffani aurait-il trié ses papiers dans les quelques années ayant précédé sa mort et choisi de conserver ceux qui lui paraissaient les plus importants, ou bien tout avait-il été mis en paquets et ficelé après son décès par les personnes chargées de sa succession ? Elle avait beau essayer, elle ne trouvait aucune cohérence, aucun ordre même simple dans les documents auxquels elle avait affaire. Mis à part la partition de musique, rien ne paraissait plus important que le reste.

Elle ficela à nouveau la pile et alla la ranger. Ne restait plus qu'un paquet dans la première malle. Elle le prit, retourna à sa table et se remit à lire.

Au bout d'une heure, alors qu'elle n'avait pu étudier qu'une seule de deux pages écrites serré recto verso, elle décida que ce n'était qu'un tissu de bavardages. Il y avait des comptes-rendus de conversations et d'évènements, d'une écriture différente de celle qu'elle avait fini par attribuer à Steffani – aurait-il eu un secrétaire ? – ayant conduit à la conversion ou à la reconversion au Catholicisme de différents aristocrates et dignitaires allemands. Comme seuls les noms étaient cités, Caterina ne pouvait estimer de quel poids politique avaient été ces personnages ni évaluer l'importance religieuse de leur geste. Elle fit du zèle pour la première page et, cherchant dans les différents annuaires et sites d'histoire en ligne, réussit à identifier la plupart. Mais quelle avait été l'importance de la conversion de Henriette-Christine et de la comtesse Augusta-Dorothea von Schwarburg-Arnstadt, même si elles étaient les filles d'Anton-Ulrich von Braunschweig-Wolfenbüttel ?

À deux heures, affamée, elle dut reconnaître qu'elle s'ennuyait à mourir, chose qui lui était rarement arrivée au cours de sa carrière. Ce travail était parfaitement futile : essayer de trouver une indication de là où Steffani aurait pu laisser son trésor, tout cela pour que des descendants avides puissent s'en disputer la possession. Autant sortir et aller lire tranquillement, jusqu'à la fin du mois, des romans comme celui qui comportait l'ex-libris de d'Annunzio ; il lui suffirait de se montrer un peu créative dans ses rapports et dans la traduction des documents qu'elle ne lirait pas ; pourquoi ne pas utiliser les intrigues de ces romans comme sources des résumés qu'elle ferait ? Et si elle allait manger quelque chose ?

Elle remit soigneusement les documents sous clef, verrouilla la porte de son bureau, en fit autant pour celle au pied de l'escalier. Elle alla jusqu'au bureau de Roseanna et trouva la porte ouverte ; elle était fermée à son arrivée et l'était restée quand elle avait frappé. Autrement dit, Roseanna était venue mais n'était pas montée voir ce qu'elle faisait. Bon ou mauvais signe ?

Elle quitta le bâtiment et ferma la porte derrière elle. Il faisait à présent un temps magnifique. Le soleil tapait fort et elle eut rapidement chaud, au point qu'elle finit par enlever sa veste. Elle décida de se rendre à pied jusqu'à la Piazza, ne serait-ce que pour avoir l'occasion d'admirer San Giorgio et la vue sur le Grand Canal. Quant à son déjeuner, Dieu y pourvoirait certainement.

Elle coupa jusqu'à la Riva, prit à droite et se dirigea vers la Piazza, tournant constamment la tête à gauche, attirée par le spectacle, aussi profus que grandiose. Sauf le nombre incroyable de bateaux amarrés au quai de San Giorgio, rien n'avait changé. Il suffisait de faire abstraction des vaporetti et des autres bateaux à moteur, et tout avait le même aspect que plusieurs siècles auparavant. C'est ainsi que Steffani aurait pu voir la ville, se dit-elle, émue à cette idée.

Elle s'arrêta sur la Piazza pour regarder autour d'elle : la basilique, la tour, la bibliothèque Marciana, les colonnes, les drapeaux, l'horloge. Cette débauche de beauté l'émut presque aux larmes. C'était normal pour elle. Elle était là dans un des terrains de jeu de son enfance ; elle était chez elle. Elle passa devant la basilique, se disant qu'elle prendrait ensuite la direction du Rialto, mais la foule compacte qui déboulait de la Merceria lui fit peur, et elle tourna à droite devant les *leoncini* et revint sur ses pas, se sentant abandonnée de Dieu, pour aller vers San Zaccaria.

Alors qu'elle était à mi-chemin, elle jeta un coup d'œil dans l'une des nombreuses boutiques de verrerie sur sa gauche et aperçut, assis à côté de sa caisse et lisant un journal étalé sur le comptoir, le jeune homme qui l'avait suivie l'autre soir. Elle eut un instant d'hésitation et faillit perdre l'équilibre mais elle continua d'avancer. Elle n'avait aucun doute. Elle l'avait parfaitement reconnu : c'était bien lui. Elle ne s'arrêta pas et ce ne fut que lorsqu'elle eut dépassé la vitrine qu'elle se retourna pour relever le nom de la boutique.

Savoir qu'elle n'avait pas affaire à un tueur à gages n'était qu'un maigre réconfort, car le voir avait tout de même été un choc. Elle ignorait de qui il s'agissait, mais l'apprendre ne serait pas bien difficile. Elle pouvait demander à Clara ou à Cinzia de l'aider : accompagnées d'un de leurs enfants pour avoir l'air encore plus innocent, elles pourraient se mettre à lui parler en vénitien. Clara se débrouillerait mieux ; sa manière d'irradier de bonheur lui aurait fait arracher un secret à n'importe qui. Du coup, elle pensa à son mari, Sergio, qui mesurait presque deux mètres et pesait dans les cent kilos. Il ferait un visiteur de tout premier choix.

Jubilant presque à cette idée, elle continua jusqu'à San Filippo e Giacomo et alla dans le petit établissement aux minipizzas, où elle en prit trois – deux pour son déjeuner, et une pour fêter la découverte de l'homme qui l'avait suivie.

24

Elle retourna à la Fondation où elle trouva Roseanna qui lisait, assise à son bureau, ayant tout à fait l'air de la directrice par intérim de la Fondazione Musicale Italo-Tedesca. Caterina s'était tellement entichée d'elle et habituée à la voir, au cours de ces dernières journées, que même sa coiffure un peu trop élaborée lui paraissait charmante.

« Qu'est-ce que tu lis ? »

Roseanna leva la tête et l'accueillit d'un sourire. « Un bouquin sur la médecine dite psycho-active.

– Je te demande pardon… mais pourquoi sur ce sujet ? » Rien ne lui semblait plus éloigné des objectifs de la Fondation.

« Ma meilleure amie fait une dépression nerveuse et son médecin voudrait qu'elle prenne des médicaments. » Au ton dont elle prononça cette dernière phrase, Caterina n'eut aucun doute sur ce que Roseanna en pensait.

« Et tu n'es pas d'accord avec ce qu'il dit ? »

Roseanna posa le livre à l'envers sur son bureau. « Je ne suis pas qualifiée pour être d'accord ou pas, Caterina. Je n'ai aucune formation en médecine et en chimie, si bien qu'il y a même des choses, là-dedans, que je ne comprends pas.

– Et la raison de cette lecture ? »

Roseanna haussa les épaules et sourit. « Nous nous connaissons depuis l'école, elle et moi, et elle m'a demandé ce qu'elle devait faire. Alors je me suis dit que j'allais me renseigner sur le pour et le contre, et essayer d'en tirer quelque chose.

– Et tu en as tiré quelque chose ?

– Oui, ne faire confiance ni aux chiffres, ni aux statistiques, ni aux résultats publiés des expérimentations, répondit-elle sur-le-champ. Même si je n'y ai jamais vraiment cru.

– Pourquoi ?

– Parce que les fabricants de ces médicaments n'ont pas l'obligation de publier leurs résultats quand ils sont mauvais, seulement quand ils sont bons. Ces médicaments sont testés par rapport à un placebo, pas par rapport à un autre médicament. » Elle tapota affectueusement le dos du livre. « L'auteur observe qu'il n'est pas difficile de produire un médicament qui soit plus efficace qu'une pilule de sucre. » Elle eut un regard songeur, un instant, avant de reprendre. « Je n'ai jamais fumé, mais j'ai remarqué comment mes amis fumeurs paraissaient se détendre dès qu'ils avaient tiré une première bouffée. Rien ne serait plus facile que de faire une expérience prouvant que le tabac est un excellent moyen de réduire le stress.

– Mieux en tout cas qu'une pilule de sucre ?

– J'en ai l'impression. » Puis, comme si elle se rendait soudain compte qu'elles étaient bien loin de la raison d'être ici de Caterina, elle demanda : « Je croyais que tu devais aller à la Marciana ?

– Non, répondit Caterina, rejetant la suggestion d'un mouvement d'épaules. Je vais reprendre la lecture des documents, au moins ceux de la première malle, avant d'y retourner. » Elle se tut un instant avant d'ajouter : « Je n'arrive pas à me faire une idée du personnage.

– Parce qu'il était prêtre ?

– Non, pas du tout. C'est parce que je n'arrive pas à comprendre ce qu'il voulait. D'ordinaire, on découvre assez rapidement ce que souhaite une personne, si on l'a fréquentée pendant quelque temps, ou lu sur elle. Mais avec Steffani, je ne sais tout simplement pas. Tenait-il tant que cela à être traité en égal par ceux au service de qui il était ? Voulait-il réellement sauver l'Église ? Il parle dans certaines lettres du plaisir qu'il avait à composer, mais on ne sent chez lui aucune envie débordante de devenir célèbre, d'être considéré comme un grand compositeur. Il est évident qu'il aimait la musique et qu'il aimait composer, mais… il y a renoncé si facilement ! S'il s'était agi d'une passion incontrôlable, il n'aurait pas pu faire ça : s'arrêter du jour au lendemain. »

Caterina ne voyait aucune raison de ne pas parler à Roseanna de ce qu'elle avait appris, ou pensait avoir appris, et elle ajouta : « C'était peut-être un castrat. » Elle avait essayé de le dire d'un ton neutre, mais n'était pas sûre d'avoir réussi. Ce n'était pas le genre de remarque anodine qui appelle la neutralité.

« Oh, le pauvre, s'exclama Roseanna en portant une main à son visage. Le pauvre homme.

– Je ne suis pas certaine à cent pour cent qu'il l'était, tempéra aussitôt Caterina. Mais il est décrit dans un texte comme un *musico*, et c'était l'euphémisme qu'on utilisait à l'époque.

– Tout ça juste pour former des chœurs chantant à la gloire de Dieu, observa Roseanna d'un ton calme, comme s'il n'y avait pas de sarcasme assez fort pour exprimer ce qu'elle ressentait.

– Je n'ai pu découvrir qu'une seule référence », dit Caterina, préférant ne pas mentionner le livret de Haydn.

Elles ne trouvèrent ni l'une ni l'autre quelque chose à ajouter. « Je vais au premier », dit Caterina.

Roseanna acquiesça de la tête et Caterina prit la direction de la porte. Elle était dans l'encadrement lorsque Roseanna lui lança : « Je suis contente qu'on t'ait engagée. »

Sans se retourner, Caterina accueillit le compliment d'un petit geste de la main droite. « Moi aussi », dit-elle en tirant les clefs de sa poche.

Une fois au premier, elle s'assit et sortit son portable de son sac à main. Sur le chemin du retour, elle avait réfléchi à ce qu'il convenait de faire, à propos de l'homme qui l'avait suivie. Avant de passer le coup de fil, il fallait qu'elle ait une idée précise de ce qu'elle allait dire. Elle n'avait aucune preuve qu'il y eût un rapport entre ses recherches et cette filature, mais c'était la seule explication plausible. N'importe qui aurait pu la suivre, en fait, et cela lui était même arrivé, des années auparavant. Mais l'homme avait su à quel arrêt du vaporetto elle se rendrait, ce qui signifiait qu'il savait où elle habitait et où habitaient ses parents. Ou alors c'était le hasard qui… elle rejeta cette possibilité avant même d'avoir fini de l'énoncer dans sa tête.

Elle tenta de se convaincre qu'il n'avait rien fait de plus que provoquer chez elle une émotion désagréable, entre surprise et inquiétude – puis elle se souvint qu'elle s'était retrouvée à genoux devant les toilettes pour vomir, et dut reconnaître qu'il l'avait terrifiée.

Ayant accepté cette idée, elle composa le numéro du mari de Clara, Sergio, qui était le patron d'une usine de revêtements métalliques sur le continent, à Marcon.

Sergio s'était retrouvé orphelin à l'âge de onze ans, et une partie du bonheur d'épouser Clara avait été de retrouver une famille. Clara avait quatre sœurs, dont deux autres avaient des enfants, et c'est avec une véritable jubilation qu'il avait accueilli tout ce petit monde, devenant le grand frère que les cinq sœurs n'avaient pas eu et endossant, en plus du fait d'avoir une épouse, la responsabilité et les obligations sans fin qui étaient son rêve depuis des années.

« *Ciao*, Caterina, répondit-il.

– Sergio ? dit-elle aussitôt, décidant de ne pas lui faire perdre son temps. J'ai un problème, et j'ai pensé que tu pourrais m'aider à le résoudre. » Elle savait, en lui présentant les choses ainsi, qu'elle répondait à son désir d'être aimé par la famille de sa femme et à son besoin de croire qu'il en était lui-même un membre utile.

« Raconte-moi ça.

– Il y a quelques jours, un soir, un homme m'a suivie depuis mon lieu de travail, à Campo Santa Maria Formosa. J'allais chez papa et maman, dit-elle, consciente que cette allusion à ses beaux-parents ne ferait que l'appâter un peu plus. Il m'attendait ensuite à l'arrêt du vaporetto quand je suis rentrée chez moi.

– C'était bien le même homme ?

– Oui.

– Tu sais qui c'est ?

– Non, mais j'ai découvert où il travaille. Je suis passée devant une boutique, non loin de la basilique, et je l'ai vu assis derrière le comptoir.

– Qu'est-ce que tu voudrais que je fasse ? »

Ça, c'était du Sergio dans le texte : pas de temps perdu à lui demander si elle était bien certaine et si elle avait mesuré les conséquences de l'impliquer dans cette histoire. Le sang était plus épais que l'eau. S'il lui avait posé la même question pendant qu'elle vomissait dans les toilettes, elle lui aurait probablement demandé de lui arracher la tête, mais du temps avait passé et la menace s'était estompée un peu à la manière d'un ballon qui se dégonfle.

« Tu pourrais peut-être y passer et lui demander ce qu'il voulait ?

– Tu veux venir ? »

Caterina n'avait pas oublié le jour, des dizaines d'années auparavant, où elle était revenue de l'école en ayant entendu l'expression *la vengeance est un plat qui se mange froid*. Elle avait dit à sa mère combien cela lui paraissait vrai, oubliant que la génération de ses parents avait grandi dans une époque bien différente. Caterina avait été surprise que sa mère ne rie pas, et encore plus surprise lorsque celle-ci lui avait répondu : « Peu importe, ma chérie, qu'il soit froid ou chaud : d'une manière ou d'une autre, la vengeance te détruit l'âme. » Sur quoi, elle avait demandé à sa plus jeune fille si elle voulait une part de gâteau au chocolat.

Caterina envisagea un moment cette possibilité, se représentant la tête que ferait l'homme lorsqu'elle entrerait dans la boutique escortée par un géant comme Sergio. « Non, il ne m'a fait aucun mal. Il m'a fichu la frousse, mais ce n'est arrivé qu'une fois, et je ne l'ai pas revu depuis. Sauf dans sa boutique.

– Très bien. Donne-moi l'adresse et j'irai lui parler. Dis-moi, c'est urgent ? »

Elle faillit répondre que oui, puis elle se souvint qu'elle ne l'avait pas eu en remorque depuis et son bon sens prévalut.

« Non, pas vraiment.

– Dans ce cas, j'y passerai en rentrant à la maison. Mais pas aujourd'hui ni demain. Je suis désolé, je ne pourrai pas, vraiment. Mais je le ferai, promis. »

Caterina n'en doutait pas et le rassura en lui disant que ce n'était pas pressé, absolument pas. Elle lui décrivit l'emplacement de la boutique et le jeune homme, mais ne se permit pas de rappeler à Sergio qu'il avait une usine à faire tourner et qu'il n'avait pas le temps de revenir en ville en pleine journée. Elle souhaitait simplement avoir une explication, et si Sergio pouvait la lui fournir, c'était parfait. Et pour suggérer qu'il n'y avait vraiment rien de pressé, elle passa quelques minutes à lui demander des nouvelles de ses enfants, qui tous étaient bien entendu de petits génies parés de toutes les qualités – bien plus que ce qui était accordé aux autres enfants. Puis une voix interpella Sergio, et il lui dit qu'il la rappellerait lorsqu'il aurait parlé à l'homme.

Caterina retourna aux documents et lut, intégralement, les trois pages de relevés qui énuméraient le nom des personnes que Steffani avait réussi à amener ou à ramener dans le sein de l'Église. Elle s'obligea à faire des recherches historiques poussées sur chacune et fut récompensée en les identifiant toutes, à l'exception de six. Même si le résultat de ses investigations n'avait rien révélé de nouveau sur le compositeur, les professeurs qui lui avaient enseigné les techniques de la recherche auraient eu toutes les raisons d'être fiers de leur élève.

Elle se remit à son fastidieux travail et, à un moment donné, en vint à prier pour que quelque chose vienne l'arracher à l'ennui de ces lettres.

Comme si cette prière venait d'être exaucée, elle tomba alors sur le manuscrit d'un récitatif, *Dell'alma stanca*. Sans doute avait-elle passé trop de temps à éplucher des banalités sans intérêt, si bien que tomber sur ce titre lui fit abandonner, au moins pour un instant, sa patience d'érudite, et elle dit à voix haute : « Cette âme est vraiment très fatiguée. »

Ce moment de vérité passé, elle regarda de plus près le manuscrit musical et reconnut à la fois la musique et l'écriture. Elle fredonna l'air de soprano pour elle-même, sans oublier qu'il avait été écrit avec un accompagnement – merveille des merveilles – de quatre violes de gambe. Elle joignit sa voix à la vibration argentée des instruments et, dans sa tête, entendit à quel point cela tenait, à quel point c'était beau. Comme cela arrivait souvent, la musique surclassait largement le livret, et elle se sentit prise d'une bouffée de sympathie pour Steffani, obligé d'illustrer sans fin la même gamme rebattue de sentiments. Elle se souvint alors de la représentation de *Niobe* à laquelle elle avait assisté, où, lors de l'air qui suivait, cordes et flûtes venaient rejoindre les violes de gambe. Du coup, il lui vint à l'esprit que la partition avait été imprimée, si bien que même si cette page allait dans une collection privée, elle pourrait tout de même être jouée. Avec un sourire, elle fit une note sur le document, numérotant les feuilles du paquet pour lui donner son numéro d'ordre. De cette manière, le cousin qui sortirait victorieux, ou les deux, pourraient facilement retrouver ce document négociable et en faire ce que bon leur semblerait.

Le feuillet suivant était une lettre d'Ortensio Mauro, nom qu'elle reconnut tout de suite : il s'agissait du librettiste et meilleur ami de Steffani. Datée de 1707, elle devait avoir été envoyée au compositeur quand il se trouvait à Düsseldorf et paraissait raconter ce qui se passait à Hanovre, ville que Steffani avait quittée quatre ans auparavant. Après quelques lignes de commérages, elle tomba sur ces mots :

> « Ici, on chante et on joue tous les soirs. […] Vous en êtes la cause innocente. Cette musique a plus de charme que la Sympathie elle-même, et tous ceux qui l'écoutent ressentent les doux attraits de ce qui remue et réjouit leur âme. Vous pouvez bénir, confirmer, consacrer ou encore excommunier tant qu'il vous plaira ; jamais vos bénédictions ou vos malédictions n'auront autant de force ou de charme, autant de puissance dans le pathétique, que vos agréables notes. C'est sans fin qu'on peut les admirer et les écouter. »

Elle passa une main attendrie sur la lettre, comme pour caresser l'esprit de l'homme qui avait eu la générosité d'écrire ce compliment.

Deux autres heures passèrent et elle lut encore toute une masse de documents, témoins d'une vie occupée et active. Certains ne pouvaient être là que parce qu'ils avaient été rassemblés au hasard. Il y avait une série d'actes notariés sur des ventes de terrains dépendant d'une ferme du village de Vedelago : les noms de Stievani et Scapinelli y apparaissaient en tant que vendeurs. Un rapide coup d'œil à une carte lui apprit que Vedelago se trouvait à une dizaine de kilomètres à l'est de Castelfranco, la ville où était né Steffani. Puis une deuxième série de papiers traitait de la vente d'une autre ferme du même village ; eux aussi portaient le nom des ancêtres des cousins. Une lettre isolée de Scapinelli, datée du 19 août 1725, déclarait que, bien entendu, la part du cousin Agostino provenant de la vente de ces biens lui serait envoyée, mais qu'il devait comprendre que ces choses prennent un certain temps. Il n'y avait que cette lettre. Et ce fut la fin de tous les documents de la première malle. Elle n'avait rien découvert exprimant « les dernières volontés » de l'abbé Agostino Steffani, même si elle avait été excitée de trouver mentionnés les noms des deux familles.

Elle remit les papiers en ordre, ficela le paquet et, retournant au placard, les remit dans la première malle dans l'ordre dans lequel elle les avait trouvés. Elle referma la malle, caressa un instant l'idée d'attaquer la seconde, mais décida qu'il valait mieux consacrer son temps à réfléchir sur son avenir immédiat.

25

Caterina n'était pas cupide ; elle ne se sentait pas non plus poussée à accumuler et consacrait l'essentiel de ce qu'elle gagnait à mener ce qu'elle estimait être une vie honnête. Cette attitude était sans doute due en partie au sentiment de sécurité que donne le bonheur : sa famille l'avait toujours aimée, l'avait toujours choyée, si bien que pour elle, être ainsi aimée et choyée étaient des choses qui dureraient toute sa vie, indépendamment de son salaire et des biens qu'elle pourrait accumuler. Elle savait que beaucoup de personnes étaient motivées par un puissant désir d'amasser une fortune mais avait du mal à trouver l'énergie qu'il fallait pour essayer.

Elle n'en avait pas moins un sens aigu de ce qui était correct. On lui avait promis un travail et elle avait quitté la relative sécurité de son poste à Manchester pour venir à Venise, se dit-elle, sans tenir compte du fait qu'elle avait eu très envie de quitter Manchester et aurait sauté sur n'importe quelle proposition ; sans tenir compte non plus qu'elle n'avait pas vérifié la durée dans le temps d'un contrat qu'elle avait été trop contente de signer. Elle devait admettre avoir toujours su qu'il s'agissait d'un emploi temporaire, mais elle avait préféré croire qu'il se prolongerait au moins sur plusieurs mois. Elle venait d'apprendre qu'il ne durerait qu'un mois, même si elle n'avait aucune idée du temps que lui prendrait le déchiffrage du reste des documents.

Elle brancha l'ordinateur et vérifia ses courriels. Il y avait une offre pour des appels téléphoniques locaux illimités et un accès haut débit à Internet ; une offre pour un smartphone pour presque rien, et un courriel de Tina. Elle supprima les deux premiers et ouvrit le troisième, curieuse de voir comment leur conversation de la nuit et les révélations qu'elle avait occasionnées avaient affecté le style de sa sœur.

> « Ma chère Cati, comme tu pouvais t'y attendre, l'intérêt de mes amis pour notre affaire a faibli devant l'absence de nouvelles informations ou de questions concernant Steffani. Même mon collègue de Constance garde le silence, et j'ai bien peur que tu sois livrée à toi-même. On m'a rappelé que j'avais une date butoir à laquelle remettre mes conclusions, si bien que je dois m'atteler à des évènements plus récents, mais crois bien, je t'en prie, que je les abandonnerai toujours pour t'aider, si tu peux me donner une idée de ce que tu cherches. Tu n'as même pas à me dire pourquoi.
>
> Il est possible que la Marciana dispose de compilations de lettres et de documents en rapport avec les musiciens de la période qui t'intéresse : c'est l'équivalent, pour une bibliothèque, de ce que nous faisons avec nos vieilles chaussettes dépareillées : on les jette dans le tiroir du bas de la commode et on les oublie. Je suis certaine que les bibliothécaires te diront qu'ils ont des archives de ce genre.
>
> En dehors de ça, je ne vois pas quels autres conseils je pourrais te donner, et peux simplement espérer que tu découvriras encore quelques noirs secrets sur des histoires de convoitise, d'adultère et de meurtre

– choses tellement plus intéressantes que ma barbante analyse de la politique étrangère du Vatican. Je
t'aime, Tina. »

C'était une tentative tout à fait maladroite de ne pas
paraître maladroite, si bien qu'elle pouvait peut-être,
en fin de compte, conduire quelqu'un qui aurait lu ces
courriels à croire que Caterina et sa sœur se mouraient
d'ennui de faire ces recherches.

Caterina cliqua sur *répondre*.

« Ma chère Tina, en effet, une fois qu'on quitte l'exci-
tante affaire Königsmarck, les choses sont passablement ennuyeuses. La faute en est, j'en ai peur, à la vie
régulière qu'a menée Steffani.

Je suis cependant tombée aujourd'hui sur des papiers
qui montrent qu'il a pris part, avec les membres des
familles Scapinelli et Stievani, à des ventes de propriétés près de Castelfranco, et je vais essayer de voir si je
ne peux pas en apprendre davantage demain. Pour le
moment, je n'en peux plus d'avoir passé presque toute
ma journée à lire des documents écrits à la main, en
latin, en italien et en allemand, et je ne suis plus
capable de voir quoi que ce soit ou même de penser.
Je crois que rien ne me ferait plus plaisir que de
m'allonger sur mon canapé pour regarder la redif-
fusion d'une série dans le genre des *Visiteurs*, ça
me requinquerait. Tu te rappelles combien nous
l'aimions ? Seigneur, cela doit remonter à vingt-cinq
ans, et je me souviens encore de ces reptiles géants qui
dévoraient les humains comme si c'était des souris.
Comme ça me plairait de regarder les *Visiteurs* ce soir,
de me prendre pour l'un d'eux et de croquer moi aussi
un certain nombre de personnes… »

Caterina relut ce qu'elle venait d'écrire et effaça la
dernière phrase. Sans très bien savoir pour quelle

raison, elle avait envie de persuader le dottor Moretti qu'elle s'ennuyait à périr dans son travail de recherche. Elle continua :

> « Tu crois qu'ils ont volé cette idée à Dante ? Je me le suis toujours demandé.
> Sur cette dernière incertitude, je vais rentrer chez moi – c'est-à-dire dans un appartement sans télé et donc sans possibilité de regarder les *Visiteurs* – et là, je mangerai un morceau et irai me coucher avec *L'Espresso* qui nous promet, cette semaine, des révélations sur les ordures de Naples et les dangers des implants mammaires. Ou je reprendrai peut-être la biographie de Steffani – qui n'avait à se faire aucun souci de ce genre – et en terminerai enfin la lecture. Je t'aime, Cati. »

Elle alla ensuite sur le site de l'Université de Manchester et ouvrit la boîte *courrier reçu* du Roumain, s'excusant en silence d'envahir ainsi sa vie privée et peut-être ses secrets. Lorsqu'elle se rendit compte que la boîte comptait cent vingt courriels non lus, elle revint sur ses excuses. Elle classa les expéditeurs par ordre orthographique et, voyant qu'il n'y avait rien de Cristina, les remit dans leur ordre d'arrivée, quittant le site sans même un coup d'œil sur les noms des autres expéditeurs, toute fière de sa force de caractère.

Après quoi, elle écrivit au dottor Moretti, pour lui dire qu'elle suivait la piste des ventes de fermes près de Castelfranco, ventes dans lesquelles apparaissaient les noms de Steffani et des deux cousins. Ces papiers, ajouta-t-elle, révéleraient peut-être une préférence pour l'un ou l'autre côté de sa famille et pourraient donc être utiles à sa recherche.

Sur quoi elle cliqua sur *envoyer*, s'amusant de cette manœuvre à la James Bond, ferma tout et rentra chez elle.

Sa recherche de nouveaux documents sur les ventes de propriétés lui prit deux jours. Elle travaillait à la Fondation pour ne pas se transformer en recluse dans son appartement. Elle n'ouvrit même pas le placard blindé où se trouvaient les malles. Elle commença son enquête par les archives du cadastre de Castelfranco, la ville la plus proche du village où les deux parcelles de terre étaient situées et où étaient enregistrés les titres de propriété ; puis elle s'intéressa aux archives de Trévise, la capitale provinciale. D'après les informations en ligne des premières, les documents du XVIIIe en leur possession auraient été accessibles sur le site, mais lorsqu'elle téléphona pour se plaindre de ne pas avoir pu les trouver, aucune des personnes à qui elle put parler ne parut capable de lui dire ce qu'ils avaient mis exactement sur ce site. Obligée de passer un coup de téléphone identique au cadastre de Trévise pour poser la même question, la femme qui lui répondit lui donna bien les numéros de dossier, mais sans pouvoir lui dire où, sur leur site, ils avaient été classés.

Finalement, elle fit ce qu'elle aurait dû faire en premier, elle entra les trois noms dans la rubrique « archives de transferts de biens de la province de Trévise ». Noyée sous une marée de documents récents, elle restreignit sa recherche aux vingt dernières années de la vie de Steffani, réduisant le flot à un ruisselet.

Elle y pataugea pendant le reste de la première journée ainsi que l'essentiel de la suivante, et se rendit compte que si certaines années ne figuraient pas dans les archives en ligne, les deux familles, pendant les années qu'elle put consulter, avaient hérité, vendu, acheté, emprunté de l'argent et perdu d'innombrables pans de leurs propriétés. Elle déduisit l'existence de quelques relations familiales à partir des testaments laissant tel ou tel bien « à mon fils bien-aimé Leonardo » ou encore « au mari de la seconde fille de ma sœur bien-aimée Maria Graza ». Steffani avait hérité trois parcelles de terre, pendant cette période, dont deux furent vendues par la suite, mais ces documents ne permirent pas à Caterina de découvrir une préférence de sa part pour l'une ou l'autre branche de sa famille : il s'agissait de biens passés par son patrimoine, c'était tout.

Caterina envoya scrupuleusement son courriel quotidien au dottor Moretti pour le tenir au courant de ce qu'elle avait trouvé, prenant bien soin de faire la liste de toutes les références aux ancêtres des cousins. Il réagissait à chaque fois de manière sympathique, précisant cependant qu'il lui répondait de Brescia, où il travaillait sur une affaire compliquée ; il disait aussi qu'il lui tardait d'être de retour à Venise et de la revoir. Le premier jour, elle alla déjeuner avec Roseanna, mais le deuxième celle-ci ne vint pas à la Fondation.

Le matin du troisième jour – n'ignorant pas qu'elle le faisait pour avoir le plaisir d'une longue marche matinale par la Riva – Caterina retourna à la Marciana, sa présence était devenue quasiment institutionnalisée. Rien n'avait changé dans son alcôve : jusqu'aux emballages de ses confiseries qui se trouvaient toujours dans la corbeille à papier.

Pour se conformer au conseil donné par Cristina, elle décida d'aller jeter un coup d'œil aux deux volumes in-quarto de manuscrits que lui avait apportés la bibliothécaire quelques jours auparavant et qu'elle n'avait pas ouvert. Ils prenaient tellement de place qu'elle dut auparavant ranger les autres livres sur l'étagère.

Elle ouvrit le premier des deux gros volumes occupant toute la table, parcourut rapidement les pages d'introduction et découvrit exactement ce que lui avait dit Tina : c'était bien le tiroir aux chaussettes dépareillées, et il était à peu près impossible de faire le moindre recoupement. Elle tomba sur un contrat de mariage entre un certain « Marcos Scarpa, musistica » et « Elisabetta Pianon, serva », sur une facture d'un « fournisseur de bois » envoyée à la « Scuola della Pietà » ; en l'absence de toute précision autre que le montant, il pouvait aussi bien s'agir de bois à brûler que de bois pour fabriquer des instruments de musique.

Il y avait également un contrat entre « Giovanni de Castello, tiorbista » et « Sor Lorenzo Loredan » fixant le salaire du musicien pour trois concerts pendant la cérémonie du mariage de « *Mia figlia*, Bianca Loredan ». Le document suivant était une lettre adressée à l'abbé Nicolò. Caterina serra les poings et se redressa si brusquement que ses seins repoussèrent le lourd volume vers le fond de l'alcôve. La vive douleur fut un deuxième choc pour elle – physique celui-ci. Elle regarda à nouveau le nom : « Abbé Nicolò Montalbano ».

Dans les références qu'elle avait jusqu'ici trouvées de Montalbano, le titre d'abbé n'avait jamais figuré. Connu essentiellement comme librettiste, Montalbano était resté, pour les chercheurs qu'elle avait consultés, un personnage de l'ombre. La comtesse von Platen en parlait comme de l'homme qui avait bénéficié du « coup fatal » et qui l'avait rendu possible. C'était

Nicolò Montalbano qui avait reçu les 150 000 thalers, peu après la disparition de Königsmarck.

La lettre, la lettre, la lettre, se dit-elle – lis donc la lettre que tu as sous les yeux. Datée de janvier 1678, elle énumérait les critiques faites à un livret de Montalbano, celui de son adaptation d'*Orontea*, le premier opéra à avoir été donné à Hanovre. Caterina savait que la musique avait été écrite par Cesti, le compositeur d'*Il Pomo d'Oro*. L'auteur de la critique était sans pitié pour Nicolò Montalbano, et disait pour finir qu'il préférait de beaucoup le livret orignal de Giacinto Cicognini.

La page suivante offrait une liste des chanteurs de la première représentation vénitienne d'*Il Tito* de Cesti. Elle poursuivit sa lecture mais ne retrouva aucune allusion à Nicolò Montalbano, même si elle tomba sur de nombreuses listes de distributions d'opéras, ainsi que sur des lettres d'hommes qui paraissaient tenir le rôle d'impresarios, ou être des musiciens tentant d'organiser des représentations d'opéras dans telle ou telle ville ou tel ou tel pays. On demandait par exemple si le théâtre avait une harpe et sinon, pourrait-on en louer une dans une famille locale, et dans ce cas, qui garantirait la qualité de l'instrument ? Était-il vrai que la signora Laura, maîtresse actuelle du signor Marcello et qui aurait eu un enfant de lui, allait encore chanter le rôle d'Alceste ?

Elle poussa jusqu'à la fin du premier volume, ayant l'impression que la véritable vie de la musique et de l'opéra était contenue dans ces documents, beaucoup plus que dans les analyses desséchées que ses collègues passaient leur temps à lire et à écrire.

Le second volume commença par l'intéresser, puis rapidement par la décevoir ; il contenait le livret entier d'un opéra intitulé *Il Coraggio di Temistocle*, lequel, d'après ce qu'elle lut dans le prologue, célébrait les vertus des chefs des forces grecques à la bataille de Marathon. Mais le livret n'était pas de Métastase. Caterina tint bon sur onze pages, sous la pluie de vers tous plus emphatiques les uns que les autres, puis renonça.

Le livret occupait en fait tout le volume. Elle le referma et le posa sur le premier, puis alla les porter jusqu'à la table des ouvrages restitués afin qu'ils soient de nouveau archivés. Elle avait résisté à la tentation de lire plus avant le livret, de peur qu'il devînt encore pire. S'il s'agissait d'un exemple de ce qui avait fini par signer la mort de l'*opera seria*, Caterina ne doutait pas un instant de la justice de cette disparition.

Mais pour le moment, debout à sa fenêtre donnant sur la Piazzetta, elle était en proie aux incertitudes qui régnaient sur une autre disparition, celle du comte Philipp Christoph Königsmarck, et sur l'identité de l'abbé dont le coup fatal l'aurait renvoyé à son Créateur.

Dans ses vagabondages, son esprit la conduisit à revenir sur le sort de la femme qui faisait ces recherches, ce qui lui fit penser involontairement à l'étrange solitude de sa vie. Elle se trouvait dans sa ville natale, elle avait des parents et des amis un peu partout dans Venise et vivait cependant comme une recluse, allant du travail à son domicile et à son lit et ainsi de suite. La plupart de ses anciennes condisciples étaient mariées et avaient des enfants, si bien qu'elles n'avaient pas de temps à consacrer à leurs amies célibataires ni aux objectifs de celles-ci. Tout cela, jugeat-elle, était de la faute de la fougue avec laquelle elle s'était précipitée dans cette recherche. Elle aurait tout aussi bien pu être un de ces mineurs de fond qui pullulent dans les romans sociaux anglais, des hommes qui ne voyaient la lumière du jour que les dimanches, alors qu'ils devaient aller à l'église sous la pluie, dans la pénombre et le froid, et qui se sentaient probablement plus heureux au fond de leur mine, où au moins ils pouvaient cracher par terre. Elle était sur le front de taille, reliée au monde extérieur par cyber-contact avec Tina, par quelques conversations apparemment amicales avec un homme qui la trahissait, par un coup de téléphone occasionnel de ses parents – et par pratiquement rien d'autre.

Son lien avec le monde extérieur sonna et elle y répondit avec plaisir.

26

« Cati ? dit une voix masculine qu'elle reconnut comme celle de Sergio. Il faut que je te parle.

– Des nouvelles ? » demanda-t-elle gaiement, avant de prendre conscience de la gravité du ton de son beau-frère. Une seconde trop tard, elle demanda : « Quelque chose ne va pas ? »

Au lieu de répondre à la question, Sergio lui demanda où elle se trouvait.

« À la Marciana.

– Je suis du côté du Museo Navale. Je peux être sur place dans dix minutes. Où préfères-tu que nous nous retrouvions ?

– Au Florian. Dans le bar du fond.

– Parfait », dit-il, raccrochant aussitôt.

Sergio lui avait paru tendu et inquiet, d'une manière qu'elle n'avait jamais observée avant chez lui, et elle commença à se faire des reproches : sa demande inconsidérée que son géant de beau-frère allât menacer l'homme de la boutique n'avait pas tenu compte de la douceur de caractère de Sergio. Comment empêcher l'individu qui avait si bien réussi à la terroriser de tourner son attention, et ses menaces, sur Sergio ? Tandis qu'elle se dirigeait vers le Florian, elle pensa aux conséquences possibles : il serait tout à fait facile, pour cet inconnu qu'elle supposait vénitien, d'utiliser son réseau de contacts et d'informations pour identifier Sergio ; de là, rien de plus simple que de remonter jusqu'à son usine, à son domicile, à sa femme, à ses enfants. Et jusqu'à sa belle-sœur.

Elle avait mis cette mécanique en branle, elle s'était cachée derrière un homme taillé comme une armoire à glace dans l'espoir d'intimider un autre homme qui s'était servi de la même arme contre elle. Et tout ce qu'elle avait réussi à faire avait été de mettre en danger les personnes qu'elle aimait le plus au monde. Elle était tellement absorbée par ses idées qu'elle ne remarqua ni les miroirs ornés et dorés, ni les sièges recouverts de soie du café, pas plus qu'elle n'eût de réaction devant les sourires et les saluts du personnel. Elle alla directement dans le bar du fond, plongée dans les regrets et les reproches qu'elle s'adressait. « Mène toi-même tes batailles », murmura-t-elle pour elle-même en s'asseyant sur l'un des hauts tabourets du bar.

« *Scusi*, signorina, lui dit le serveur avec un sourire. *Non ho capito.* » Elle eut pour lui un coup d'œil surpris. Non, personne ne comprendrait ce qu'elle avait fait et les conséquences que cela pourrait avoir.

« *Un caffè* », dit-elle. Elle n'avait aucune envie de café, mais la seule idée d'ajouter un alcool quelconque à son angoisse lui donnait mal au cœur. Le café arriva rapidement, l'un des avantages du bar du fond. Elle déchira un paquet de sucre en poudre et le versa lentement dans sa tasse, remua le mélange, posa la cuillère sur le bord de la soucoupe et se tourna de côté, davantage pour ne pas être confrontée à son reflet dans le miroir que pour voir arriver Sergio.

Les serveurs s'approchaient du bar, donnaient leur commande, repartaient avec des plateaux jusqu'aux tables où étaient assis les consommateurs. Elle avait remarqué la présence de quelques courageux et courageuses, assis aux tables extérieures, sur la Piazza, frissonnant dans leur veston trop léger ou emmitouflés dans un foulard, sous le pâle soleil du printemps – mais c'était un passage obligé de toute expérience vénitienne.

Elle regarda son café, se rendant compte qu'il avait refroidi et qu'elle en avait encore moins envie qu'avant. Lorsqu'elle leva de nouveau les yeux, Sergio était là : grand, costaud, rassurant. Elle descendit de son tabouret, le prit dans ses bras et lui glissa à l'oreille : « Je suis désolée, Sergio, je suis désolée. Vraiment désolée. »

Quand elle s'écarta de lui, elle lut de l'étonnement sur son visage ; et quand elle se tourna vers le serveur, elle vit la même expression, mais mâtinée d'une curiosité non dissimulée.

« Qu'est-ce qui t'arrive ? demanda Sergio. Quelque chose ne va pas ?

– Cet homme… Qu'est-ce qu'il a fait ? »

Sergio la prit par le bras, la reconduisit à son tabouret et ne la lâcha que lorsqu'elle fut de nouveau assise. « Qu'est-ce qui s'est passé ? demanda-t-elle, redoutant le pire, mais voulant savoir.

– Cet homme ? »

Elle eut une bouffée d'irritation : de quel autre homme pouvait-il s'agir ? « Qu'est-ce qu'il a fait ? »

Mais Sergio se tourna vers le barman et lui demanda un verre de vin blanc, n'importe lequel. Il regarda la tasse de café que Caterina n'avait toujours pas touchée, effleura la tasse du revers des doigts, puis la prit avec soucoupe et cuillère et, passant sans peine par-dessus le comptoir, la posa de l'autre côté. « Deux verres », dit-il au barman, se tournant alors vers Caterina.

« Raconte-moi ce qui s'est passé, dit-elle. S'il te plaît. »

Sergio essaya de sourire, finit par y parvenir, mais elle soupçonna qu'il le faisait davantage pour calmer son anxiété. « Je n'ai pas pu y passer avant hier soir, après le travail. J'avais une réunion avec les gens d'un hôtel qui voulaient des renforcements métalliques. »

Involontairement, Caterina serra les dents devant cette explication inutile.

Le barman posa les verres devant eux. Sergio en tendit un à Caterina mais ne fit pas tinter le sien contre celui-ci et ne dit pas tchin-tchin. Il prit une longue gorgée et reposa le verre sur le comptoir. Sur quoi il se servit de cacahuètes et se mit à les enfourner une par une. Combien de temps allait-elle encore devoir attendre ?

« Il devait être à peu près sept heures ; il n'y avait personne d'autre dans la boutique. Elle est pleine de ces cochonneries qu'ils font venir de Chine. Des machins affreux, hideux. *Robaccia.* » Faisait-il traîner pour la calmer et la préparer au pire ?

« Je suis rentré, il a levé les yeux et m'a souri, avec un vague geste de la main pour me faire comprendre que j'avais tout mon temps. Comme si ces saletés pouvaient m'intéresser. » Sur quoi il la prit par surprise en ajoutant : « Quoique certaines n'étaient pas si mal. Il avait quelques échantillons de ces papillons que fabrique le type de la Calle del Fumo. Vraiment chouettes. La seule chose de vénitienne dans la boutique, en dehors de lui. »

Après avoir eu envie de le prendre dans ses bras et de le protéger, Caterina aurait aimé le serrer à la gorge pour lui arracher ses informations. Mais elle ne dit rien, prit son verre et but une gorgée de vin. Elle ne lui trouva aucun goût.

« Alors j'en ai pris un et je me suis avancé jusqu'à lui. Il avait son journal étalé devant lui. » Sergio finit les cacahuètes, prit une rasade de vin et posa le verre à côté de celui de Caterina.

« Je m'étais dit que j'allais faire comme les types dans les films : jouer d'emblée les gros durs pour lui flanquer la trouille, à cet avorton. » L'homme qui avait suivi Caterina mesurait dix centimètres de plus qu'elle : seul Sergio pouvait se permettre de le traiter d'avorton.

« Et qu'est-ce que tu as fait ?

– Je lui ai mis le papillon sous le nez et je lui ai demandé ce qu'il lui avait pris de suivre ma belle-sœur et de lui flanquer la frousse. Sur quoi j'ai cassé l'une des ailes du papillon et je l'ai laissée tomber sur le journal ouvert. » Sur ces derniers mots, Sergio regarda par terre, reprit son verre et avala une nouvelle grande rasade.

Il tint le verre entre Caterina et lui ; ses doigts puissants auraient sans peine cassé le pied. Il le reposa et prit d'autres cacahuètes.

« Qu'est-ce qu'il a fait ? » demanda-t-elle, poussée par le besoin de connaître les conséquences de son étourderie.

Sergio posa la poignée de cacahuètes sur le mouchoir en papier, à côté de son verre. « Il a repoussé sa chaise en arrière jusqu'à ce qu'il heurte le mur et il a essayé de se lever. » De l'index, Sergio poussa les cacahuètes et entreprit de les aligner. Caterina comprit qu'il préférait ne pas la regarder pour lui donner ses explications.

« Mais il n'a pas pu se lever. Il tremblait tellement fort qu'il s'est mis la tête entre les genoux. » Nouvel alignement de cacahuètes.

« Quand il s'est retrouvé tête baissée et que je voyais plus que sa nuque, il m'a répondu : "Je vous en prie, monsieur, ne me frappez pas. C'est mon père qui m'a obligé. Je ne lui ai fait aucun mal. Je ne lui ai même pas parlé." » Sergio la regarda pour avoir confirmation.

Caterina se contenta d'un hochement de tête. Il ne l'avait pas touchée. Il ne lui avait pas adressé la parole. Il l'avait suivie et l'avait terrifiée, mais il ne lui avait fait aucun mal.

« Qu'est-ce qu'il t'a fait, exactement ? Qu'est-ce qu'il t'a dit ? » demanda Sergio.

Elle secoua la tête. « Il m'a fait peur », répondit-elle. Puis elle se rendit compte que c'était largement au-dessous de la vérité. « Il m'a terrifiée. »

D'un ton beaucoup plus bas, Sergio reprit son récit. « Il s'est mis à pleurer. Mais pas comme les gens dans les films, avec les larmes qui leur coulent sur la figure et que nous, nous savons que tout ça c'est bidon. Il était proche de l'hystérie, il sanglotait, il se serrait dans ses bras et rentrait la tête comme pour se protéger. » Les paroles de Sergio lui arrivaient par bouffées, comme le vent d'hiver du Lido. « Et il s'est mis à répéter toujours la même chose. "Je ne voulais pas le faire. Mon papa m'a obligé. Je devais lui faire peur. Il a dit qu'elle ne travaillait pas assez." On aurait dit un gosse. Il n'arrivait pas à s'arrêter.

– Qu'est-ce que tu as fait ? »

Sergio écarta les bras. Il avait une telle envergure que le barman dut faire un saut de côté – si bien que le géant s'excusa. L'homme lui sourit et lui dit que ce n'était rien.

Lorsque Sergio la regarda à nouveau, il paraissait avoir repris son sang-froid. « S'il avait été un de mes gosses, je lui aurais dit de se calmer, je lui aurais donné un mouchoir, je lui aurais dit que c'était pas grave. Mais c'était le type qui t'avait suivie.

– Et alors ?

– Alors je lui ai demandé le nom de son père.

– Et ?

– Scapinelli. Ça te dit quelque chose ?

– Oui, répondit Caterina, prenant conscience qu'elle n'était pas surprise. Prenant aussi conscience qu'elle aurait dû s'en douter : Andrea ne lui avait-il pas dit que l'un des cousins se plaignait de ce qu'elle traînait dans Venise ? Elle s'en voulut de ne pas avoir fait non plus le rapprochement avec la boutique de verrerie, sachant que Scapinelli en avait plusieurs. Quelle idiote ! « Et ensuite ? se contenta-t-elle de demander.

– Ensuite, je me sentais tellement gêné que je ne savais pas quoi lui dire, et je lui ai demandé combien coûtait le papillon cassé. » Devant la mine étonnée de Caterina, il ajouta : « Je sais, je sais, c'était stupide, mais c'est la seule chose qui me soit venue à l'esprit.

– Et lui, qu'est-ce qu'il a fait ? »

Sergio esquissa un sourire. « Je crois qu'il a été aussi surpris que toi, ou que je l'étais moi-même, parce qu'il a levé les yeux et m'a répondu qu'il valait vingt euros, mais que je n'étais pas obligé de le payer. Qu'il dirait à son père qu'il avait été cassé par un client.

– Et alors ? »

L'air surpris qu'elle puisse avoir des doutes sur le comportement qu'il avait eu, Sergio répondit : « Eh bien, j'ai fait ce que j'avais à faire, j'ai sorti mon portefeuille. » Il s'arrêta et lui adressa un regard douloureux. « Quand il m'a vu faire ce mouvement, il s'est jeté de côté comme s'il croyait que j'allais le frapper. Toujours le long du mur, toujours assis sur sa chaise, penché en avant, se protégeant la tête avec les bras. » Il attendit un instant puis ajouta, comme si l'histoire n'aurait pas été complète sans ce détail : « Et il a fait un bruit. Comme un animal acculé. »

Sergio reprit son verre, le regarda et le reposa sur le comptoir.

D'une voix dans laquelle il s'efforçait d'instiller du calme, il dit alors : « J'ai sorti vingt euros et je les ai laissés sur le journal. À côté de l'aile brisée. Sur quoi, je lui ai dit qu'il ne se passerait rien de plus, et qu'il pouvait me croire.

– Et ?

– Et je suis sorti et je suis rentré chez moi.

– Tu en as parlé à Clara ?

– Non. Je voulais te mettre au courant d'abord.

– Tu as bien fait. Merci… Comment te sens-tu ?

– Comme une merde. Je n'ai jamais maltraité qui que ce soit de toute ma vie, répondit Sergio, qui précisa, sachant qu'en voyant son gabarit, personne ne le croirait : Pas depuis que j'étais gosse, bien entendu. » Il leva les mains et les fit monter et descendre le long de son corps. « Je ne suis pas très bon à ça, hein ?

– Si je comprends bien, c'est un handicap ?

– Quoi donc ?

– D'être aussi costaud. C'est un handicap ? »

Sergio sourit, à croire que la question venait soudain de le libérer de quelque chose. « Je n'y avais jamais pensé de cette façon », admit-il d'un ton donnant l'impression qu'il était sous l'effet d'une révélation. Il prit encore une poignée de cacahuètes et se les mit toutes dans la bouche. Il mâcha un moment, les fit descendre avec son reste de vin. Il se tourna et fit signe au barman, avec une mimique interrogative pour Caterina, mais celle-ci refusa l'offre d'un second verre.

Le barman fut rapidement de retour avec un nouveau verre de blanc. Avoir vu la main de Sergio passer si près lui donnait peut-être envie de ne pas faire attendre ce client.

Sergio prit son verre et le tendit vers Caterina. « Qu'est-ce que je dois faire avec Clara ?

– Tu veux dire, comment lui en parler ?

– Oui.

– Tu lui dis tout, d'habitude, non ? »

Il acquiesça de la tête.

« Dans ce cas, il vaut mieux lui raconter ça.

– C'est ce que je pensais, moi aussi.

– Mais il faut bien expliquer que tu l'as fait pour moi, hein ?

– Tu crois que ça va changer quelque chose ? » Comme elle le savait depuis le temps qu'elle le connaissait, Sergio pouvait être aussi dur envers lui-même qu'elle l'était elle-même devant ses propres excès.

« Tu aidais quelqu'un de la famille. Si elle doit se mettre en colère, qu'elle soit en colère contre moi.

– Ce ne serait pas la première fois, n'est-ce pas ? » demanda-t-il. Puis il sourit. Caterina tendit la main vers les cacahuètes et se dit qu'elle allait prendre un deuxième verre de vin, en fin de compte.

27

Sergio l'invita à dîner, mais Caterina n'avait aucune envie de se rendre aussi loin que San Polo. Comme revenaient vite les habitudes qu'on avait d'une ville : voilà qu'elle renâclait à l'idée de quitter son propre quartier et voyait une invitation à San Polo ou Santa Croce comme à peine différente d'une expédition forcée dans l'Himalaya. Que se passerait-il, s'il lui fallait franchir le pont della Libertà pour se rendre sur la terre ferme ? Devrait-elle prendre son passeport ? Refuser de quitter Venise par peur de nourritures bizarres, ou de maladies exotiques ?

Elle parvint à chasser ces idées et s'en tira en persuadant Sergio qu'il lui serait plus facile d'expliquer les choses à Clara si elle-même n'était pas présente.

Quand ils quittèrent le Florian, il lui proposa de l'accompagner, ce qui aurait signifié qu'il allait devoir revenir vers l'Académie. Elle refusa. Il l'embrassa sur les deux joues, lui dit de ne pas hésiter à l'appeler si elle avait besoin de quelque chose, et reprit la direction de son foyer et de sa famille.

Caterina gagna la Riva, constata que la lumière du jour disparaissait rapidement et prit le chemin de son domicile. Ils étaient vraiment nuls, l'un comme l'autre, car au premier signe de faiblesse, elle comme Sergio capitulaient. Dans son cas, sa répugnance à la confrontation venait de ce qu'elle ne se sentait pas de taille. Ce n'était pas par principe.

À l'époque où Caterina était à l'université, la chanteuse Mina était mythique depuis longtemps, et ses enregistrements pouvaient encore étonner. Caterina avait adoré la couverture d'un de ses disques – cela devait bien remonter à une trentaine d'années –, où elle apparaissait, grâce à un montage parfait, avec le corps d'un culturiste. Une tête de femme (et son cerveau) au sommet de cent kilos de muscles et de force : si elle avait eu un tel corps, avait-elle cru à une époque, elle serait le chef du Département de musique à l'Université de Vienne. Sinon chef d'État, fichtre.

Mais aujourd'hui, après avoir appris que la taille et la force pouvaient être un handicap, au moins pour quelqu'un d'aussi honnête que Sergio, elle devait balayer cette illusion. L'homme qui l'avait suivie l'avait fait parce qu'il avait peur de son père, peur qui le rendait à présent intouchable aux yeux de Sergio comme des siens. « *Mamma mia* », murmura-t-elle.

Une fois à l'appartement, elle consacra deux heures de plus à la poursuite de l'abbé Nicolò Montalbano dans des ouvrages d'érudition et des revues en quatre langues, cherchant des traces de son passage dans les catalogues énumérant les milliers de livres à présent disponibles en ligne, même si elle savait qu'elle avait peu de chances de le voir apparaître. Elle le chercha dans des revues historiques, dans des thèses musicologiques, dans les dossiers diplomatiques de principautés mineures, et jusque dans les mémoires d'aristocrates dont les noms étaient oubliés depuis longtemps.

Sa silhouette se profila cependant à plusieurs reprises. En 1680, il avait accompagné Friedrich-

August, fils d'Ernst-August, en tant que tuteur pour un voyage à Venise et à Rome. Une lettre d'un compositeur pour lequel il avait écrit des livrets parlait de lui comme étant extrêmement croyant, mais «d'une manière superstitieuse». On pensait que Montalbano était vénitien, mais elle ne trouva aucune trace attestant sa naissance dans les archives de la Sérénissime. Il hanta la cour de Hanovre pendant des années, toujours prêt, apparemment, à venir à l'aide d'Ernst-August pour régler ses problèmes familiaux. On ne savait à peu près rien du salaire qu'il touchait jusqu'au jour où il avait reçu la somme royale – le mot fit sourire Caterina – de 150 000 thalers, l'année de la mort de Königsmarck. D'autres sources parlaient de seulement 10 000 thalers. Caterina trouva les dernières références au librettiste dans une biographie de Leibniz ; on y disait qu'il était retourné dans son pays natal pour devenir archidiacre, à Mantoue, où il était mort en 1695, et dans les livres de comptes de la cour de Hanovre, dans lesquels apparaissait une pension versée «à la maîtresse de l'abbé Montalbano» pendant les quarante-six années qui avaient suivi sa mort. Quant à ce que lui-même avait reçu en salaire ou en pension, non seulement on en ignorait les montants, mais toute trace en avait disparu.

Changeant de dossiers, Caterina retrouva ce qu'avait écrit la comtesse von Platen :

> «C'est l'Abbé qui a bénéficié du coup fatal qui l'a envoyé retrouver son Créateur. [...] N'a-t-il pas, comme Judas, rendu possible le crime tout en en profitant ? L'argent du sang lui a permis d'acheter les Joyaux du Paradis, mais rien n'aurait pu lui permettre de racheter sa virilité, son honneur et sa beauté. »

« Erreur sur le pronom, espèce d'idiote », dit-elle à voix haute. Si le « il » se référait à l'abbé Nicolò Montalbano et non à l'abbé Steffani, le tableau qu'elle se faisait de ce dernier changeait du tout au tout. Il n'était plus un assassin, il n'était plus impliqué dans un meurtre destiné à renforcer son pouvoir politique ou sa religion : voici qu'il redevenait un remarquable compositeur, un homme soucieux de servir les intérêts de sa famille et de son Église. « Rien n'aurait pu lui permettre de racheter sa virilité… » S'il ne s'agissait pas d'une allusion à Steffani, l'auteur de cette phrase utilisait le terme « virilité » comme synecdoque de toutes les vertus viriles qui manquaient à un homme comme Nicolò Montalbano, et non pas pour faire allusion à l'absence de parties de son corps.

Quant aux Joyaux du Paradis, voilà qui restait un mystère pour elle. Qu'est-ce que Nicolò Montalbano avait bien pu acheter avec l'argent du sang ? Et qu'est-ce que cet argent était devenu après sa mort ?

La faim lui rappela qu'il était temps d'arrêter de se poser ces questions et de trouver quelque chose à manger. Elle mit des courgettes à frire, y ajouta des tomates et laissa mijoter le tout. C'est alors qu'elle prit brusquement conscience que, pendant tout ce temps, elle n'avait pas fait quelque chose de pourtant évident, écouter la musique de Steffani. Elle en avait lue, elle avait fredonné ou chanté à voix basse certains airs, mais elle n'en avait pas vraiment écouté. Elle retourna à son ordinateur et se brancha sur YouTube, tapa le nom du compositeur, puis sélectionna *Niobe*, l'œuvre de lui qu'elle connaissait le mieux.

Baissant le feu au minimum sous les courgettes et retournant dans le coin repas, le coup d'œil qu'elle jeta par la fenêtre lui permit de voir que la famille Ours était à table. Elle éteignit la lumière et se plaça de manière à être invisible pour eux, afin de mieux les étudier. Niobe était la mère de quatorze enfants et se glorifiait tellement de leurs perfections qu'elle avait attiré sur elle la colère des dieux, qui les avaient tous massacrés. Les Ours en avaient deux, assis à table avec eux.

Monsieur Ours ouvrit une bouteille de vin et remplit le verre de sa femme, puis le sien. Caterina jugea que l'idée était excellente : elle alla prendre la bouteille de Ribolla Gialla qui était dans son réfrigérateur et s'en servit un verre. L'air qui venait de l'ordinateur était, pensait-elle, la lamentation du roi Antifone, père des enfants massacrés, chanté par un contre-ténor dont elle ne reconnut pas la voix.

De l'autre côté de la ruelle, monsieur Ours se tourna vers son fils et lui ébouriffa gentiment les cheveux, laissant sa main un instant posée sur la nuque de l'enfant avant de reprendre ses couverts. La voix du chanteur, discrètement accompagnée du luth et de violons, chanta le futur, pour Caterina : *pianti, dolor e tormenti*. Monsieur Ours se réveillait-il la nuit, rongé d'inquiétude pour la sécurité de ses enfants, à la manière dont ses parents, comme elle le savait, s'étaient fait du souci pour elle et ses sœurs ? Était-il toujours à deux doigts d'exprimer *il mio dolor* ? Son père avait été enseignant, Antifone était roi – et monsieur Ours ? Que faisait-il pour ramener du miel pour son épouse et ses enfants ? Était-ce si important ? Le chagrin était le grand niveleur.

Le rythme de la musique changea, et Antifone appela ses troupes *all'armi*. Presque comme par magie, à croire que la famille Ours écoutait la même musique chez eux, le fils piqua sa fourchette dans son assiette, jeta un coup d'œil pour rechercher l'approbation de son père, agita un instant en l'air ce qui paraissait être quelques pâtes, puis les enfourna – tout ça sur le rythme de l'air chanté par le roi. Caterina éclata de rire et prit une nouvelle gorgée de vin.

La fillette, qui se trouvait assise en face de son frère, eut pour lui le regard qu'ont toutes les petites sœurs quand leur frère aîné monopolise l'attention de tous. Et l'amour dans tout ça ? Son expression était l'incarnation même de la tragédie enfantine, pendant que montait de l'ordinateur la même voix annonçant *Dell'alma stanca* et, à la vérité, la fillette présentait tous les signes d'une âme fatiguée et en proie à la déréliction. Puis, juste au moment où les paroles évoquaient les *placidi respiri*, son papa se pencha sur elle et l'embrassa sur la joue. Le regard qu'elle eut alors pour son père était tellement rempli de bonheur que Caterina détourna les yeux en se disant que le moment était venu d'aller voir où en étaient ses courgettes.

Le temps qu'elle pose son assiette et son verre sur la table, la famille Ours avait terminé son repas et quitté la cuisine. Caterina, n'ayant plus envie de lire, chassa l'idée des enfants, pour repenser à la place aux hommes, ceux de l'histoire comme ceux de son présent, qu'elle avait rencontrés depuis son retour à Venise. Ses pensées ne suivirent pas l'ordre chronologique de ces rencontres, mais sautèrent de l'un à l'autre, puis firent un bond de plusieurs siècles inspiré par les similitudes qu'il y avait entre eux : leur effet sur les femmes, leur loyauté à des amis ou à des causes, le sérieux de leurs désirs.

À la fin d'une considérable méditation, et à sa grande surprise, elle se rendit compte que Steffani était l'homme qu'elle trouvait le plus intéressant, même si elle échouait complètement à se faire une idée claire de qui il était, ou si elle ne ressentait pas d'autre émotion pour lui que la pitié. Prêtre, prosélyte, espion du Vatican, Steffani était tout cela à la fois, soit des états qu'elle avait été historiquement conditionnée à traiter par le mépris. En même temps, elle n'avait trouvé aucune preuve que Steffani eût trahi qui que ce fût, ni qu'il eût suggéré qu'on brûlât les hérétiques. Et il avait écrit cette musique dont les échos retentissaient encore en elle.

Elle continua à penser à lui tout en faisant sa vaisselle. Il avait fait partie du sérail, avait été formé au Vatican et connaissait bien les méthodes de la *Propaganda Fide*. Il savait qui ils étaient et avait contribué à mettre d'autres personnes en leur pouvoir. Elle s'arrêta dans son geste – elle essuyait son verre avec un torchon –, se rendant compte tout d'un coup qu'elle ne savait pas si Steffani croyait à tout cela ou non. Était-il un homme de son temps, aussi opportuniste que tout un chacun, pour qui l'Église n'était qu'un moyen d'étendre son pouvoir, qui ne désirait convertir les gens que pour faire du chiffre ? Ou bien croyait-il à tout cela, et souhaitait-il convertir les autres pour qu'ils trouvassent leur salut dans la « vraie foi », comme lui-même pensait l'avoir trouvé ? Rien de ce qu'elle avait lu sur lui ne permettait d'en décider. Son *Stabat Mater* n'était-il pas un magnifique exemple de foi, en plus d'un exemple de génie musical ?

Caterina arriva à neuf heures tapantes à la Fondation, le lendemain matin, décidée à s'attaquer aux documents de la seconde malle. Elle s'immobilisa après avoir refermé la porte extérieure du bâtiment, attirée par les sons en provenance du bureau de Roseanna, comme si c'était la musique du Parnasse elle-même. Et en effet, quand elle franchit la porte ouverte, elle trouva ce qu'elle s'attendait à voir : Roseanna tapant à la machine, clic-clic-clic-clac, puis wiz et bam, et clic-clic-clic-clic, wiz-bam encore.

Elle frappa sur le montant ; Roseanna leva la tête et sourit en la voyant. « Tu veux essayer ? » demanda-t-elle en éclatant de rire.

Caterina secoua la tête devant ce mystère. « Non, merci. Mais je voudrais que tu me donnes un coup de main. »

Sans même demander de quoi il s'agissait, Roseanna abandonna sa tâche et se leva. « Avec plaisir.

– Au premier. Les malles. Je voudrais m'atteler aux papiers de la seconde, mais je n'ai pas envie de me pencher tout le temps par-dessus la première, surtout quand je serai au bas des piles. »

Tout en parlant des problèmes de dos et des personnes qu'elles connaissaient qui en étaient affligées, les deux femmes se rendirent dans le bureau du directeur, au premier. Caterina ouvrit et eut la surprise de trouver la pièce chaude – presque trop. Elle regarda autour d'elle à la recherche de la source de cette chaleur, pensant déjà à un incendie. Mais Roseanna la rassura tout de suite en allant ouvrir l'une des fenêtres, avant de repousser les volets, laissant le soleil entrer à flots dans le bureau, accompagné de l'air tiède du printemps et de chants d'oiseaux. « Enfin », dit Roseanna avec un soulagement évident. Elle ouvrit l'autre fenêtre et laissa les deux ouvertes.

Ravie de cette chaleur et réjouie par les chants d'oiseaux, Caterina déverrouilla et ouvrit en grand les portes du placard blindé. Les deux femmes restèrent un moment à discuter de la meilleure manière de déplacer la première afin d'accéder plus facilement à la seconde.

Une fois d'accord, elles tirèrent la première malle par ses poignées latérales et la posèrent lentement sur le plancher. Elles firent la même manœuvre avec la seconde, qui pesait davantage, la posant à côté de la première. Sans même se concerter, elles reprirent la première et la repoussèrent jusque dans le fond du placard, puis hissèrent la seconde à la place qu'avait occupée l'autre.

« Merci, dit Caterina. Tu n'es pas un peu curieuse ? »

Roseanna, qui n'avait pas vu grand-chose des papiers lors de la première ouverture des malles, répondit qu'elle l'était, mais resta poliment à bonne distance, comme pour reconnaître que seule Caterina avait le droit d'ouvrir la malle.

Ce qu'elle fit. Se penchant dessus, elle constata que les papiers avaient bougé et ne se présentaient plus en piles bien séparées. Certaines feuilles avaient même réussi à en sortir et s'étaient glissées verticalement entre les piles. Pensant en professionnelle de la recherche documentaire, elle comprit qu'elle risquait d'avoir un problème de chronologie pour les documents qui n'auraient pas été datés et se mit à réfléchir à la meilleure manière de les retirer pour les remettre dans l'ordre qu'ils avaient eu avant de se déplacer.

La meilleure façon, se dit-elle, était peut-être de retirer les papiers transformés en feuilles volantes, puis de glisser la main entre les piles écartées pour vérifier si d'autres documents n'auraient pas glissé jusqu'au fond de la malle.

Elle s'accroupit à côté, se pencha sur l'ouverture, faisant passer son poids dans sa main droite appuyée au rebord. Puis elle glissa la main gauche dans l'intervalle séparant les deux piles, paume contre les papiers. Lentement, elle poussa jusqu'au fond, sentant les papiers qui frottaient contre sa main. Elle progressait avec lenteur, dans l'espoir de retrouver le vide entre les piles.

Elle entendit Roseanna qui se déplaçait derrière elle et eut un mouvement de surprise, si bien que son pied gauche glissa sur le parquet ciré et qu'elle perdit l'équilibre, tombant en avant, c'est-à-dire vers l'intérieur de la malle. Sa main gauche atterrit à plat sur le fond de la malle et sa main droite à plat sur le parquet, juste à la même hauteur ; elle se contracta de tout son corps, les coudes raides.

Elle se retrouva dans une position peu élégante, à moitié dans la malle, à moitié à l'extérieur, le genou droit au sol, la jambe gauche tendue derrière elle. Roseanna fut immédiatement à côté d'elle, passant une main sous l'aisselle de Caterina pour essayer de l'aider à se relever. « Tu ne t'es pas fait mal ? »

Caterina ne répondit pas et n'entendit peut-être même pas la question. Elle ramena sa jambe gauche pour se retrouver les deux genoux sur le parquet, ce qui la fit se redresser un peu au-dessus du rebord de la malle. Mais elle ne se dégagea pas. Elle resta comme elle était, à genoux, une main dans la malle, l'autre à l'extérieur, les deux paumes à plat.

« Qu'est-ce qui t'arrive ? demanda Roseanna, lui serrant l'épaule pour attirer son attention.

– Le plancher, dit Caterina.

– Quoi donc, le plancher ? » Roseanna regarda le parquet, autour d'elle.

« Il est plus bas que le fond de la malle. »

Roseanna eut l'air légèrement inquiète, mais elle laissa sa main sur l'épaule de Caterina, la serrant cette fois dans un geste de réconfort. D'une voix volontairement douce, elle demanda : « Qu'est-ce que tu veux dire, Caterina ? »

Au lieu de répondre, Caterina se souleva encore un peu, mais sans déplacer ses mains. Puis elle pivota du buste pour regarder Roseanna, toujours sans changer de position. « Le fond de la malle est plus haut que le plancher. » Devant l'expression perplexe de Roseanna, elle ne put qu'éclater de rire.

« Elle possède tout simplement un double fond », expliqua-t-elle. Quelques secondes passèrent. Roseanna la regarda, se rendit compte que Caterina avait une épaule plus haute que l'autre et se mit à rire à son tour.

Il fallut un moment à Caterina pour décider de ce qu'elle devait faire. Elle retira lentement sa main du fond de la malle, sa paume glissant encore contre les papiers de manière à ne pas les endommager, puis elle se leva. Une fois de plus sans avoir besoin de se concerter, les deux femmes empoignèrent la malle et la déplacèrent pour la dégager du bas du placard. « J'ai besoin d'un bâton », dit Caterina. Roseanna comprit sur-le-champ.

« Le menuisier, de l'autre côté de la rue. Il a certainement un mètre pliant, ce sera encore mieux. » Sans laisser à Caterina le temps de répondre, Roseanna sortit de la pièce.

Caterina revint à son premier problème : comment extirper les papiers de la malle sans déranger l'ordre dans lequel ils étaient tombés. Elle glissa une fois de plus sa main ouverte le long des feuilles, le bout de ses doigts tâtonnant au milieu des papiers emmêlés. À coups de petits mouvements brefs elle se coula jusqu'au milieu de l'amas de feuilles, qu'elle déplaça vers la paroi de la malle, prête à tout laisser en place au premier signe de résistance. Mais le lot se libéra sans peine et elle se retrouva avec une pile désordonnée entre les mains. Elle alla à sa table de travail et posa celle-ci le plus loin possible sur la gauche.

De retour à la malle, elle constata que les papiers encore mélangés allaient en réalité jusqu'au fond. Elle se pencha et répéta le même mouvement, et elle tenait une nouvelle poignée de papiers à la main lorsqu'elle se redressa. Elle plaça celle-ci à droite de la première. Le temps que Roseanna revînt, il y avait déjà cinq piles alignées sur la table. On voyait à présent facilement que le reste des papiers était disposé en deux piles séparées de paquets tous correctement ficelés.

Roseanna agita le mètre pliant gradué au-dessus de sa tête. « J'en ai un ! » dit-elle d'un ton aussi triomphant que son geste.

Caterina lui répondit par un sourire. « Sortons d'abord le reste des documents. Elle s'agenouilla de nouveau à côté de la malle, dans laquelle elle prit quelques paquets de la pile de gauche et alla les poser sur la table. Roseanna posa son mètre et s'approcha. Comme on dit en anglais : *Singe voit, singe fait*. Elle prit une quantité de paquets à peu près identiques à celle que venait de sortir Caterina et alla la poser à côté de la première, puis les deux femmes répétèrent le processus jusqu'à ce que la malle fût vide.

Caterina prit alors le mètre et déplia les trois premiers segments de vingt centimètres. La malle ne devait pas être plus profonde que ça, pensa-t-elle. Elle posa l'extrémité du mètre au sol. « Cinquante-neuf centimètres », dit-elle, assez satisfaite de son coup d'œil.

Puis elle fit passer le mètre à l'intérieur de la malle jusqu'à ce qu'il touche le fond. « Cinquante-deux », annonça-t-elle. Par curiosité, elle mesura ensuite l'épaisseur des planches dont la malle était faite : un centimètre et demi. Si bien qu'en admettant que l'épaisseur des planches du vrai et du double fond fût identique, il y aurait encore un vide de quatre centimètres et demi dans lequel on aurait pu placer des papiers ou des petits objets.

« Et maintenant, demanda Roseanna, qu'est-ce que nous faisons ? »

Au lieu de répondre, Caterina se pencha à l'intérieur de la malle et se mit à tâter les quatre côtés du fond avec les doigts. Tout paraissait lisse. « Tu n'aurais pas une lampe torche ? demanda-t-elle à Roseanna, qui s'était agenouillée à côté d'elle.

– Non, je n'en ai pas, mais j'ai ça. » Elle glissa une main dans la poche de sa veste et en retira son iPhone. Elle en tapota la surface à plusieurs reprises et une minuscule ampoule s'alluma. Elle fit passer le rayon de la petite lampe le long de tous les angles du fond de la malle. Caterina voulut se pencher à son tour sur la malle, mais elle heurta Roseanna qui laissa tomber son portable.

Elle le reprit et se plaça sur le petit côté de la malle, laissant Caterina occuper le grand côté. « Je vais faire le tour plus lentement, cette fois. »

Caterina acquiesça d'un signe de tête, craignant qu'il ne soit nécessaire de démolir le double fond pour accéder à l'espace en dessous. Elle fit passer ses doigts le long des angles, plus lentement elle aussi, fermant même les yeux pour se concentrer uniquement sur les sensations que lui transmettaient ses doigts. Lorsqu'elle eut parcouru les quatre côtés, elle recommença l'opération, mais cette fois sur les parois latérales, juste au-dessus des angles.

À quelques centimètres d'un des coins, elle sentit quelque chose, sans avoir la moindre idée de ce que c'était. Tout près de la jonction, il y avait une minuscule imperfection, comme un éclat qui aurait sauté d'un verre à vin, mais si lisse qu'à moins de la rechercher, elle serait passée inaperçue. «Donne-moi un crayon, s'il te plaît», dit-elle, gardant le doigt sur l'emplacement.

Roseanna posa le téléphone sur le fond de la malle et alla prendre un crayon sur la table de travail. Caterina le saisit de la main gauche et fit une croix sur le fond, juste en dessous de l'endroit où elle avait senti le trou. Puis elle continua l'exploration des trois autres côtés, mais le bois était aussi lisse que du velours.

Quand elle eut terminé, elle reprit le crayon de la main droite et donna quelques petits coups juste au-dessus de la marque. La pointe du crayon s'enfonça de quelques millimètres et s'arrêta, soit parce que le diamètre du crayon était trop gros à cette hauteur, soit parce que la pointe avait touché quelque chose.

Caterina se leva et alla prendre un objet pourtant improbable dans un sac de dame : un couteau suisse.

«Qu'est-ce que tu veux faire ?» demanda Roseanna décontenancée.

Caterina ne répondit pas, revint et s'agenouilla une fois de plus à côté de la malle. Elle examina le couteau, le fit tourner dans sa main et ouvrit le tire-bouchon. «Ça fera peut-être l'affaire», dit-elle en passant le bras dans la malle.

Roseanna reprit son téléphone et éclaira la marque au crayon. Caterina manipula le couteau jusqu'à ce que la pointe du tire-bouchon retrouve le trou caché, puis poussa la pointe à l'intérieur. En douceur, elle essaya de la faire tourner, d'un côté, puis de l'autre, mais rien ne bougea. Il ne lui restait qu'une chose à faire, incliner la pointe incurvée vers le bas jusqu'à ce qu'elle eût atteint le bas du panneau et, si possible, le relever.

Elle saisit fermement le corps du couteau, à présent transformé en poignée, et le pressa vers le bas tout en tournant. Elle sentit tout d'abord la même résistance que lorsqu'elle avait essayé de déplacer la pointe latéralement, puis elle eut l'impression que le tire-bouchon pénétrait dans quelque chose, car la résistance diminua. La poignée s'était rapprochée de la paroi, ce faisant, et elle dut la lâcher et se contenter de la pousser du plat de la main.

Elle vit alors que le fond de la malle commençait à se soulever, et le mouvement ne s'arrêta que lorsque la poignée ne put plus aller plus loin. Le panneau du fond s'était détaché de l'un des angles ; elle glissa tout d'abord ses ongles, puis le bout de ses doigts dessous. Elle le tira délicatement à elle, et tout le panneau se releva aussi facilement que le couvercle d'une boîte à cigares. Lorsqu'il fut à hauteur du rebord de la malle, les deux femmes constatèrent qu'il avait des bords biseautés des quatre côtés, ce qui permettrait de le remettre parfaitement en place ; il faudrait refaire la même manœuvre, en insérant une pointe dans le trou, pour le soulever à nouveau.

Caterina sortit le panneau de la malle et constata, avec étonnement, qu'il était beaucoup plus fin que les autres panneaux : un demi-centimètre d'épaisseur, environ. Elle le posa contre le mur. Les deux femmes se penchèrent alors ensemble sur la malle, Roseanna éclairant le fond avec son téléphone.

Elles virent une pièce de tissu épaisse qui aurait pu être une serviette, voire un jeté de table. Du lin, encore intact en dépit de son âge. Caterina mit les deux bras dans le coffre et, saisissant la pièce de tissu par deux de ses angles, la dégagea doucement. Dessous, nichés dans les replis d'un tissu paraissant identique au premier, se trouvaient six sacs de cuir plats, fermés à la mode ancienne par un lacet qu'on tirait. Chacun avait la taille approximative d'une main humaine. Un morceau de papier était posé dessus.

Caterina, en bonne documentaliste, prit la feuille de papier à deux mains et la sortit avec précaution de la malle. Toujours agenouillée, elle la posa sur l'un des angles de la malle pour l'examiner.

Elle reconnut l'écriture penchée en arrière. « Sachant que ma mort est prochaine, Moi, Évêque Agostino Steffani, ai pris la plume pour disposer de mes biens d'une manière juste et conforme à la volonté divine. » Le document était daté du 1er février 1728, soit deux semaines avant son décès. Caterina regarda de nouveau le fond.

« Qu'est-ce que c'est ? voulut savoir Roseanna.

– Le testament de Steffani. »

28

« *Oddio*, dit Roseanna. Après tout ce temps… »

Caterina n'avait pas encore étudié le document de près, mais elle avait remarqué l'absence de signatures de témoins – même si cette absence n'avait plus aucune importance au bout de trois siècles. Elle se tourna vers Roseanna. « Je crois que nous devons les appeler.

– Qui donc ?

– Le dottor Moretti et les cousins.

– Commence donc par le dottor Moretti, lui suggéra Roseanna. S'il n'est pas présent, il n'y aura aucun moyen de les contrôler, quand ils verront ces sacs. »

Roseanna avait raison, comme Caterina le savait. Elle avait en mémoire le numéro de téléphone de l'avocat et le composa aussitôt.

« Ah, Caterina, dit-il en manière de salutation. À quoi dois-je ce plaisir ? »

Elle dut faire un effort pour garder un ton amical. « Je viens de trouver quelque chose, mais je préférerais que toi et les cousins soyez là.

– De quoi s'agit-il ?

– De dispositions testamentaires, ne put-elle s'empêcher de répondre.

– Tu veux dire… celles de Steffani ? demanda-t-il, parlant plus fort, une tension dans la voix.

– Oui, et quelque chose d'autre.

– Dis-moi.

– Il y avait un double fond dans la seconde malle et dessous, six sacs de cuir étaient cachés. Avec un testament signé de sa main posé dessus.

– Tu en es certaine ?

– J'ai vu d'autres textes de sa main et l'écriture paraît bien la même.

– As-tu appelé les cousins ?

– Non. Nous avons pensé que nous devions d'abord te contacter.

– Nous ?

– La signora Salvi était avec moi quand j'ai fait cette découverte.

– Je croyais que tu avais dit que tu préférais être seule pour travailler. » Il y avait dans sa voix une tension nouvelle pour Caterina.

« Je lui avais demandé de m'aider à déplacer les malles.

– C'est à moi que tu aurais dû le demander », répliqua-t-il. Elle sentit qu'il faisait un gros effort pour parler d'un ton normal.

« J'ignorais ce que j'allais trouver, lui fit observer Caterina d'un ton calme. Si je l'avais su, je t'aurais certainement appelé. » Elle laissa le silence croître entre eux avant d'ajouter : « Ne pourrais-tu pas les appeler toi-même ? Et venir ici ?

– Certainement. Tout de suite. » Lui aussi marqua un temps de silence. « Je préférerais que tu n'ouvres pas ces sacs que tu dis avoir trouvés.

– On m'a engagée pour déchiffrer des documents, pas pour fouiller dans des affaires », rétorqua-t-elle. Il n'avait pas pu ne pas sentir le coup de griffe.

« Je les contacte et je te rappelle. »

Quand elle eut raccroché, Roseanna lui dit, non sans une certaine surprise dans la voix : « Tu ne m'as pas parue très amicale.

– Le dottor Moretti n'est que mon employeur.

– Je croyais que c'étaient les cousins.

– Bien sûr, mais il travaille pour eux et ils lui ont demandé de surveiller mon travail ; en ce sens, il est mon employeur. »

Roseanna ouvrit la bouche pour parler, la referma et recommença. « Je ne suis pas certaine qu'il le soit, dit-elle finalement.

– Que veux-tu dire ?

– Je ne suis pas certaine qu'il soit ton employeur, ou même de ce qu'il mijote, répondit Roseanna.

– À quel autre titre pourrait-il être impliqué ? »

Roseanna haussa les épaules. « Je n'en ai aucune idée, mais je les ai entendus parler, dans le couloir, juste devant mon bureau, le jour où les malles sont arrivées.

– Tous les trois ?

– Pardon ?

– Tu les as entendu parler tous les trois ?

– Non, seulement les cousins.

– Et ils parlaient de quoi ?

– Ils avaient insisté pour être là, les cousins. D'après ce que j'ai cru comprendre, il les avait déjà convaincus d'engager un chercheur.

– Qu'est-ce qui te fait dire ça ?

– C'était leur manière de justifier leur présence quand les malles sont arrivées. Ils prétendaient vouloir vérifier que le chercheur engagé aurait assez de place pour travailler. » Roseanna poussa un petit grognement de mauvaise humeur. « En réalité, ils s'en souciaient comme d'une guigne – et quelle idée pouvaient-ils avoir sur l'espace nécessaire à un chercheur ? Ils ne savent même pas ce que c'est qu'un chercheur. » Ayant manifesté sa colère contre les cousins, ce fut d'un ton plus calme qu'elle continua. « Toujours est-il que c'est le prétexte qu'ils ont pris pour venir. Mais je n'y ai pas cru une minute.

– Dans ce cas, pourquoi seraient-ils venus, d'après toi ?

– Pour regarder les malles, peut-être même pour les toucher, une sorte de comportement magique, comme les gens qui regardent tous les jours les cours de la Bourse pour voir où en sont leurs actions. »

Sans pouvoir cacher son impatience, Caterina demanda : « Mais qu'est-ce que tu les as entendus dire ? »

Roseanna inclina la tête et eut une mimique comme pour dire qu'en effet, elle tournait autour du pot. « Ils quittaient la Fondation, tous les trois, mais le dottor Moretti avait du mal à fermer la porte donnant sur la cage d'escalier, et les deux cousins sont passés devant mon bureau alors que Moretti était resté en arrière. » Elle attendit un instant, mais Caterina ne l'encouragea pas à continuer. « Stievani a dit quelque chose comme quoi il n'aimait pas Moretti, et l'autre lui a répondu que ce n'était pas tous les jours qu'on pouvait s'offrir un avocat comme lui, et qu'ils devraient être contents qu'on le leur ait envoyé, ou quelque chose comme ça.

– Et qu'est-ce que cela veut dire ? »

Roseanna haussa les épaules et sourit. « Aucune idée. Je ne suis même pas sûre de ce qu'ils ont dit, exactement. Ils passaient devant ma porte, et je ne faisais pas vraiment attention. »

Qui donc aurait pu envoyer Moretti travailler pour les cousins ? se demanda Caterina. Il n'avait pas dû être bien difficile de les convaincre d'accepter les services d'un avocat : si un entrepreneur de pompes funèbres leur proposait de les enterrer gratuitement, ils seraient capables de se suicider pour profiter de l'offre.

Son téléphone sonna. Le dottor Moretti lui dit qu'il avait contacté les deux cousins et qu'ils arriveraient tous les trois à la Fondation d'ici à une heure. Elle le remercia, raccrocha et transmit le message à Roseanna.

« Nous avons le temps d'aller prendre un café, déclara Roseanna.

– Il faut que je mette tout ça sous clef avant. » Caterina eut un geste de la main qui englobait toute la pièce. Elle se souvenait très bien qu'elle avait une fois oublié de le faire.

« *Va a remengo, questo* », répliqua Roseanna, expédiant les malles et les papiers au diable ou les confinant à l'insignifiance, ou les deux. Elles allèrent donc prendre un café et, à leur retour, attendirent les trois hommes dans le bureau de Roseanna.

Il leur fallut en réalité un peu plus d'une heure. Caterina s'étonna de les voir débarquer ensemble alors qu'elle s'était attendue à les voir arriver en ordre dispersé, le premier des cousins disant qu'il pouvait attendre au premier en promettant de ne toucher à rien. Sans doute le dottor Moretti avait-il envisagé cette possibilité et leur avait-il donné rendez-vous ailleurs, à moins qu'il ne leur eût tout simplement pas expliqué pour quelle raison ils voulaient les voir, simplement qu'il était impératif qu'ils eussent une réunion. Elle se rendit compte qu'elle s'en moquait et que peu lui importait la manière dont il avait manœuvré.

Stievani paraissait impatient ; Scapinelli mal à l'aise, comme quelqu'un qui a reçu une mauvaise nouvelle et craint que la réalité ne soit encore pire. À moins que son fils ne l'eût mis au courant de la visite de Sergio – elle l'espérait bien. Le dottor Moretti avait l'air comme d'habitude, le brillant de ses chaussures et les rayures quasi invisibles de son costume bleu foncé y compris. Il adressa un signe de tête à Roseanna, sourit aimablement à Caterina. La prudence incarnée, cet homme.

Ils se serrèrent la main, mais avant que Caterina ait pu dire un mot, Scapinelli lança : « Allons au premier. »

Autrement dit, Moretti les avait mis au courant, comprit Caterina. Sans un mot, elle ouvrit la voie jusqu'à l'étage et au bureau du directeur, dans lequel elle entra la première, suivie de Moretti, des deux cousins et de Roseanna.

Tous restèrent près de la porte, même si l'attention des trois hommes était clairement tournée vers le fond de la pièce, leur regard étant comme un rayon laser posé sur la malle ouverte, à la gauche du placard blindé. Aucun d'eux, cependant, ne fit un mouvement dans cette direction, comme si chacun avait besoin du soutien des deux autres pour rompre la paralysie qui les avait gagnés.

Caterina décida que le temps des ronds de jambe était terminé. « Voulez-vous voir le document ? » demanda-t-elle, sans adresser sa question à l'un ou l'autre en particulier.

Comme libérés d'un enchantement, les trois hommes s'avancèrent aussitôt vers la malle pour s'arrêter à un mètre, à croire qu'ils étaient de nouveau sous l'emprise d'une force magique. Caterina passa entre eux, telle la magicienne qui aurait eu le pouvoir de déchiffrer les signes secrets. Elle prit le testament là où elle l'avait laissé, sur l'angle de la malle, et le tendit au dottor Moretti.

Il s'en saisit vivement et les cousins l'entourèrent, les yeux rivés sur le document. Stievani essaya de faire remonter le bras de l'avocat, sans doute pour le rapprocher de ses yeux, tandis que Scapinelli sortait des lunettes d'un étui en plastique.

Les lèvres de Moretti se mirent à remuer, comme c'est souvent le cas chez les Italiens quand ils lisent. Au bout de quelques secondes, il fit bouger son épaule gauche et le geste rappela à Caterina l'attitude d'un poulet qui gonfle ses plumes pour défendre son espace. Stievani recula d'un demi-pas, Scapinelli profita de l'occasion pour se rapprocher un peu plus.

Incapable de dissimuler son exaspération, Moretti rendit le papier à Caterina. « Il vaudrait peut-être mieux que ce soit vous qui le lisiez, dottoressa », lui dit-il, revenant au vouvoiement, ce qui convenait parfaitement à Caterina.

Elle reprit le testament, voyant les deux paires d'yeux avides des cousins suivre chacun de ses mouvements. Comment pouvaient-ils croire, chacun de leur côté, que l'autre respecterait l'accord de laisser le gagnant tout prendre ?

> « Sachant que ma mort est prochaine, Moi, Évêque Agostino Steffani, ai pris la plume pour disposer de mes biens d'une manière juste et conforme à la volonté divine. »

Après avoir lu ce préambule, Caterina leva les yeux pour voir comment les trois hommes réagissaient à l'idée que Dieu fût mêlé à tout ça. Les cousins y paraissaient indifférents, mais Moretti ressemblait à présent à un chien de chasse qui vient d'entendre l'appel de la voix de son Maître.

« J'ai consacré toute mon existence à servir, que ce soit mes maîtres temporels ou mon Maître divin, et j'ai essayé de faire preuve de loyauté envers eux dans toutes mes entreprises. J'ai aussi servi un autre maître, la Musique, mais avec moins d'attention et moins de loyauté.

J'ai recherché et dilapidé des biens matériels et j'ai fait des choses dont un homme ne peut pas être fier. Mais aucun homme ne pourrait être fier non plus de l'acte qui a orienté toute ma vie.

Je laisse peu de chose derrière moi, en dehors de ma musique et de ces trésors, qui sont d'une bien plus grande valeur que les notes de musique jamais écrites ou imaginées. Je laisse la musique à l'air. Quant aux trésors… »

Caterina leva à nouveau les yeux pour étudier l'expression de ces hommes que sa voix paraissait mettre en transe. Elle n'aima pas ce qu'elle vit.

« … Quant aux trésors, je les laisse à parts égales à mes cousins, Giacomo Antonio Stievani et Antonio Scapinelli.

Afin d'éliminer tout soupçon sur la manière dont j'aurais pu me procurer la fortune qui m'a permis d'acheter ces Joyaux,

(Caterina se demanda s'il avait mis une majuscule parce que son italien était influencé par l'allemand et n'en mettait pas automatiquement une aux substantifs – mais non, les autres n'en avaient pas.)

… je déclare que cet argent m'a été légué par un ami devenu un Judas, non seulement vis-à-vis de moi, mais vis-à-vis d'un homme innocent. Et tel Judas, il a regretté sa trahison et est venu à moi pour être absous de son péché, oubliant qu'il n'était pas en mon pouvoir de le faire, pas plus qu'il ne l'était dans le sien. »

Elle regarda Roseanna, puis les hommes, et lut la même perplexité sur les visages de Stievani et Scapinelli. Moretti, ce salopard, paraissait parfaitement suivre.

> « L'argent m'est parvenu à sa mort et je n'ai pas trouvé d'usage plus juste et plus noble que d'acheter les Joyaux du Paradis, que je laisse ici pour l'édification et l'enrichissement spirituel de mes chers cousins, en retour de la générosité avec laquelle ils m'ont traité. »

Suivait la signature et la date, et c'était tout.

« Alors ils sont à nous ? » demanda Scapinelli quand il fut évident que Caterina avait terminé la lecture du document. Il s'avança d'un pas pour regarder à l'intérieur de la malle ; son cousin en fit aussitôt autant. Les dispositions on ne peut plus claires du testament allaient-elles mettre fin à l'idée qu'il n'y aurait qu'un seul gagnant ?

Pour Caterina, on aurait dit un de ces moments de stupeur comme on en trouve dans le dernier acte d'un opéra de Rossini, juste avant que les protagonistes ne se mettent à chanter ensemble, dans un finale échevelé. Les voix des trois hommes s'élèveraient-elles alternativement ? Des duos se formeraient-ils ? Un trio ? Un duo avec Roseanna ? Au diable le ténor.

« Dottoressa ? dit Moretti, qui s'était lui aussi approché de la malle, je crois qu'il conviendrait que ce soit vous qui procédiez à l'ouverture de ces sacs. »

Il y eut un long silence, pendant lequel les cousins étudièrent la question. Stievani hocha la tête et tout à fait à contrecœur, Scapinelli dit : *« Va bene. »*

Caterina alla poser le testament à l'envers sur sa table, puis revint jusqu'à la malle. Elle se pencha dessus, retira les sacs deux par deux, et alla les poser sur l'autre bout de la table.

« Vous tenez vraiment à ce que ce soit moi qui les ouvre, dottore ? » demanda-t-elle à Moretti, le vouvoyant comme il l'avait fait. Les trois hommes tinrent une deuxième conférence silencieuse, et comme aucune objection n'était formulée, elle prit le premier sac. Le cuir en était sec et dur, désagréable au toucher. Non sans difficulté, Caterina défit le nœud raidi par le temps, détendit le lacet et agrandit l'ouverture avec les doigts.

Elle fut soudain submergée par un sentiment de répugnance à l'idée de toucher le contenu du sac. Elle le tendit à Moretti. Il glissa trois doigts dedans et, délicatement, en retira un morceau de papier sur lequel étaient écrits quelques mots dont l'encre s'était délavée. Il regarda le papier et, bouche bée, resta paralysé sur place.

Scapinelli, immunisé contre les pressentiments et la surprise, lui arracha le sac des mains et fourra ses doigts dedans. Ils en ressortirent une seconde après, tenant un objet mince et long, argenté, que Caterina prit tout d'abord pour une épingle ornementale ternie par le temps.

Scapinelli posa l'objet dans la paume de sa main gauche pour l'étudier. « C'est quoi, ce truc ? » demanda-t-il d'un ton rogue, comme si toutes les personnes présentes dans la pièce s'étaient entendues pour lui cacher l'information.

C'est Moretti qui, après un long moment de silence, prit la parole. « C'est un doigt de saint Cyrille d'Alexandrie, dit-il, tendant le petit bout de papier en direction de Scapinelli. D'une voix assourdie, retenue par le respect, il ajouta : « Pilier de la Foi et Sceau de tous les Pères. »

Scapinelli se tourna vers lui et cria. « Quoi ? Le sceau de quoi ? C'est un os, pour l'amour de Dieu. Vous ne le voyez pas ? Juste un os ! »

Moretti prit la relique de la main de Scapinelli. Il tira un mouchoir de sa poche et enveloppa l'os minuscule avec des gestes pleins de révérence, puis, tenant toujours le mouchoir à la main, fit le signe de croix en touchant son corps, aux quatre endroits.

Caterina se rappela soudain le soir où, une vingtaine d'années auparavant, elle était revenue à Venise par un train de nuit. Par chance, il n'y avait eu que trois personnes dans le compartiment, elle et un jeune couple. Vers dix heures, Caterina s'était rendue aux toilettes, mais il y avait une longue file d'attente et elle dut patienter pendant au moins vingt minutes. Quand elle revint dans son compartiment, la porte était fermée et les lumières éteintes. Elle fit coulisser la porte, se disant qu'elle avait de la chance d'avoir trois places à sa disposition, ce qui lui permettrait de s'allonger et de dormir ; à ce moment-là, la lumière venant du couloir éclaira les corps nus du jeune couple, soudés l'un à l'autre sur la banquette faisant face à la sienne.

Elle éprouva le même sentiment de gêne lorsqu'elle surprit l'expression qui s'affichait sur le visage du dottor Moretti, car elle manifestait une émotion tellement intense que personne n'aurait dû avoir le droit d'en être le témoin. Elle détourna les yeux, laissa passer l'instant et lui tendit le deuxième sac. D'après le bout de papier, il s'agissait cette fois de l'ongle de saint Pierre Chrysologue. Il en alla de même pour les quatre sacs restant. À chaque fois, Moretti lisait un nom et extrayait un fragment de chair desséchée ou un ongle,

343

voire un bout de tissu taché de sang, avec une onction pleine de piété qui obligea jusqu'aux cousins à regarder ailleurs.

Une fois les sacs sur la table, chacun accompagné de son étiquette, Caterina tourna le dos à Moretti qui, penché sur eux, mains posées à plat de part et d'autre, se tenait la tête inclinée. S'adressant à Scapinelli, elle dit : « Je ne vois pas comment vous pourriez vous disputer la propriété de ces… choses. Les souhaits de votre ancêtre sont clairs : vous avez chacun la moitié de ce que contiennent ces sacs. »

Une expression madrée brilla dans l'œil de Scapinelli. « Mais est-ce que ces choses ne sont pas toujours entourées d'or et de pierres précieuses ? Où elles sont passées ? » Le soupçon s'était progressivement glissé dans sa voix. Et les derniers mots n'étaient pas loin d'une accusation de vol.

« La signora Salvi était avec moi quand je les ai trouvés. »

Roseanna acquiesça de la tête.

« Toujours en sa présence, j'ai appelé le dottor Moretti dès que j'ai eu lu la première phrase du testament. Personne n'a rien volé, ajouta-t-elle avec force.

– Alors où est passé l'or, où sont passées les pierres précieuses ?

– Je doute qu'il y en ait jamais eu, répondit Caterina.

– Ils en mettaient toujours, répliqua Scapinelli avec l'insistance que manifestent systématiquement les ignorants pour défendre leur point de vue.

– Il ne voulait peut-être pas, justement, que ces reliques soient entourées d'or et de diamants. Ou d'émeraudes », rétorqua Caterina.

Stievani intervint. « Que voulez-vous dire ?

– Son souhait était peut-être de ne faire qu'un don d'ordre spirituel à ses cousins.

– Dans ce cas, qu'est-ce qu'il a fait de l'argent ? voulut savoir Scapinelli, comme si elle refusait de le lui dire.

– L'argent est allé à l'achat des reliques. C'étaient elles qui, à ses yeux, avaient de la valeur. »

Agitant une main au-dessus des sacs, Stievani dit alors : « Ce n'est qu'un paquet d'os et de chiffons. »

Moretti se redressa à cet instant et s'avança d'un pas vers Stievani. « Pauvre fou », dit-il d'une voix qui s'étranglait. Il leva les mains, mais les abaissa presque aussitôt avec lenteur.

Caterina se surprit elle-même en éclatant de rire. « Pauvre fou », répéta-t-elle, riant à nouveau.

Moretti se tourna vers elle, et Caterina se demanda ce qui lui arrivait. « Il croyait, dit l'avocat. Il connaissait leur valeur. Plus grande que de l'or. Plus grande que des diamants.

– Et s'il n'avait pas cru ? lui demanda-t-elle. S'il se doutait qu'il ne s'agissait que de fragments d'os de cochon et de mouchoirs maculés ? Quel meilleur moyen pouvait-il trouver pour se débarrasser de l'argent du sang ? »

Les cousins commencèrent à comprendre, mais elle ne voulait pas qu'ils s'en tirent à si bon compte. « Et quel meilleur moyen de rendre la monnaie de leur pièce à des cousins qui avaient refusé de l'aider, qu'en leur donnant des objets sans la moindre valeur, si ce n'est celle que la foi leur attribuait ?

– Je suis certain qu'il croyait, dit Moretti, criant presque. Il doit avoir vraiment cru qu'il s'agissait des Joyaux du Paradis. » Il se tourna à nouveau vers la table et passa la main sur le premier des sacs de cuir.

Caterina, qui avait naguère imaginé cette même main passant sur un genre différent de peau, frissonna à cette vue. « Mais peut-être ne croyait-il pas, dottore. Vous êtes quelqu'un d'intelligent, et vous savez donc qu'on ne peut exclure cette possibilité. Il les a peut-être achetés en sachant pertinemment que ça ne valait rien. C'était peut-être même ce qu'il voulait. C'était peut-être pour lui le moment de rendre la monnaie de leur pièce à tout le monde. Il était mourant, ne l'oubliez pas, et il devait le savoir, si bien qu'il n'avait plus besoin d'argent. Il pouvait rompre avec les habitudes d'une vie de patience. »

Elle s'arrêta alors, déjà honteuse de certaines des choses qu'elle venait de dire et des sentiments qui l'avaient animée quand elle les avait dites. Mais elle succomba de nouveau à la tentation et s'adressa aux cousins. « Vous avez vos Joyaux. Et vous, ajouta-t-elle en se tournant vers Moretti, vous avez votre Paradis. »

Elle alla prendre son sac à main, l'ouvrit, en sortit les clefs – tout le jeu. Elle les posa sur la table et se tourna vers la porte.

« Vous ne pouvez pas partir comme ça, lui lança Scapinelli. Votre travail n'est pas terminé. Il y a peut-être d'autres choses.

– Je ne travaille pas assez dur pour vous, signor Scapinelli, vous auriez oublié ? » À voir son expression, elle vit qu'il comprenait. « Alors trouvez-vous quelqu'un d'autre. » Puis parce qu'elle avait envie de le dire, elle ajouta : « Demandez donc un coup de main à votre fils. »

Elle alla jusqu'à la porte et ne se retourna pas. Elle entendit les pas pressés de Roseanna qui courait après elle. Clic-clic-clic, exactement comme lorsqu'elle tapait à la machine. Elle l'attendit dans le couloir. Les deux femmes descendirent au rez-de-chaussée l'une derrière l'autre. Une fois dans la *calle*, elles constatèrent qu'il faisait encore plus chaud.

Caterina sentit le minuscule frisson de son téléphone, annonçant l'arrivée d'un SMS. Par simple curiosité, elle l'ouvrit et lut.

> « Ma chère Caterina. C'est l'Université de Saint-Pétersbourg. On m'offre le poste de président du Département de musicologie. Mais je n'ai jamais voulu apprendre le ruskoff, alors je leur ai dit que j'acceptais à la seule condition de vous avoir comme assistante, avec rang de professeur. Ils sont d'accord. Alors je vous en prie, venez avec moi, nous découvrirons la vodka ensemble. »

Il n'y avait pas de signature.

Songeant qu'il était temps que le Roumain se mette au russe, Caterina ne tapa qu'un seul mot : *Da*. Sur quoi elle et Roseanna allèrent boire un prosecco.

Mort à La Fenice
Calmann-Lévy, 1997
et « Points Policier », n° P514
Point Deux, 2011

Mort en terre étrangère
Calmann-Lévy, 1997
et « Points Policier », n° P572
Point Deux, 2013

Un Vénitien anonyme
Calmann-Lévy, 1998
et « Points Policier », n° P618

Le Prix de la chair
Calmann-Lévy, 1998
et « Points Policier », n° P686

Entre deux eaux
Calmann-Lévy, 1999
et « Points Policier », n° P734

Péchés mortels
Calmann-Lévy, 2000
et « Points Policier », n° P859

Noblesse oblige
Calmann-Lévy, 2001
et « Points Policier », n° P990

L'Affaire Paola
Calmann-Lévy, 2002
et « Points Policier », n° P1089

Des amis haut placés
Calmann-Lévy, 2003
et « Points Policier », n° P1225

Mortes-eaux
Calmann-Lévy, 2004
et « Points Policier », n° P1331

Une question d'honneur
Calmann-Lévy, 2005
et « Points Policier », n° P1452

Le Meilleur de nos fils
Calmann-Lévy, 2006
et « Points Policier », n° P1661

Sans Brunetti
Essais, 1972-2006
Calmann-Lévy, 2007

Dissimulation de preuves
Calmann-Lévy, 2007
et « Points Policier », n° P1883

De sang et d'ébène
Calmann-Lévy, 2008
et « Points Policier », n° P2056

Requiem pour une cité de verre
Calmann-Lévy, 2009
et « Points Policier », n° P2291

Le Cantique des innocents
Calmann-Lévy, 2010
et « Points Policier », n° P2525

Brunetti passe à table
Recettes et récits
(avec Roberta Pianaro)
Calmann-Lévy, 2011
et « Points Policier », n° P2753

La Petite Fille de ses rêves
Calmann-Lévy, 2011
et « Points Policier », n° P2742

Le Bestiaire de Haendel
À la recherche des animaux dans les opéras de Haendel
Calmann-Lévy, 2012

La Femme au masque de chair
Calmann-Lévy, 2012
et « Points Policier », n° P2937

Curiosités vénitiennes
Calmann-Lévy, 2013

Brunetti et le mauvais augure
Calmann-Lévy, 2013

RÉALISATION : IGS-CP À L'ISLE-D'ESPAGNAC
IMPRESSION : CPI BRODARD ET TAUPIN À LA FLÈCHE
DÉPÔT LÉGAL : SEPTEMBRE 2013. N° 111143 (73314)
IMPRIMÉ EN FRANCE

Éditions Points

Le catalogue complet de nos collections est sur
Le Cercle Points, ainsi que des interviews de vos
auteurs préférés, des jeux-concours, des conseils
de lecture, des extraits en avant-première…

www.lecerclepoints.com

Collection Points Policier